濁流

―『ちくま商工信用組合』の破綻―

宮崎博

鳥影社

濁流

―『ちくま商工信用組合』の破綻―

目次

この作品はフィクションです。実在の人物や団体などとは関係ありません

おもな登場人物

アルプス銀行

与信管理部　　　　　　邑上部長
　　　　　　　　　　　斎藤参事役
企画管理グループ　　　酒井調査役
　　　　　　　　　　　夏目係長（ちくま管財人）補佐人（人事部長）
与信統括グループ　　　北山主任
　　　　　　　　　　　重盛係長
資産監査グループ（ちくま本店で）資産査定チーム
　　　　　　　　　　　矢田参事役
企画部　　　　　　　　飯島部長
経営管理部　　　　　　塚越調査役
財務担当役員　　　　　飯田常務

会長　　　吉江会長
頭取　　　藤沢頭取
　　　　　山中頭取（バブル時の頭取）

財務局

新井金融安定監理官
吉岡金融監督官
氏家理財部長
小川長野財務事務所長

預金保険機構

大滝調査役（コスモ信金出身）
新免調査役（北海道拓殖銀行出身）

ちくま商工信用組合

岡本元理事長
熊谷理事長（解散時）
久保元融資部長（久保綾子の子）
小泉調査役
間瀬係長（人事部）

ちくま商工信用組合金融整理管財人

小山金融整理管財人
槌田金融整理管財人（弁護士）

久保家

久保伊平（久保家中興の祖）
久保伊平治（林業）伊平の長男
久保恒夫（伊平治の子）
久保綾子（恒夫の妻）

瀬下家

瀬下龍太郎
瀬下静江
瀬下涼子（ちくま商工信用組合勤務）

兎束家

兎束八千代
兎束瞳

プロローグ

あらためて久保彰《あきら》は水彩画を見た。

古い日本の風景を描いた絵。

色彩豊かに細部まで丁寧に描かれている。

銀行の支店ロビーを利用して、衝立を並べて仕切られたコーナーが展示場になっていた。

そこに色紙大の水彩画が幾つか展示されている。

ひとつの絵の右下にタイトルとみられる書き込みがあった。
『ＮＩＫＫＯ』（日光）
日光東照宮を描いた半紙の大きさの絵。
しかし、それは絵葉書のような名所旧跡の絵ではない。
伽藍《がらん》の甍《いらか》が前面左を覆い、右手前は濃い緑の木陰。
そのなかに陽射しを浴びた広場があり、何層か段差状に奥に続く。

陰影のある空間が濃密な夏の暑さを物語る。

前面の暗い甍と木陰。

中央の明るい広場。

奥に行くに従って高く狭くなる階段。

手前の広場に若い着物姿の婦人が後ろ向きに立っている。

左手に手桶、右手に柄杓《ひしゃく》を持って、奥のほうを見ている。

その視線の先には小さな童が立つ。

ほとんど裸に近い童が呆然《ぼうぜん》とこちらを向いて立っている。

ふたりの人物はそれぞれが不安定な距離を保って対峙《たいじ》している。


久保彰は急にまとまったお金を下ろす必要があり、アルプス銀行軽井沢支店に立ち寄った。

キャッシュコーナーでは一度に下ろせない金額なので、窓口に寄り、番号札を持ってロビーに戻った。

その支店のロビーの脇のスペースに水彩画展が開かれていた。

クリスマスソングのＢＧＭが控えめに流れている。十二月も下旬に入っていた。

ロビー展を見ていた若い主婦は、久保の方《ほう》をチラっと眺め窓口に向かう。

これらの絵について説明されたパネルがある。

『外国人宣教師の描いた古《いにしえ》の日本』と題されている。

「これらの水彩画はおそらく大正から昭和に描かれたものとみられ、日本に滞在された婦人宣教師の描いたものと伝えられています。絵として一級品であるばかりでなく、当時の日本を知る資料としても貴重なもので、軽井沢にお住まいの方からお借りして展示したものです」

〈外国人宣教師〉というものが、どのように日常を過ごしていたものか久保は知る由もなかったが、どれも静かな写生画である。

これらの絵はおそらく忙しい宣教と奉仕の空いた時間に描いたものだろうか。

そこには風刺画家ジョルジュ・ビゴーのような東洋の異国を故意に強調しデフォルメされた絵はひとつもない。

日本に住み、日本の風土と人々を知り尽くして描いた絵と言える。

日本人の好んで描く新緑の芽生える春、濃い緑の夏や錦秋の秋を題材とした絵である。

久保はこれらの絵を見ながらひとつの疑問を持った。

ここには冬の絵がない。

静かに暮れゆく冬の里。

白い雪の峰々が真っ青な空に包まれている荘厳な姿。

それがない。

冬の厳しいが恐ろしいまで美しい日本の冬の景色がない。


「GONZANOYU」(ゴザノユ)と書き込みのある湯屋の絵。

今も湯畑に『白旗の湯』となり残る源頼朝伝説『御座の湯』のことか。


草津周辺の絵が多いが、西洋人が避暑のために訪れる軽井沢の絵もあった。

浅間山。

落葉松《からまつ》の静かな林。

そこには高原を走る列車。

かつて軽井沢から草津まで敷かれていた軽便鉄道が描かれていた。


最後の絵は晩秋の峠道。

絵具の質や保存状態が良かったためか百年近く経った今も紅葉の鮮やかさが残っている。

紅いカエデの葉陰に頂上の平らな円錐形の山が彼方に見える。

ここにもやはり書き込みがある。

「Mt of GOD」(神の山)

神の山、どこか聞いたことがある。


水彩画とは別に、これらの絵が収納されていた木の収納ケースが置かれていた。

その木箱の蓋が開けられ、蓋の裏に色の褪《あ》せた葉書が貼られている。

淡いブルーの万年筆の筆跡でメモが残されている。

「My beloved brighten Kingdom」（私の愛したひかりのくに）

（ひかりのくに）

久保彰はしばらく呆然と立ち尽くした。

『ひかりのくに』

彼は光の国を思った。

（ひかりのくに）

どこか聞いたことのある響きがする。

（あなたは自分が何であるのか、何処へ行くのか、分からなくなったら、遠慮しないで帰りなさい）

（何処へ）

（そう、それは『ひかりのくに』よ）

どこからか人を呼ぶような声がした。

ロビーで待つ人々が自分を見ていた。

自分の番号札の番号が先ほどから何度も呼ばれていた。

今、自分はアルプス銀行小諸支店の通帳を使ってネットで預金を下ろすためにアルプス銀行の軽井沢支店に来ている。

第一章　発端（バブル崩壊の余波）

1

「邑上《むらかみ》部長、すぐに企画の飯島部長のところへ行ってくれないか。財務局からお客さんが来ている」

ここは長野県全域と東京、名古屋、大阪と関東の一部を営業の基盤としている地方銀行の雄と呼ばれていたアルプス銀行の本部である。邑上部長はバブル崩壊期の与信（融資）管理を担当する与信管理部長である。

「お客さん」とは普通銀行のお客さん、つまり、銀行取引先の個人や企業を指す言葉であるが、ここ銀行本部の者が言う場合は違う。敬して遠ざけたいが、さりとておざなりにもできないお上である『金融庁』や担当部署である『財務局』を指している。

声をかけたのは融資部門である審査部と与信管理部を統括している役員の飯田常務であった。早朝からの緊急役員会を終えた飯田常務はわざわざ与信管理部の邑上部長の席までやって来て部長にそう告げた。

『与信管理部』は本部ビルの五階フロアの南西部分にあり、与信つまり貸出を総括的に統括する本部の中の本部といった部である。南側の窓を背にした邑上部長の大きな机に対し、『企画管理グループ』の机が五つ向かい合わせに並べられており、隣に『与信統括グループ』の机も五つある。少し離れたところに『資産監査グループ』の机がある。総勢二十数名の部であるが、四階のシステム部の別室には自己査定をシステム化するためにＩＢＭから与信管理部へ出向している十名ほどの出向者を抱えた別部隊もある。

五階の『企画管理グループ』の夏目係長の席は邑上部長の机に一番近いところにあるため飯田常務が邑上部長に話した声はそのまま夏目係長の耳にも入る。

邑上部長に何か緊急の用ができたらしい。

(財務局？)

何か起こったのかな。部長が緊急に呼び出されるこの様子では今日の予定を変更しなければならない。今日は邑上部長のお出ましを願って、現在夏目係長が担当している案件を一気に進めようとしていた矢先であった。

これは自分で何とかしなければならない。

過去の『ダメ行員』と烙印《らくいん》を押されていた（？）夏目だったら自分から動こうとしなかったであろう。ここまで積極的に行動するように与えられた職務を素直にやり遂げようと思うまでにしてくれたのは今の上司である邑上部長であることを改めて感じた。だから（自分で何とかしなければ）と思い席を立った。

平成十三年（二〇〇一年）
十二月十九日　水曜日
長野市　アルプス銀行本部

バブル崩壊の余波がようやく地方まで波及してきた年の瀬である。

営業店では年末まで繁忙日が続くが、本部は師走も半ば過ぎになると落ち着いてくる。この頃になるとすでに今年の業務を終えて来年の準備にとりかかっているのが例年のパターンである。営業店の貸出案件の稟議《りんぎ》書を審査する営業店に近い審査部はさすがに忙しさは続くが、それでも大口貸出の審査はほぼ終えている。

そんな落ち着いた雰囲気の中で与信管理部の夏目係長だけがひとり焦っていた。それは今日中にぜひ経営管理部長の了解を取り付けておきたい事項があるからだ。そのために与信管理部長の邑上部長にわざわざ時間をとってもらい、経営管理部長に直々に説得してもらうつもりでいた。話を進めるためには関連する部長の理解と協力がどうしても必要だった。

ところが肝心の与信管理部邑上部長に急用ができたらしい。

夏目係長は席をすでに立ちかけている邑上部長のもとへ行った。

「部長。今日予定している経営管理部への説明はどうします」

「今日だったな」

「明日は安曇野《あづみの》監査法人がここ（長野）へ来ます。何とか今日中には経営管理部の了解を取り付けたいのですが」

「……すまないが酒井調査役とふたりで説明に行ってくれないか。急用で企画に呼ばれている。経管（経営管理部）の山本部長には俺のほうから話をしておく」

邑上部長は片手で拝むようなしぐさをしながら経営管理部の山本部長に内線で電話をすると、大きな机から身体をゆっくり浮かし出て行った。

部長の指示に従うしかない。

アルプス銀行は長野市に本店がある、長野県と関東地方を主な地盤とする大手のいわゆる地方銀行である。
昭和四十七年に東証一部に上場したが、その三年前に善光寺近くの大門町にあった本店を長野駅近くの現在地に移している
今の本店は長野駅駅前広場から駅前再開発によってできた大通りの西にある。駅から歩いても数分、県庁にも近く立地条件抜群の場所にある。

当時はまだ大きなビルなどほとんど無かった再開発地域の通りに面した三万坪の敷地に昭和四十四年十二月、吹き抜けのある三階建ての本店営業部と八階建てのグレーの本部ビルが突然姿を現した。建設業界のプロが選ぶＢＣＳ賞も獲得したこのアルプス銀行本店ビルにより、辺りの景色は一変したという。

あれから三十三年、周辺はビジネス街に変貌したが、それでもこのビルを凌駕《りょうが》するような建物は今もってない。

本店営業部の後方部分となる本部ビルの各階は基本的には広いワンフロアとなっていて、間仕切りで各部が仕切られている。

夏目係長のいる与信管理部はその五階の南西側であり、経営管理部はほぼ反対の東側にある。

経営管理部の山本部長は与信管理部の夏目係長と酒井調査役のふたりを見かけると、近くの経営管理部の応接セットに座るように指示し、経営管理部の塚越弥生《やよい》調査役を呼び同席させた。

「すみません。邑上部長は急用が入り来られなくなりました。ただ、急ぎの案件なので代わりに酒井調査役から予定どおり今から説明させていただきます」

夏目係長が挨拶した。

「邑上部長から緊急の用事で来られないと連絡がありました。分かりました。いいですよ」

濃紺の仕立ての良いスーツを着こなす山本経営管理部長が軽く頷《うなず》いた。

「今日、来たのは与信管理部で準備している『一般貸倒《かしだおれ》引当金の算定方法の変更』を、経営管理部長に先にご説明させていただくためです」

（根回しの順序を守り、丁寧に説明し了解を得ておく。特に難しい課題を解決するにはこれを怠ってはならない。日本の銀行ではこれが何より大切なことである。）

これは案件の内容が良いとか正しいとかではない。案件の決定権限が自分にあるからと関係部署を無視して力ずくで物事を進めるとその利害関係者の反動はすさまじいものがあることを夏目は身をもって体験しているからだ。悪くすると反発だけでなく、将来の反対勢力を作ってしまう。どんな案件であっても関係者への根回しをきちんと行い、すべては合議で決めたことにする。そうすると案件処理はスムーズに行く。これが長い銀行員生活で経験から学んだことであった。

ここで銀行の貸倒引当金について簡単に説明したい。

銀行は一般のお客から預金を預り、それをお金の必要な先に貸し出す業務である。その際、預る預金には利息を支払い、貸金にはそれ以上の利息をつけてお金を回収する。建前では預るお金は必ずお返しし、貸したお金は必ず返してもらう。しかし、貸した先の倒産や破産により回収できない場合も現実にはよくある。このために予想される貸し倒れを見込んであらかじめ計上しておくのが『貸倒引当金』である。

この当時、貸倒引当金には倒産の見込まれる先に引き当てる『個別貸倒引当金』と、普通（一般）の貸出先に引き当てる『一般貸倒引当金』の二種類があった。

『個別貸倒引当金』は（実質）破綻先や破綻懸念先への貸金からあらかじめ回収不能額を個別に引き当てておくもので、個別の取引先を管理している審査部が担当して、個別案件毎に引当額を決定している。

与信管理部が担当しているのは後者の一般の貸出先に引き当てておく『一般貸倒引当金』である。

この『一般貸倒引当金』はどのような優良企業であってもいつかは倒産するという思想に基づいている。そのためすぐに倒産など考えられない貸出先にも一定の引当金は積む。この『いつか』を指数として取り込むために考えられたのが貸倒引当金の計算方法であるが、その方法にはいくつかの方法がある。

その方法のなかで、金融庁が金融機関の経営の指針として定めた『金融検査マニュアル』では『倒産確率』と『貸倒実績率』の二つの方法が認められている。つまり、この二つの方法はお上のお墨付きを得た方法なのである。アルプス銀行は従来から『貸倒実績率』という算出方法を採用していた。これは過去の貸し倒れの額を参考にした方法である。

「まず、与信管理部が算定方法の変更を提案するに至った経緯について酒井調査役が説明します」

そう言いながら、夏目係長は資料のプリントを山本部長と塚越調査役に渡した。

「それでは……」

酒井調査役が後を継いだ。

「……二年前、ノンバンクの『日本リース』が【負債総額約二兆三〇〇〇億円で】倒産し、当行でも一五〇〇億円という過去例を見ない多額の貸し倒れを被りました。その『日本リース』は東証一部上場、表面上は利益も計上し、当行の査定は倒産が明るみに出るまで正常先でした。正常先とは通常すぐには倒産しない先です。ところがその正常先『日本リース』で一挙に一五〇〇億円という多額の貸し倒れが発生しました」

「あれは事件だった。(ただ、その貸倒損失は二年間かけて処理され、今年度、残りを処理して終了することになっている)」

経営管理部はその計数的な損失処理を決算という場で扱っている部署である。

「問題はその影響です。そのため日本リースへの貸倒金一五〇〇億円計上にとどまらず、正常先そのものへの引当金も増え続けていました」

酒井調査役が畳み掛けるように言った。

山本部長と塚越調査役は互いに顔を見合わせた。

「あの『日本リース』の倒産が実績として残り、『貸倒実績率』を採用している当行に致命的な後遺症を残したのです。額が額だけに当行の正常先の取引先には倒産のリスクが大きく内在しているという実績が指数として残ってしまったのです。そのため正常先であっても、普通の引当金ではなく、多額の引当金を積む必要が続くようになってしまいました」

「正常先にリスクがあると……」

山本部長は思わず漏らした。それを聞き流して酒井調査役は続けた。

「当行が採用している『貸倒実績率』の場合は貸倒金額を基準に指数が決まります。普段は正常先にも確かに倒産は起こりえます。ただ、あってもせいぜい一～二億円程度の貸し倒れ規模でした。ところが、日本リースという正常先でなんと一五〇億円もの貸倒額《がく》を一挙に発生させ、これがそのまま正常先の指数として跳ね返ってしまいました。そこで今期、正常先の引き当ては一挙に前年度の二十倍となってしまいました」

「なるほど……指数が跳ね上がれば七兆円ある貸し出しの三割を占める正常先の引当金が急増する……。しかし、その正常先の格付け自体もここで厳しく見直したのではないか」

山本部長がそう反論するのを受けて酒井調査役は続けた。

「そうです。あの後、正常先から倒産が出たことを深く反省し、査定の基準を厳しく見直しました。ノンバンクなどバブル関連業種はどんなに決算内容が良くても管理上すべて正常先から外し要注意先としました。今後正常先から倒産は出さないようにするという当行の意思の現れですが、それも逆に引当金を増やす結果になったのです」

「それで厳選された正常先に悪化した指数をかけているということになる。引当金が過剰に計算されてしまうわけだな」

山本部長は酒井調査役の言わんとするところをすぐに理解した。

「同じことが、正常先に準じて倒産の恐れの少ない要注意先でも起こりました。そのため当行の八割以上を占める正常先と要注意先の引当金である『一般貸倒引当金』がここで二〇〇億円も不足する事態になったのです」

「………」

一瞬、皆が沈黙した。

「その結果、当行は今期『一般』と『個別』を合わせた引当金の積み増しは三〇〇億円以上必要となりました」

経営管理部の山本部長も塚越調査役もこのことが決算にいかに影響するか痛いほど分かっている。

「他行も同じ問題を抱えているだろう。他の銀行はどうしている」

山本経営管理部長がしばらくの沈黙を破って、酒井調査役に聞いた。

「『日本リース』へはもちろんメイン行や当行ばかりでなく他行も貸し出しをしていました。メイン行に倣い他行も日本リースを正常先としていました。ですから都市銀行のほとんどと大手地銀は軒並み正常先からの倒産となっています。ところが都市銀行や地銀大手の静岡銀行は『倒産確率』という計算方法を採用しています。このため当行ほどの影響は受けていません。なぜなら『倒産確率』では貸倒額《がく》ではなく倒産の件数《けんすう》を基準にしているからです。どのような大口の倒産であって、貸倒額がどんなに大きくても1件の倒産が増えたに過ぎません。

ＩＲ担当の塚越調査役が聞いた。

「地銀担当のＩＲ担当者はその違いについて知っていますか」

酒井調査役は塚越調査役を見て言った。

「彼らは銀行から公表される表面的な不良資産だけを見ているので、その算出方法の違いには気づいていません」

「……………」

「このまま当行が『貸倒実績率』を使い続けるとこの指数が新たな実績によって薄められるまで何年間は高い引当金を引きずっていくことになります」

ここまで一気に酒井調査役は言ってから、ここまでの十分な手応えを確信して、さらに言葉を継いだ。

「そこで与信管理部内でこのことについて協議を何度も重ねました」

「……………」

「協議で出た結論は来年度から『貸倒実績率』をやめて、大手行と同じ『倒産確率』に変更しようということでした」

「うむ……」

そこで夏目係長が初めて酒井調査役の話を継いだ。

「ご存じのように、継続性を重んじる会計原則から決算に直接影響を与える引当金の算定方法は通常変更しません。ただ、合理的な理由がある場合のみ取締役会の承認を受ければ変更も可能です。もちろん、今、承認されたとしても実施は来期からです」

「そうでしょう」

言われなくても分かっているという風に山本経営管理部長が応じた。

「来期から変更しようとした場合、少なくとも今期中一月の取締役会に通らないと間に合いません……」

ここで塚越調査役が控えめに口を挟んだ。

塚越調査役は女性では数少ない本部課長クラスの調査役である。本部内外では容姿端麗、高学歴の近寄りがたい存在と見られている。

「部長。今期はすでに創業以来初の赤字決算がほぼ確定しています。引当金を更に三〇〇億円積み増しするために一〇〇億円以上の赤字になります……。与信管理部ではその引当金の算定方法を来期から変更して、実態に合った額に変更したいと言っていますが……」

「少し専門的で詳しくなりますが」

そう言って、酒井調査役が二つの方法の違いについて図表と数式の入ったプリントをふたりに渡し、説明した。

酒井調査役は名古屋大学理学部数理学科卒である。アルプス銀行に入ってからも信州大学の大学院に派遣されて統計学を学んできたその道のプロである。

山本部長はじっと酒井調査役の話を聞いていた。塚越調査役はソファーに座りスカートの丈を引っ張り、姿勢を正して聞いていた。

酒井調査役の説明が終わると、夏目係長が与信管理部としての意見を再び述べた。

「新しい方法『倒産確率』へ変更しないで今の『貸倒実績率』を使い続けると過剰な貸倒引当金を来期も続けることになります。それに今の方法は統計学から見ても欠点があり、調査役の説明したように精緻な方法ではありません。より精緻に貸倒引当金を算出するために、来期から方法を『倒産確率』に変更する必要があります」

「確かに、私もやみくもに引当金を増やせばいいと考えていない。ただ……」

「ただ……」

山本部長は酒井調査役と夏目係長を順番に見た。

「時期がまずいな。今期は大幅な赤字になる。このような時期にうちの監査役は計算方法の変更を了承してくれるかな。それに外部の監査法人も」

山本部長は予想したとおりの懸念を表明した。

「根回しの段階ですが、割田監査役は安曇野監査法人が了承すれば良いと言っています。もちろん監査法人の佐藤公認会計士にも事前に説明してあります」

夏目は（何とかしなければ）と必至に説明した。

「佐藤さんは何て言っている」

「監査役が承認してくれれば問題ないという意見です。明日、佐藤公認会計士が東京から来ますのでもう一度確認してみますが」

「つまり、どちらも計算方法の変更は構わないが、監査役と監査法人お互いが了承していることがその条件か。(つまり、自分からは責任を取らないということか)」

山本部長は皮肉を含めて口元を緩めた。

「そうです」

夏目係長も同じことを考えていた。合議、全会一致という方式に慣れた銀行組織は独断や独自の行動が不得手で、他者の動きを見て行動する習性がある。

「ところで方法を変更すれば来期の引当金はどの程度となる?」

「個別貸倒引当金と一般貸倒引当金を合わせると積み増しする引当金は今期(平成十四年三月期)三〇〇億円となるので残高は一四〇〇億円となるでしょう。来期、今の『貸倒実績率』で計算しますとさらに二〇〇億円以上の新たな引当金が必要となります。新しい方法を適用すれば五〇~六〇億円程度ですか」

「五〇~六〇億円程度なら、今期は赤字としても、来期は余程大きな倒産でもない限り黒字に転換することも可能だ……(いざと言う場合には有価証券を売って益出しすればいい)」

山本部長は頭上の天井を見るように顔を上に向けた自分に言い聞かせるようにつぶやいた。

「邑上部長からもある程度話は聞いている。いいよ、一般貸倒引当金の算定をするのは与信管理部のマターだ。反対はしない、任せる」

「任せる」という言葉に力を入れて、山本部長は結論とした。

「もし、変更が正式に決まりましたら、決算報告書の注記（算出方法の変更についての説明）は経営管理部でお願いします」

酒井調査役が確認のために言うと、山本部長は複雑な表情のまま塚越調査役と目配せし、軽く頷いた。

夏目係長はダメ押しのためこの場の皆が承知していることを付け加えた。

「会計上の引き当てなので税務申告の所得計算には影響しません。税務当局は問題にしないでしょう。変更の結果利益が出ても、より合理的な方法に変更しただけですから利益操作にあたりません。ＩＲも地銀担当者は計算方法まで詳しく立ち入りませんので何とかクリアできるでしょう」

そう言って塚越調査役のほうを見た。

「そうでしょう。監査役と監査法人が了解すればという条件付きだが、与信管理部から変更の提案があっても経営管理部は異議を唱えません」

山本部長は約束してくれた。後は邑上部長がフォローしてくれるだろう。

夏目係長はお礼を述べ、帰ろうとするところへ塚越調査役がそばに寄ってきた。

「またね」

それだけ言って席に戻っていった。

酒井調査役は気づかぬようにそのまま先を歩いていた。

夏目は得意であった。ようやく慣れてきた本部で本部スタッフらしい仕事をしているという充実感でいっぱいであった。それに塚越調査役の一言がある。

2

バブル後遺症の不良債権処理を進めている銀行にとって巨額化した貸倒引当金の計上は、銀行そのものの決算を直接左右する頭の痛い問題であった。ただ、銀行はバブルに乗り、その恩恵にあずかった立場でもある。そのつけを払うことになるとは、自業自得そのものともいえる。


遡ること十二、三年前の一九八〇年代後半。

金融緩和によって余った貨幣は不動産と株式に流れ、地価と株価は急騰。銀行はてっとり早く利益を稼げることのできるバブル関連融資に走った。バブル関連融資とはつまるところバブルで急成長したノンバンクへの過剰な融資である。ノンバンクとは銀行でない金融会社であり、銀行が躊躇《ちゅうちょ》するような投機目的の不動産会社へ積極的に貸し出しをする金融会社であった。大手企業の財務部の子会社もあったが、多くはそのために設立された金融会社である。

地方銀行でも東京支店ではノンバンク向け融資を急速に増やした。

ノンバンクは銀行から借りた資金で『特金（特定金銭信託）』、『ファントラ（ファンドトラスト）』という金融商品を購入する。実態は形を変えた株式や不動産投機への迂回融資であった。

銀行は三パーセント前後で調達した資金を五パーセント前後の固定金利で二年程度の中期資金として貸し出しをする。回収リスクを考えなければ手軽に利鞘《りざや》の稼げるおいしい融資であった。

特に地方銀行は集めた預金の運用に苦慮しておりノンバンクへの融資をこれ幸いと飛びついた。

ところが銀行本来の信用創造機能を地元の企業に向けないこの安易なノンバンクへの貸し出しによるツケは、バブルが弾けると銀行自身を、一度に襲ってきた。

過激なインフレ退治のために日銀が『総量規制』という本格的な引き締めに走るとバブルはあっけなく弾けた。

株価は暴落し、土地価格は下がり、建設・不動産・リゾート関連企業は次々と倒産。大手企業系列のノンバンクさえも行き詰まる先が出てきた。

景気が低迷し不良債権が増え、そこに地価下落による担保不足が追い打ちをかける。

このため、銀行は軒並み不良債権の損失処理と貸倒引当金の積み増しをしなければならなくなった。

引当金の積み増しそれ自体は財務健全化から好ましい処置であるが銀行の収益を悪化させ、自己資本比率を低下させることになる。

折から国際間の決済に参加する銀行には一定の自己資本を条件とするＢＩＳ（Bank for International Settlements）規制という国際ルールの適用が迫られていた。

そこで、大手銀行は自己資本比率を維持するために分母である資産、つまり貸出金そのものを単純に減らそうとする動きまで起こった。自ら蒔いた種を立場の弱い企業に押し付けてきたのである。これが健全な企業の貸出金の『貸し剥《は》がし』である。

皮肉なことに不良債権処理を厳格に進めることが健全な企業の資金繰りまで悪影響を及ぼしていた。しかし、この方法は更に立場の弱い下請け企業に負担を強いるだけであった。

また、安易な貸し出しに走った銀行は金融機関の命である審査能力を低下させ、健全な企業を育成するという金融機関の使命を忘れさせる結果にもなった。

こうして銀行による不況からの脱出はさらに遠のくばかりか、地域経済も巻き込み不況の連鎖を大きくしながら、今日に至っている。


大手の銀行が軒並み赤字決算に陥ったのがつい昨年のことである。そしてその波は創業昭和六年（一九三一年）以来堅実経営を誇っていたアルプス銀行にも押し寄せてきた。

貸し出し資産が七兆円あるアルプス銀行はこの二～三年間で貸倒引当金は急増し一〇〇〇億円の大台を超えた。

今年度、平成十四年三月期の決算は利鞘の縮小と大口ノンバンク『日本リース』『日本ハウジングローン』等の倒産による最終処理と三〇〇億円を超す大幅な引当金の繰り入れ（損失）のため創業以来の赤字決算になるとすでに公表している。

このような状況の中で藤沢貴之《たかゆき》がアルプス銀行の頭取を吉江頭取から引き継いだ。

藤沢は本部の営業部長時代国内ではイトマンなどへの不良債権を処理し、国際部長時代には海外の不良債権を処理した。そうした手腕が買われて、部長、常務取締役、副頭取、さらには頭取まで登り詰めた人物である。

この吉江頭取、藤沢国際部長のラインで行った特出すべき功績はニューヨーク支店の地銀では早期の撤退であろう。

一九八〇年代『地銀も国際化』の波から設けたアルプス銀行米国ニューヨーク支店は世界貿易センタービル東館八十五階にあったが、藤沢部長は不良債権を貸し倒れとして償却するとともに、当時の吉江頭取の決断により他の地銀に先駆けて撤退を決め、実行していた。もしこの決定が一年遅れたら九月十一日のテロの惨禍にアルプス銀行も見舞われていたことになる。

もちろん、だからと言ってアルプス銀行だけが無事であったということではない。他の銀行同様バブル崩壊の波からは免れることはできなかった。

藤沢頭取の就任後、初となる今期決算はアルプス銀行八十年の歴史のなかで初めての赤字となる見込みである。さらに今後も不良債権処理は続く。このままでは二期連続の赤字も避けられない状況であった。

このような状況の時に夏目係長が本部の与信管理部に転勤となってきた。

邑上部長は営業店の経験しかない夏目にいきなり『一般貸倒引当金の算定方法見直し』を責任者となって遂行するように命じた。そして、上司の酒井調査役に夏目係長をフォローするように指示をした。

そもそもこの貸倒引当金の算出方法を変更すべきであると提言したのは酒井調査役である。酒井調査役はバブル崩壊前から現在の『貸倒実績率』を使用する算定方法では倒産額により年度毎の指数のブレが激しく、精緻にまた合理的に実態を反映していないことを問題にしていた。『精緻』でない数字を使うことは彼の論理的な思考が許さなかった。バブル崩壊による引当金の増大はその後起こった結果に過ぎない。

一方、夏目係長はここで『倒産確率』に変更することが来期の連続赤字を避ける唯一の方法であることに魅力を感じていた。このような問題がある『貸倒実績率』をなぜ使い続けるのか不思議なくらいであった。このような事態を改善することこそ、自分に与えられた使命であると確信するようになった。

酒井調査役と思いは異なるが目指すところは算定方法の変更以外にないという思いは一致していた。

「合理的でないなら変えよう」

ふたりから変更案とその実現方法について提言された邑上与信管理部長の回答は明快であった。その場で担当は夏目係長がなるように邑上部長が命じた。

「今変えると、引当額が増加しません。よろしいですか」

夏目係長は多少後ろめたい気持ちで聞いた。

「今の方法は酒井調査役の言うように合理的でなくかつ精緻でない方法だ。このままにしておいてもいつかは変更が必要になる。変更の結果、今後引当額が増えようが減ろうが関係ない」

邑上部長の一言で、改訂が決まった。

こうしてアルプス銀行の決算を左右することになる『引当金の算定方法の変更案』が誕生した。

とにかく、今日は経営管理部長の了解を得ることができた。

明日、監査法人の佐藤公認会計士の考えを確認すれば監査役のほうはなんとかなりそうである。正式な手続きは稟議書の回付と取締役会の承認である。取締役会の議案提出まで持って行くことが夏目係長の仕事であり、あとは邑上部長に任せればよい。

3

邑上与信管理部長は夏目係長に経営管理部への説明を酒井調査役と一緒にするように言い残し、

企画部のある六階に向かった。

邑上部長が企画部に顔を出すと飯島企画部長は待ち兼ねたように奥の部長席から立って迎えた。飯島企画部長は周りに聞こえないように邑上部長の耳元で言った。

「上田市の『ちくま商工信用組合』が破綻することになった。その件で関東財務局から監理官が来ている。話の進み具合では、すぐに動かなければならなくなる。部長にも同席してもらいたい」

飯島企画部長は要件だけを伝えると、邑上部長を伴ってそのままエレベーターで七階に向かった。

アルプス銀行本社ビルの七階は普段は行員も近づくことはない役員専用のフロアである。頭取はじめ副頭取などの役員室がありその入り口を守るように秘書室がある。南西部分は役員の使う応接室となっているがそのなかで、西側の応接室はピラミッドのようにそそり立つ旭山が間近に見える眺めのよい応接室がある。その大きな応接室にその来客は通されていた。

邑上部長は企画部長に促され、来客三人と名刺を交換した。

財務局新井金融安定監理官を中央に、その奥に関東財務局理財部吉岡金融監督官が、そして地元の長野市に駐在している小川和夫《かずお》長野財務事務所長が入り口に近い席に位置していた。

ほどなく、アルプス銀行吉江会長、藤沢頭取、海瀬副頭取、飯田常務が入ってきた。

藤沢頭取は挨拶だけを済ますと「来客があるので失礼します」と断り、そのまま退出した。

残った全員があらためて席に着く。

「会長、お久しぶりです。会長は知事選で大活躍なさいました。お見事でした」

小川所長が開口一番、昨年の秋に行われた県知事選挙を話題に出した。

「いやー。弱ったなあ」

吉江会長は大げさに頭をかいた。

この一声で重苦しかったこの場の緊張が一瞬にしてほどけた。

小川所長が話題に出した県知事選挙の顚末《てんまつ》については財務局のふたりを含めこの場の誰もが知っていた。

昨年の秋、長野県知事選挙が行われた。

何かと艶聞の多い有名作家が候補者となって劇場型選挙となったこともマスコミの話題となったが、さらにその仕掛け人が一地方銀行の会長であったことも違う意味で注目された。

その銀行の会長こそ、他ならぬアルプス銀行の吉江会長その人、であった。陰の黒幕が（政治には口を挟まないと思われていた）銀行の会長であることが露見すると吉江会長は全国のマスコミの取材の対象となり、会長の動きと言動は注目され逐次マスコミによって報道された。

この知事選の顚末はこうであった。

長野県知事を五期、二十年間に亘り務めた吉本知事が冬季長野オリンピックの成功を手土産に引退を表明した。吉本知事は次の知事として子飼いの池澤副知事を推薦した。このように後継になる知事を現知事が推薦することは歴代の知事によくあることであり、県民は誰も不思議に思わなかった。

現知事から印籠を渡された池澤副知事は県内二百余ある全市町村議会すべての推薦を受け立候補を表明した。立候補するとともに各業界団体の推薦をバックに圧勝態勢を早々に確立した。この時点では県民の多くは池澤知事の誕生を疑わなかった。

それに待ったをかけたのがアルプス銀行吉江会長である。

「このままではお上にすべてを依存する県民の意識が変わらない。今必要なのは目覚まし時計だ」

そう言って、対立候補にスキャンダルの多い野心家の小説家、田川康秀を担ぎ出した。

無風の知事選挙はこのため一転して激戦に変わり、結果は当初泡沫に近いとみられた田川康秀が圧勝して終わった。

そもそも銀行員は商人であり、銀行のトップが政治の世界には口を出さないと思い込んでいた。このタブーを県経済界の重鎮である吉江会長は公然と無視した。当然のように地方銀行会長のこの行動は取引先をはじめ関係者に様々な物議を醸し出した。特に保守体質の強い建設業者の多くは吉江会長を公然と非難した。

「それを言われると困ります。頭取や副頭取から政治活動は控えてくれと叱られました。マスコミからも叩かれるし。いくら今度のことは吉江個人のしたことだと言っても許してくれません。

あれから座敷牢暮らしですよ」

豊かな白髪をなびかせ、青年のように精気をみならぎせた笑顔で吉江会長は応えた。

「とても座敷牢暮らしのお人とは見えません。お元気でなによりです。それはそうとして、実はこうして今日お伺いしたのは、すでに局長から会長に電話でお話しした件について、正式にお願いするためです」

そこに秘書がお茶を運んできた。

秘書が退席すると、中央の新井金融安定監理官が所長の話の後を継いだ。

「今回お邪魔した件ですが、よろしいですか」新井金融安定監理官は皆の注意を引いた。「実は……上田市にある『ちくま商工信用組合』の件です。この十一月に金融庁が検査をしましたが、大幅な債務超過となっていることが分かりました」

『債務超過』とは法人が解散した場合、持っているすべての資産を処分しても外部からの負債を払いきれない状態を言う。借金は返済できず、資本金は出資者に返せない状態に陥っていることを示す。

『ちくま商工信用組合』が債務超過ということは『組合』が解散すれば外部負債である預金は払い戻しができないことになるが、――これをペイオフと言う。だが『ペイオフ解禁前』の今は預金が全額払い戻される。もしこれがペイオフ解禁後であれば預金者の預金は一〇〇〇万円までしか戻らないことになる。

「来年（二〇〇二年）四月の定期預金のペイオフ解禁になるまでに、『ちくま商工信用組合』を解散に持ち込みたい。今は預金者には迷惑をかけたくない」

新井金融安定監理官は吉江会長の眼を見据え、一挙に核心に触れた。

吉江会長は遠くを見るように背筋を伸ばしつぶやいた。

「今朝、局長から私に電話がありました。局長は長野県の地域経済のことを考え、私に協力を依頼してきました」

東京大学法学部で吉江会長は財務局長の先輩にあたることはアルプス銀行内部でも知られていた。

「ペイオフ解禁前といっても、破綻と聞くと預金者は不安のあまり預金を下ろそうとします。多少の取り付け騒ぎは起こるでしょう」

隣の吉岡金融監督官が最近の事例と断って説明した。

「この八月と十月に栃木県で二つの信組が相次いで破綻しました。そのうちのひとつは、預金量一八〇〇億円でしたが一〇〇億円が三日間で下ろされました。『ちくま商工信用組合』の場合は預金が五〇〇億円ほどです。三〇億円程度は下ろされると覚悟しています」

『『ちくま商工信用組合』を破綻させても問題は起こらないように、長野県全体をみている日銀（日本銀行）の松本支店には『ちくま商工信用組合』への緊急融資の態勢と現金を多めに用意してもらっています」

新井金融安定監理官は金融庁では資金繰りまで準備がすでに済んでいることを明かした。

「もちろん、『ちくま商工信用組合』の熊谷理事長は解散に同意しています。理事長はできるならば業務停止命令を受けずに自主廃業したいと言っていますが。ただ、どちらでも解散することに変わりはありません。理事会の招集段階で地元のマスコミに漏れます。栃木がそうでした」

新井金融安定監理官はここであらためて姿勢を正し吉江会長をまっすぐに見据えた。

「本日参ったのはアルプス銀行さんのお力をお借りしたいからです。つまり、破綻した『ちくま商工信用組合』を引き受けてもらえないかとお願いに参ったのです。受けてもらえるなら、早期に業務停止命令を発令します。これはひとえに取引先を保護し地域の金融経済を安定させるためです」

新井金融安定監理官が頭を下げると両脇のふたりも頭を下げた。

「まあまあ」

吉江会長はそう言って、両手で頭を上げるように促しながら、

「状況はよく分かりました。局長からも直々に頼まれましたので、できる限り協力させていただきます。と申し上げたいところです。が、銀行と信用組合とでは取引先の層が多少異なっています。ここは私どもができることをできる範囲でさせていただくことで勘弁願いたい」

今度は吉江会長が頭を下げた。

「できることをできる範囲でとおっしゃいますと」

新井金融安定監理官は不安そうに吉江会長の次の言葉を待った。

「私どもは店舗や従業員はお受けできません。ですが貸金と預金は引き受けても良いと考えています。ただし、地元の他の金融機関とご一緒にお引き受けしたいのです」

二つの大きな条件が付いている。店舗は引き受けないと言うが止むを得ないだろう。アルプス銀行だけでは受けないと言うがそれは問題ない。どちらにせよアルプス銀行は基本的に今回の件は受諾する方向である。

幾分安堵したように財務局から来たふたりは顔を見合せた。

しばらくの沈黙のあと、飯田常務が長野県の意向はどうかと質問した。もともと信用組合の設立当時の監督官庁は長野県である。

それには小川所長が答えた。

「長野県には先日、私のほうで報告しました。今は金融庁の所轄なので金融庁の指示に従いたいとの返事でした」

「吉江個人の考えだが、業態の同じ長野県信用組合、それとテリトリーが競合している長野信金、地元の上田信金、それにうちで分割して受け入れてはどうかと考えている」

海瀬副頭取も小さく頷いた。その話は今朝の臨時役員会で出たのだろう。

「む……。皆が受けていただければそれに越したことはありません。ただ貴行は引き受けていただけるとして長野県信用組合や他の信金は承諾してくれるでしょうか。足並みが揃うか心配です。時間が限られているので……」

新井金融安定監理官が懸念を示した。

「いいですよ、分割でいいのなら、私の方からお願いしてみてもかまいません」

吉江会長はいとも簡単に説得役を引き受けた。

「そうですか。いや、吉江会長にそうおっしゃっていただけるなら、ぜひ。それでお願いします」新井金融安定監理官は頭を下げた。

「ところで破綻はいつにするお考えですかな？」

吉江会長は金融庁の破綻日の腹積もりを訊ねた。

「早いに越したことはありません。年末も近いので年末資金の実行が終わるこの二十八日金曜日をXデーとしたいところです」

「二十九日が土曜日ですね。とすると二十八日が今年の場合御用納めですから、新年四日まで六日間も取引先を不安な思いで過ごさせることになりますが」

「そこで取引先の不安を取り除くために、破綻発表に合わせて債権を引き受ける予定の金融機関を具体的に公表したいのです。そうなれば、その休みの間、『ちくま商工信用組合』の職員には全取引先に説明に回らせます」

「そうですね。このようなことは早いに越したことはない」

吉江会長も同意した。

「すいません、事が事なのでこの辺で財務局に連絡を入れておきたいので時間を頂戴したい。よろしいでしょうか」

三人は飯島企画部長の案内で一旦応接室を出た。再び三人が戻るまで誰も口を開かなかった。

「お待たせしました。業務停止命令は遅くとも一月十一日金曜日までに出します。ただし、受け入れ金融機関との調整がつけば年内二十八日金曜日に繰り上げます。分割して受けていただくことは当方に異存はありません。できましたらすぐにでも吉江会長に金融機関のとりまとめをお願いします」

「分かりました。ここまでくればプレスにいつまでも秘密にしておくことは無理でしょう。年内に間に合うように動きましょう」

「くれぐれも、よろしくお願いします。もうマスコミは理事宛の臨時理事会の招集通知を狙っているという情報もあります」

最後に新井金融安定監理官は念を押した。

4

財務局の一行が帰るのを見届けると、飯島企画部長は邑上部長に長野財務事務所へ同行するように言った。

「『ちくま商工信用組合』の破綻が年末の二十八日に決まると、今日を入れて十日もない。具体的な道筋をすぐ決めておきたい。これからは邑上部長の与信管理部の出番になる。具体的な条件が決まらないと前に進められないので一緒に行動してもらいたい」

昼食を早めに済ませ、ふたりは銀行の車で出かけた。

長野財務事務所は国の出先機関のある善光寺南西の合同庁舎の一角にある。アルプス銀行本店からだと車で十分《ぷん》もかからない。

長野財務事務所では飯島企画部長からの連絡を受けていた小川所長がふたりを待って応接室に通した。

小川所長と飯島企画部長は普段から国の出先機関の長と現地有力銀行の顔との関係で定期的に会っている仲である。もしかしたら、今回のシナリオもふたりが作ったものかもしれないと邑上は考えながら、通された応接室で腰を下ろした。

新井金融安定監理官と吉岡金融監督官はすでに財務局に帰ったが、その上司にあたる関東財務局の氏家理財部長がたまたま居るので紹介しましょうと言った。すぐに氏家理財部長は応接室に現れた。

「年内は無理かと一時は諦めておりました。吉江会長の英断で間に合いそうです。たいへん感謝しております」

氏家理財部長は貫禄があり、官僚というよりは業績の良い上場会社の社長のようである。

「財務局としては会長のおっしゃられたとおり、預金・貸金の譲渡だけで、店舗と人はあきらめることにします。後は、地元金融機関が協調して引き受けてくれることだけです」

話しぶりから午前中のアルプス銀行トップとの会談内容を熟知している。ここで今日一日、この氏家理財部長が陣頭指揮していたのかもしれない。

「氏家部長。銀行といえども株式会社です。貸金の引き受けでロスが発生するようなことになれば経営責任問題となります」

飯島企画部長は理財部長の話を遮るようにストレートに銀行の立場を伝えた。理財部長を交渉相手と決めて口火を切ったのだ。

「引受債権の評価方法が問題となります。昨年破綻し、当行も受け入れた新潟セントラル銀行の場合は債権を収益還元法で評価しました。あの時と同じように『収益還元法』でよろしいですね」いきなり、予想される争点を突いた。


金融機関が破綻し、そこの債権、つまり貸出金を引き受けるということはその貸出金を買うという行為になる。通常それは貸出金の残高でなく回収リスクを見込んで安く買う。価格が安いということは価格より高く回収できればその分は儲《もう》けとなる。逆に買い取り価格より貸し倒れロスが上回った場合は引受金融機関にとって損失となる。

新潟セントラル銀行は新潟市に本店を持つ地銀。バブルで一昨年破綻し、アルプス銀行は昨年長野県内と近隣の上越市にある四店舗の債権を『収益還元法』で評価し、譲渡を受けている。収益還元法は一般的に価格が安く算出される傾向のある方法である。

「あとはシステムの問題だけです。これは『ちくま商工信用組合』と同じシステムを使っている長野県信用組合のシステムに合わせるのが無難でしょう」

飯島企画部長は言うだけ言い、氏家理財部長の回答を待った。

「破綻は年内がベストの選択です。それでも譲渡価格は来年三月末までに決めなくてはなりません。ペイオフ解禁は来年四月ですので、これはどうしても守らなくてはならない。時間が限られています。そのために双方で譲れるところは譲りましょう」

氏家理財部長はふたりの顔を見据えてこう言った。

「譲るところとは？」飯島企画部長は問うた。

「譲渡価格が決まらないことには預金保険機構が補填する保険金額が決まりません。それを来年三月中に決めるとすると時間のかかる『収益還元法』を使うことは現実的に無理です」

「新潟セントラルでの実績が当行にはあり、ノウハウもありますが……」

「新潟セントラル銀行の場合は破綻を発表してから譲渡まで一年以上の余裕がありました。そのため手間のかかる『収益還元法』でも間に合いました。しかし、今回は四月まで三ヵ月しかありません。個人ローンを除いても三〇〇〇先近くの貸出先があります。実現可能な方法を選択するしか方法がありません」

氏家理財部長は暗にアルプス銀行の主張する貸出債権の評価に『収益還元法』を採用することはできないと反論した。

「ですから評価方法以外に譲れるところは譲りましょう。貴行が店舗や人は受けないことは了解しました。さらに、本来ならば競争入札方式としなければならないのですが、貴行を含め四金融機関へ特命で譲渡することもできます。これでいかがでしょうか」

理財部長は小出しに条件を出して交渉することはしない。最初に譲れる条件を出す。しかし、原則は譲らない。大事な交渉事を何度も手掛けてきた自信に裏打ちされた態度であった。

「『収益還元法』が使えないということになると、ここではこれ以上決められません」

飯島企画部長は困った顔を邑上部長に向けた。

氏家理財部長は右手を軽くあげ、

「おっしゃられる意味は分かります。しかし、来年の三月末までに破綻させ譲渡をすすめている信組は進行形を含め全国で三十六あります。譲渡債権の評価方法はそのどれもが債務者区分による『引当金控除方式』となっています。例外をつくるわけにはいきません。確かに譲渡価格は重要なマターですが、方法にこだわらなくても納得できる評価は可能です。ここはアルプス銀行さんも皆さんと平仄《ひょうそく》を合わせてもらいたい」

——『収益還元法（ＤＣＦ法）』は収益力からそれを生み出す資産の現在価値を算定する方法

で、貸出金の場合は利息収入からその貸出金の現在価値を算定する。つまり、儲けからそのものの価値を算定する方法である。その際、利息収入、回収リスクを個別に算定する必要があり、還元利回りをどのレベルに設定するか決める必要もある。総じて手間のかかる方法である。

それに対し、『引当金控除方式』はあらかじめ債務者を財務内容から信用を格付け、その格付けに基づき区分して（債務者区分）、それぞれの区分毎に一定の貸倒引当金を定め、その引当金を貸出金から控除して価格を算出する。つまり、儲けでなくその債権の健全性をその債権の価値とする。債務者の区分さえ決まれば算定は自動的にできる簡便な方法である――

両者とも沈黙した。

邑上部長が口を開いた。

「『収益還元法』を使いたいという当行の主張を取り下げたわけではありませんが、参考のためにお聞きします。仮にその『引当金控除方式』となった場合、債務者区分に応じて引当金を決めることになりますが、どのような率になるのでしょうか。もちろん破綻懸念先、（実質）破綻先は受け入れ対象外と考えますが。それと、この債務者区分はどこで決めることになるのでしょうか。さらに、債権に隠れた瑕疵《かし》があった場合、後で損失補償は受けられるのでしょうか。担保評価も問題ですが」

ここに来るまでに抱えてきた疑問を言葉にした。

氏家理財部長は精悍《せいかん》な顔を今度は邑上部長に向けた。

「『引当金控除方式』では正常先に引当金は考えていません。譲渡価格は貸出金残高となります。要注意先は担保で保全されない債権の五〇パーセントを引当金とします。つまり譲渡価格は担保部分プラス担保で保全されない貸出金の半額ということになります。

債務者区分の決定は話し合いですが、どうしてもという場合は貴行の判断を尊重します。破綻懸念先と（実質）破綻先は整理回収機構に移すことになります。

それから担保評価は貴行の評価で結構です。これなら問題はないでしょう。ただ、損失補償はありません。これは譲渡時で価格を確定させるためです」

関東財務局では破綻処理のシナリオがほぼでき上がっていた。今回のシナリオで違った点は受け皿金融機関がアルプス銀行一行でないという点ぐらいかもしれない。

「個人的な考えですが、急に協力していただくことになるのですから、金融整理管財人やそれを補佐する補佐人を受け皿金融機関さんの中から出していただくことも可能です。この点含めご検討ください」

結局、この日は債権譲渡の価格算定方法はこの場で結論が出ないで終わった。

明後日二十一日にふたりが埼玉県のさいたま新都心にある関東財務局に赴いて、そこで最終的に方法を決めることを約束し、長野財務事務所を辞した。

帰りの車の中で飯島部長は言った。外はすでに暗くなっていた。

「前回の新潟セントラル銀行の時はアルプス銀行が『DCF法（収益還元法）』で安く引き受けたと言われている。財務局もうちに二度とおいしい思いをさせないということか。仕方がない。邑上部長、このままだと財務局の主張している『引当金控除方式』となりそうだ。そうなれば極力損失が出ないよう与信管理部に頑張ってもらうしかない」

邑上部長は企画部長の言葉に黙って頷いた。

これからすぐに部内で体制づくりに入らなければならない。

与信管理部に戻ると邑上部長は配下の与信統括グループの北山主任調査役と重盛係長のふたりを別室に呼んで今日の出来事のあらましを説明した。

昨年破綻した新潟セントラル銀行の債権譲受けを行ったのも与信統括グループのこのふたりである。今はふたりとも通常の業務に戻り、北山主任は融資規程と日銀・金融庁等の外部検査の統括者を担当し、重盛係長は『自己査定システム』の開発を指導している。

邑上部長はふたりに今の業務は一時中断して『ちくま商工信用組合』の破綻関連の業務にあたってもらうことを命じた。

「問題は価格算定方法となる。財務局の考えは『収益還元法』はノーで『引当金控除方式』しか認めないとのこと。明後日二十一日金曜日に企画部長と一緒に関東財務局に出張してそこで決める」邑上部長の簡単な報告を聞いただけでふたりはおおよその状況を察知した。

「財務局には親しい者がいます。明日一日あるので財務局の考えをあらかじめ聞いて来ましょうか」

北山主任はこの仕事が長く、関東財務局に何人か知り合いがいる。

「そうしてくれるか。今は少しでも情報が欲しい」

邑上部長が許可すると、北山主任はその場で関東財務局の知り合いに電話をした。

「明日、内々に会ってくれるそうです」

北山主任は受話器を置いて言った。

「それでは北山主任には明日『さいたま新都心』に行ってもらおう」

北山主任の報告を聞いたうえで、飯島企画部長と財務局に出向くことになった。

5

夏目係長は経営管理部長への説明も無事に済み、与信管理部の自分の席に戻り明日予定している安曇野監査法人の佐藤公認会計士との面談の準備をしていた。

一般貸倒引当金の算出方法を来期から変更することについて、今日、決算作成部署である山本経営管理部長の内諾を得ることができた。

夏目係長は変更計画を実行するにあたり、経営管理部の塚越調査役に相談し、さらに常勤監査役の割田常任監査役にもあらかじめ相談してあった。割田常勤監査役は夏目の新入行員時代の支店長であり、仲人もしてもらった上司である。

話を聞くと割田常勤監査役は自分としては賛成だが、引当金の算出方法の変更には監査法人の内諾を得ておくことが必要とアドバイスを授けてくれた。それだけに何としてでも、明日東京からやってくる佐藤公認会計士を説得しておきたい。電話ですでに話はしてあるが重要な事なので、面談の上で確約をとりたい。

夏目係長が今後の策を練っているところへ矢田参事役がやってきた。

矢田参事役は店長権限融資を臨店して監査している資産監査グループのチーフをしている。普段は出張が多いが年末が近づいた今は臨店をしないでデスクで報告書をまとめている。参事役という職位は営業店では支店長と同じ職位になる。

「信用組合が破綻する。ウチも関係するらしいよ」

どこから情報を得るのか知らないが、矢田参事役の情報は違ったためしがない。

「え。どこの信用組合ですか？」

「ここだけの話だけど、上田市の『ちくま商工信用組合』」

「ちくましょうこう……」

「シー」

矢田参事役はそういって指を唇に当てて、席に戻っていった。どうやらまだ公になっていない秘密事項らしい。

『ちくま商工信用組合』と聞いて夏目係長は脳裏に蘇ってくるものがあったがそれが何か思い出せなかった。

上田支店に勤務していたことがある夏目係長は金融機関としての『ちくま商工信用組合』は当然知っている。取引先の業務のことだろうか、いや違う。アルプス銀行という地方銀行の雄にとって『ちくま商工信用組合』はあまりにも小さな存在で競合相手にすらならない。そうではない、頭の隅に引っかかっているのは他のことである。

帰り際になって、夏目のもやもやとした気持ちの謎が解けた。

何のことはない。昨年たまたま『ちくま商工信用組合』に勤めているという男に出会ったことがあるのだ。夏目は名刺帳を取り出しめくった。

あった。

ちくま商工信用組合
融資部長　久保　彰

この名刺の相手と会ったことがある。

それは新幹線を使い東京に日帰り出張した帰り、夏目が長野へ帰る新幹線の車中のことだった。

車中で大学時代のゼミの同窓生である高橋徹《とおる》に偶然出会った。彼は群馬銀行に勤めているが、そこで高橋と同席していた久保彰を夏目は紹介され名刺を受け取っている。ハンサムな好青年であり、部長という肩書きにそぐわないという印象を持った。

その時、高橋は彼を名刺の肩書きに加えて、久保林業の御曹司と紹介した。受け取った名刺には『ちくま商工信用組合』とだけある。久保林業は夏目も知っているほどの老舗企業である。あの時、久保林業の者がなぜ『ちくま商工信用組合』に勤めているのか意外に思ったこともおぼろげに思い出した。

久保林業は明治時代に信州佐久から出て、日本を代表する木材会社となった会社である。木材は建築材として必要な資材であるが、何分重いので運搬に苦労した。千曲川という水運に恵まれた佐久地方は豊富な木材と運搬の利便さで古くから木材の供給地としての立場をゆるぎないものにしていた。久保家代々が『信州の山林王』とも呼ばれ、一族が経営する久保林業は木材会社の筆頭に近い地位を占めていた。特に戦前は鉄道の枕木や電信柱を供給して枕木のシェア日本一だったこともある。今はどちらもコンクリートなどに代わり会社は衰退したが。往時の栄光を知る人は今も地元には大勢いる。

確かあの時、高橋は自宅のある高崎で降り、久保彰は佐久中央駅で降りた。

もう一度名刺を見た。そこには確かに『ちくま商工信用組合』の融資部長となっている。

あの久保家の者がどのような経緯で信用組合に勤めているのか。夏目はひとりになった車中で漠然と考えていた事をしだいに想い出してきた。

そう言えば、あの日、ひとりになってから何気なく眺めていた新幹線の車窓からの信州の景色は不思議と覚えている。その日の千曲川は黒くうねり、流れが異常に速かったこと。そして長野が近づくと夕陽が落ち、北アルプスの白馬や鹿島槍《かしまやり》の峰々が黒いシルエットになっていたことも。

今、あの久保彰という男はどういう立場にいるのか。『ちくま商工信用組合』の今後はどのようになるのか。職場が無くなり、同時に失職するのか。あの時の融資部長という立場は破綻とは無関係の位置ではないことぐらい夏目係長にも想像できる。とすれば、彼はどのようにこの事態を受け入れているのだろうか。

第二章　夏目補佐人の誕生

1

瀬下涼子《りょうこ》の友人たちの多くは地元上田の高校を出るとこの信州を離れ東京という都会に出て行った。

皆、口にこそ出さないものの心の中で、ここ上田に残っていては真っ当な人生が送れないと思っているのではないか。もしかしたらハーメルンの笛吹が意地悪をして、若者を根こそぎ田舎の町から連れ去っているのではとさえ思うことがある。上田の暮らしが好きな瀬下涼子はそれが不思議でたまらないし、残念でもあった。

涼子が馬場町《ばばんちょう》にある教会付属の幼稚園の園児であった頃、涼子をかわいがってくれたおばあちゃんを亡くして元気をなくしていた涼子におばさん園長が腰を落として涼子に話をしてくれたことを覚えている。

「涼子ちゃん、世界の中心はどこにあるのか知っている。それはね、涼子ちゃんの一番大事な人のいるところなんだよ。そこが世界の中心なの。そう、涼子ちゃんの一番好きなのはお母さんだね。だから今の涼子ちゃんの世界の中心はお母さんのところだね。でもおばあちゃんも好きだったよね。おばあちゃんは今どこにいる。そう天国だよね。天国には神様がいるから、天国も世界の中心でもあるんだよ。でもそこは神様の世界だから神様にお祈りすれば神様はいつでも聞いていてくれるよ。そしておばあちゃんにもいつでも会えるよ。神様のいる天国は心の中の世界の中心だから。涼子ちゃん分かった。そう、涼子ちゃんの今いるところがいつも神様に守られた世界の中心なんだよ」

日本の中心は『東京』という『大都会』だと聞かされるたびに、瀬下涼子はいつもそうではないと心の中で反発したのはあのおばさん園長の言葉を思い出すからだ。おばさん園長は教会の牧師の奥さんだ。厚いメガネをかけ眼の不自由な牧師を陰で支えていたことを知っている。涼子は神様のことは分からなかったが、質素な生活をしていてもいつも涼子のことを思ってくれていたおばさん園長のことをいつも想いだすのだ。

涼子は地元の高校を出ると長野市にある清泉女学院短大に進んだ。それもあのおばさん園長の影響かもと思う。地元で唯一のミッションスクールである清泉女学院短大に上田から長野へ電車で通学した。そこを卒業すると迷わず地元の金融機関である『ちくま商工信用組合』に就職を決めた。別に親にそうしろと言われたわけではなく、彼女自身が地元に住もうと決めていたからだ。

上田地方は信州の中では比較的気候が良く、住みやすいと言われる。同じ信州と言っても諏訪・松本のように標高が高く冬の寒さの厳しい所ではない。かといって長野や飯山のように雪が多い雪国でもない。

意外なことに内陸でありながら産業が盛んな土地という一面も持っている。この地方はもともと養蚕業が盛んで、蚕糸学校（今の信州大学繊維学部）があった土地柄である。また、あの太平洋戦争中に疎開してきた企業が戦後になってもそのまま残り、地域の地場産業を支えている。自動車のピストンやブレーキ関係のトップメーカー『テクノアルファー』、縫物の針で世界のトップメーカーである『キルト針』のような製造会社がいくつか存在する。もちろん上場企業も多く、隣町の坂城《さかき》には日精樹脂というプラスチック樹脂成形機を製造する大企業もある。

そうは言っても、日本の地方都市の御多分にもれず旧市街地が衰退し空洞化が進んでいる。住宅地、ショッピングセンター、工場ばかりか日常生活に必要な病院や公共施設まで市内から郊外の道路沿いに移っている有様である。電車のような手頃な公共交通機関は、今も別所温泉へ行く電車が残っているもののかつてに比べるとその本数も少なく、どこへでも自動車で行くことができる若い者は良いが、自動車を持たない年老いた層にとってはますます暮らしづらくなっている。

平成十三年（二〇〇一年）

十二月十九日　水曜日

上田市　ちくま商工信用組合

（関東財務局がアルプス銀行を訪れた同日）

上田市は真田一族ゆかりの上田城を中心に発達した街である。北陸新幹線に乗って上田駅から長野方面に移動する車窓からは上田城の大手門や櫓《やぐら》、石垣が見える。もともとは城下町であったので古い町並みは狭く曲がっていた。しかし、今ではその上田城の周りは整備され、大手門近くから上田市役所を貫く通りは大通りとなっている。

その市役所の前の大通りの向かい側に注意しなければ見過ごしてしまうように何の変哲もない古いビルが建っている。シャッターを下ろした内部では、薄暗い蛍光灯の下で職員がまだ所在無げに動いている。『ちくま商工信用組合』の本店である。

午後七時になり、瀬下涼子はそのビルの脇の通用口を抜けて家へ帰るところであった。

瀬下涼子はその『ちくま商工信用組合』本店の窓口係をしている。

今日、彼女の帰りが遅くなったのは仕事が忙しいからではなく、業務が終わっても誰も帰ろうとしなかったからだ。意味もなくだらだらと付き合い残業をして時間を浪費していたに過ぎない。

今日に限らず、最近はこのような日が続いている。

涼子の家はここから歩いても十分《じゆつぷん》とかからない海野町《うんのまち》という商店街にあり、今もそこで母がひとり『瀬下靴店』を守っている。

そもそも、この『ちくま商工信用組合』は瀬下涼子の祖父が発起人のひとりとなって創立した協同組合である。

閑散とした今では想像できないが、朝鮮戦争が休戦となった頃、海野町商店街や原町商店街通りは近在から集まる買い物客で人が溢れ通れないほどであった。物が不足し、あれば飛ぶように売れた時代である。しかし、物を仕入れるには金がいる。在庫商品さえあれば商売になったがその時代に肝心の仕入れ資金が商店には無かったのである。

それはインフレを終焉させ、重工業を育成しようとしていた日銀が政策的に製造業に資金を振り向け、商業への貸出額を極力抑制していたからであった。

そこで、涼子の祖父、瀬下龍太郎《りゆうたろう》は同志を募って自分たちの金融機関を創ろうと奔走し、自ら発起人の中心になって今の『ちくま商工信用組合』を立ち上げた。

昭和二十九年二月の事であった。

ただ、涼子が就職先として迷うことなく『ちくま商工信用組合』を選んだのはそうした身内に関係者がいた先であるからではなく、単に、幼い頃からこの海野町の金融機関として慣れ親しんでいたからである。涼子が小学校の頃、家（店）に帰るとよく『ちくま商工』の集金のおじさんに会った。学校以外で大人のひとに会うのはその集金のおじさんであったから、何となく『ちくま商工信用組合』に親しみを持っていたのだ。

活発で明るい性格に加えてきれいな眼をして整った顔立ちの涼子は信用組合に入るとほどなくして『ちくま商工信用組合』本店の顔である窓口係に抜擢《ばってき》された。

瀬下涼子は日々お客様と接することのできる窓口係の仕事を楽しんでいたが、同じ職場の交流を通して将来を約束した相手を見つけることができた。ゆくゆくは寿退職する予定でいた。その頃、女子の職員は結婚を機に退職することが当たり前であった。それを寿退社と言った。

相手は涼子より歳がひと回り上であったが、同じ『ちくま商工信用組合』の融資部長をしている。相思相愛の仲となり、友人も祝福してくれている。涼子の前途に不安は何もないのだ。

ところが、そんな幸せの絶頂の中にいる涼子の周辺にこのところ次々と悪い事が起こるようになった。

九月、職員の突然の異動が発表され、彼が突然、融資部長から本部人事部長付部長に異動となった。ラインから外れ人事部長付ということは何らかの制裁人事であることは誰の眼にも明らかだった。さらに、先月は「本組合に対する損害を与えた」として、とうとう自宅謹慎処分が発令された。

それまで、ふたりの関係を知って祝福してくれていた職場の同僚や上司も元融資部長の突然の処分（?）を知ってから急に瀬下涼子と距離を置くようになった。態度も変によそよそしい。

瀬下涼子にとって自分に向けられるそうした仕打ち以上に彼自身の事が心配であった。冷静になってみると処分のショックで今まで気づかなかったが、『ちくま商工信用組合』の職場そのものの雰囲気もしだいに変わってきている。

最近、窓口で取引先からこの『ちくま商工信用組合』について変なことを尋ねられる。

「『ちくまさん』、大丈夫なの」

「やっていけるの」

お客さんばかりか職場内部でも公然とこの『ちくま商工信用組合』がもしかしたら潰れるかもしれないという噂が飛び交うようになってきた。

融資部長だった彼の自宅謹慎処分と職場の噂に何か繋がりがあるのかもしれない。しかし、瀬下涼子の立場では今何が起こっているのか、この事態について何も知ることはできなかった。

『ちくま商工』が経営危機に陥っている」との噂が出たのは何も今回が初めてではない。

昨年の春先に資本金を増やすために『増資』が行われた。信用組合なので資本金は組合員勘定という。その時にも、ちょっとした騒動が起こった。それは増資の発表間もなく、信用組合内部に『ちくま商工の職員宛』にアジビラが配られたことがあったからだ。

『ちくま商工の全職員に告ぐ。これは債務超過を隠蔽するための増資です。騙されてはいけません』そう書かれたビラが一度だけ配られたことがあった。

しかし、それを配ったのは誰か分からないまま何人かの職員がこっそり退職する形で信用組合から姿を消した。去った人との接触は禁じられているようで誰もそのことを話題にしない。

その騒動が一段落すると、当時の岡本理事長は全職員を集め訓示をした。

「今回の増資は自己資本を高めて貸し出し余力をつくるためである。進んで協力した者こそ、『ちくま商工信用組合』の互助自立の精神にふさわしい職員であることを表明している」

そして、資金のない職員にも借り入れで増資に応じられるように、職員ローン制度を拡充して借り入れして増資に応じられるように改正した。

全職員は踏み絵を踏まされるように増資に応じるか否かで忠誠心を試された。母の瀬下静江《しずえ》は涼子のためにと、長年かかってコツコツ貯めてきた貯金を下ろして増資に応じている。

ところが昨年の総会ではこの岡本理事長本人が増資の成功を花道に突然退陣し、今の熊谷理事長に替わっている。

ただ、ここで次第《しだい》に明らかになってきたことがある。

夏の賞与が業績悪化を理由に給与の一ヵ月分に減額され、さらに師走を半ば過ぎた今になっても今年の冬の賞与が支給されていないことだ。上司の中には住宅ローンの賞与支払分を抱え悩んでいる者や子供の進学について心配している者もいる。

「粉飾決算があったらしい」

「すでに立ち行かなくなっている」

「夏から金融庁の人が頻繁に出入りしているのはそのためだ」

「いや、大手が救済してくれる。今水面下でその計画が進められている」

ここのところそれらの噂話が公然と信用組合内外で交わされるようになってきた。

それらの噂と呼応するように、窓口でも定期預金の解約が増えて来た。

瀬下涼子は定期預金の解約がこのところ急に増えていることを窓口係として報告にまとめ上司である主任に提出したが、今に至るまで反応はなかった。

例年だと、年末のこの時期は冬に支給される賞与を狙った定期預金獲得運動をするが、今年は目標すら示されていない。

それどころか、先週の金曜日には突然元理事長の岡本未知男《みちお》が本店に現れ、本店長と応接で何やら話をし、最後に預金を全て現金にして持ち帰った。応対に出ていた本店長は元理事長を送り出すとなぜかロッカーに隠れるようにして震えて泣いていた。

何かおかしいと感じるが瀬下涼子の立場では何も分からない。

融資部長であった彼なら何か知っているのだろうか。

謹慎処分以後、彼からの連絡は途絶えている。今日こそこちらから彼に電話をしよう。

そう思いながら市役所通りをぼんやり歩いていると『アルプス銀行上田支店』のある交差点まで来た。ここから海野町商店街が始まる。

アーケードが撤去され街灯だけとなった商店街に人通りは少ない。シャッターが閉まったままの店も目に付く。買い物客で混雑していたと聞いている昔の面影はどこにもない。

『瀬下靴店』は海野町通りのほぼ真ん中にある。

今は母ひとりで店番をしているが、客も少ないので普段は店の奥で内職をしている。店に客が来れば感知し、奥でチャイムが鳴るようになっている。

母は上田紬《つむぎ》を簡単な器具で編んで土産用の真田紐《さなだひも》を作っている。この内職を持ち込んだのは母の妹の大井舞子である。彼女は千曲川対岸の塩田《しおた》で紬工房を持ち上田紬を織っている。

真田紐はかの真田幸村《ゆきむら》が九度山《くどやま》に幽閉されていたころ、全国の情報を得るために腹心の者が行商の姿で売り歩いたと言われている。また、大井舞子の工房のある塩田一帯は『信州の鎌倉』と呼ばれているほど、当時の古刹が多い。戦没学生の絵を集めた『無言館』のある前山寺《ぜんさん》の近くに工房はある。

「ただいま」

「お帰りなさい。今舞子叔母さんが帰ったところよ。たまには涼子も塩田へ遊びに来るようにって言っていたわ」

奥から声が返ってきた。

上がり框《かまち》にはお茶菓子の盆が置かれていた。先ほどまでここに叔母がいたことが分かる。そばに置かれた『信濃日々新聞』の夕刊が目に入った。その一面の隅にある小さな見出しを見て涼子は凍りついた。

「ちくま商工信組の職員　自殺か」

涼子は震える手で夕刊を持ち読んだ。

「十九日午前三時ごろ、長野県小海町豊郷の野菜畑に止めてあった乗用車内で、ちくま商工信用組合の融資部融資管理課調査役、小泉勝《まさる》さん（五十一歳）が焼死しているのを妻が見つけ、臼田署に届けた。同署は病気を苦にして焼身自殺したとみている」

彼ではない。

少し震えが収まった。

小泉勝。

どのような人か思いつかない。

融資部と言えば瀬下涼子の彼がついこの間まで部長をしていたところである。彼の身近にいた部下かもしれない。

「涼子。さっきお友達の瞳さんも銀行帰りに寄ってくれたわよ。電話をしてみたら」

動揺を隠すように「はあーい」と平静を装った声で答え、二階の自分の部屋に向かった。

涼子は新聞の記事が気になり、母の言った兎束瞳《うづかひとみ》のことは聞こえても頭に残っていなかった。

瀬下涼子が階段を昇りかけたところでハンドバックのなかの携帯電話が鳴った。

涼子は駆け足で自分の部屋に入ると携帯を取り出した。間違いない。『ＡＫＩ』と表示されている。彼、久保彰からの電話である。彼が自宅謹慎になってから初めて掛かってきた電話である。

何の連絡だろう。涼子は急いで携帯を耳につけた。

「もしもし、涼子。聞こえている」

しばらく黙って聞こえないフリをして意地悪しようと思ったが、今の涼子には耐えることができない。

「なんで、今まで連絡を寄こさなかったのよ……」

涼子は涙声になって詰問口調で言った。

「ごめん、ごめん。涼子に心配かけたくなかった」

「……いいわ。……でも自宅謹慎とは電話もかけられないことなの」

「そのことはまた、あらためて話す。今日はぜひお願いしたいことがあるんだ」

「いいわよ、言ってちょうだい」

「明後日、休みを取れないか。お願いしたいことがある」

「あさってって二十一日の金曜日ね。いいわ、どうせ窓口は最近、暇だから休みはいつでもとれそう。用事って何」

「実は、同僚が亡くなった。僕は謹慎の身なので葬儀に出られそうもない。代わりに焼香をして欲しい。二十一日の午前中に葬儀が佐久の自宅で行われる」

「亡くなったって。もしかして、今日の夕刊に出ていた人のこと」

「そう。小泉勝さんだ。詳しいことは会ったときに話す。彼の家は佐久市岩村田にある。二十一日に小諸駅で九時に待っている。自宅へ行き、そこで君に僕の代わりに焼香してもらいたい。今、人前に出るとまずい。頼む人は涼子しかいない。迷惑かな」

「何を言っているの。分かった。そうする」

あさって、今までの分を返してもらうぐらい甘えてやろう。それとも、その分とっちめてやろうか。亡くなった小泉という人には申し訳ないが、涼子は明後日まで待てないくらい久保彰と会えることが嬉しかった。涼子の大きな瞳から大粒の涙がとめどもなく流れおちた。

2

十二月二十日　木曜日
長野市　アルプス銀行本部

関東財務局の持ち込んだ『ちくま商工信用組合』の破綻処理問題で奔走した翌日の朝、アルプス銀行与信管理部の重盛係長は邑上部長が出勤してくるやいなや、すぐに邑上部長の席に来た。

重盛係長はやや太めの体型と愛嬌のある顔立ちであり、その風貌が彼からエリート特有の冷たさを拭い去っている。しかし、このことは当の本人も自覚をしていない。長野県南部の飯田市の開業医の次男で長男が医院の跡をついだのを幸いに本人は大学を出るとそのままアルプス銀行に入行している。

「部長。昨日のことは行内ではかなりの職員に漏れています。もちろん、我々は誰にも話していませんが」

小さな声で言った。

「そうか弱ったものだな」

銀行内で秘密が保たれないことは今始まったことではないが、銀行外に漏れると問題になる。アルプス銀行は家族的な良い面もあるが機密事項が守られないという脇の甘いところがある。邑上部長が東京支店にいたときに経験したインサイダー事件もその類のひとつであろう。折をみて徹底しなければならないと部長は自分に言い聞かせた。

「部長は昨日信濃日々新聞の夕刊の記事をご覧になりましたね」

「ああ、あの『ちくま商工信用組合』から自殺者が出たという記事か。原因は病気だと発表しているな。マスコミも今度の商工の破綻とは結び付けていない。ただ、財務局があれほどあわてていた様子から考えるとあながち無関係でないかもしれないが分からない。どちらにせよ、こちらも急がないといけない」

「今すぐ打ち合わせをやりませんか。北山主任調査役がこれからさいたま新都心の財務局に出かける前にしたいのですが」

「わかった。すぐやろう」

昨日、最終ミーティングでは今日、北山主任調査役が財務局の知り合いに会って腹の内を探ってくることになっていた。

邑上与信管理部長と与信統括グループの北山主任調査役と重盛係長の三人は別室に移った。

その席で重盛係長は主任と一緒にまとめたという資料を幾つか部長に提出した。

「ひとつは昨年行われた『新潟セントラル銀行の債権譲受』の記録、ひとつは『ちくま商工信用組合』の『店舗別預金貸金一覧表』、それにこれから順次全行の担当者や支店長に通達する予定の原稿です」

重盛係長が示したこれらの資料は与信統括グループの北山主任調査役とふたりで、昨夜遅くまで残業をして作成したものだ。

「吉江会長は金融機関が分割して受けたらという話でしたので、その方向でまとめてあります」

北山主任調査役が邑上部長に概要を説明した。

「ありがとう。そうなると思う」

眠い目をこすりながら説明するふたりを見の前にすると邑上部長は有能なふたりに感謝せずにはいられない。

「その前に、これらの資料を作成するにあたって重盛係長からひとつの疑問が投げかけられました。それはこういうことです。我々にとって一番の問題は当行の経営陣が今回の話をどのように捉えているか。それによって我々がとるべき方法も大きく違ってくるのではないかということです」北山主任調査役は資料から眼を離し、邑上部長の眼を見た。

「どのように捉えているかというと……」

「つまり、今回の破綻をビジネスチャンスとお考えであれば、価格交渉に重点を置いて交渉をしなければなりません。そうではなくて、長野県内のリーディングバンクとして地域経済の混乱を防ぐという大義を重視されるならば、引き受けを優先させ、価格算定方法はこの際、譲らなくてはならないでしょうということです」

「……つまり、大義のためには利益をある程度犠牲にせざるを得ないと」

「部長から話をお聞きしている限りでは地域経済を支えるという大義のほうに重点があるように感じられましたが」

重盛係長が一歩進めて聞いた。

「私も地域経済のためということを優先して協力するということになったのだと思う。前回、新潟セントラル銀行の破綻は新潟県のことであり、頼まれて引き受けた経緯がある。しかし、今回は地元、長野県のことなので、取り組み姿勢もおのずと違ってくる。だから吉江会長も一肌脱ぐ気になったのではないだろうか……」

「地域経済のためということを優先されるとすれば、率直に言ってDCF法を押し通すことは難しいと思います。もちろん、今日、財務局に行ってこちらの意向を伝えつつ、先方の考えも確認してきますが」

北山主任調査役が言った。

彼は金融庁検査の時は財務局と直接折衝する立場であり、金融庁との繋がりもあり、ある程度財務局内部担当者の考えを探ることができる。泣く子も黙るという金融庁を相手にしているので、百戦練磨の猛者と思われるが、本人は人あたりの柔らかな人間である。人柄は趣味にも表れ、時間が取れると全国の仏像の顔を見て歩いている。邑上部長も京都まで仏像見学につき合わされたことがあるが、仏像の顔がどれも同じに見える邑上にとっては文字どおり部下とのお付き合い以上のものではなかったが、北山主任にとって仏像の顔を眺めることは何事にも替えがたい大事なことであったのだろう。

「どの方法をとってもしょせんは作業内容しだいです。来年、平成十四年三月末までに資金援助申請を行わなければ、今の預金保険制度の特例が利用できなくなります」

北山主任調査役はアルプス銀行の置かれている状況を要約した。

資金援助申請とは破綻した金融機関へ支払う保険金を預金保険機構に申請することを言う。解散する場合は正確な実態バランスを作り債務超過額を確定させる。その不足部分を預金保険機構の保険金が補う。

その際、ペイオフ解禁前であれば預金者への支払いを優先させ、資産は処分する。資産のほとんどは貸出金であるのでそれを引き受けてもらう金融機関に幾らで譲渡するかが問題となる。そのため資産の算定作業が大事になる。破綻処理のための作業はほとんど引受金融機関とこの譲渡価格を決める作業だと言っても過言ではない。

「北山主任の言うとおりです。価格を決めるまで三ヵ月しか残されていません。残念ですが全取引先の収益額を算定しなければならないDCF法は時間がかかりすぎて三ヵ月では処理できません。方法に拘《こだわ》らず、引当金控除方式であっても、それなりに損の出ないようにするべきでしょう。それには、部内だけでも『ちくま商工信用組合』の破綻を公にして、すぐにもプロジェクト・チームを作るべきです。引き受けを断るなら話は別ですが、それはもうあり得ないでしょう」

「そうすべきです」

北山主任と重盛係長ふたりの意見は一致していた。

「分かった。方法は明日決定させる。決定しだい、うちの部は通常業務を一時中断させて『ちくま商工信用組合』の破綻処理に全力で取り掛かる。もちろんアルプス銀行の関連会社にも協力を要請するつもりだ」

「承知しました。部長もご存じのように、資金援助申請には買い取り価格の合意が必要です。その場合、留意していただきたい点を三つまとめてみました」

重盛係長は用意してきたメモを邑上部長に見せた。

『引当金控除方式』の留意点（確認事項）

一．正常先は引当金ゼロ、要注意先は担保でカバーできない部分の五〇パーセントが引当金となる。破綻懸念先以下は引き受けないものの万一事情により引き受ける場合は一〇〇パーセント保全が絶対条件となることの確認。この引当金を債権額から控除した額が譲渡価格となる。

二．保全額については不動産担保が大半とみられるので不動産の再評価が必要。『ちくま商工信用組合』の評価は甘いと考えられる。不動産鑑定士による鑑定評価が望ましいがコスト・手間・時間から実質不可能とみられる。関連会社であり、担保価値の評価もしているアルプス信用保証の評価を利用することはできないか確認する。

三．債務者区分も『ちくま商工信用組合』の査定では甘いと考えられる。アルプス銀行が再度査定を行って当行の査定に区分を合わせてもらう。

「引当金控除方式を採用するならば、不動産評価も債務者区分もすべて当行が主導権を握ってやり直すことが絶対条件です。

時間が限られています。一応、来年の平成十四年三月末を当面のマイルストーンとしてスケジュールを立てたいと思います」

重盛係長は最終段階までの作業の構成（ワーキング、ブレイク、アウトストラクチャー）の具体的な説明をした。

その説明が済むと、今度は全店の融資担当役付者に送る『臨時通達案』と『Q＆A案』の通達下書きを邑上部長に見せた。

融資関係者への具体的な通達は与信管理部の与信統括グループのふたりが発信することとなる。昨年、新潟セントラル銀行破綻引き受けの経験があるとは言え、ふたりのやることは手際が良く無駄がない。

ここで示された通達案はほぼそのままの形で後日発令されることになった。

ミーティングを終えると、北山主任調査役は長野駅から新幹線で埼玉県さいたま市の大宮駅に向かい、そこから京浜東北線を利用してさいたま新都心駅に向かった。そこにある関東財務局の意向を探るためである。

日帰り出張が可能となり、夕方には戻ってこられる。三年前、冬季オリンピックが長野で開催されたことで建設が促進された新幹線のお蔭である。

北山主任調査役を送り出しながら邑上部長は北山主任調査役のことを考えた。彼を自分のいるうちに何とか支店長に昇格させなければと思う。今までの部長は彼を重宝してこの部署に長く置きすぎている、と。

その日の夕方、北山主任調査役が持ち帰った関東財務局の感触は予想したどおり『引当金控除方式』以外は全く検討するつもりがないという素っ気ないものであった。

北山主任調査役は明るい空にまだ秋の気配を残している関東と一転して冬の曇り空に変わる信

州を新幹線で往復したようなものだった。

3

翌、二十一日の金曜日、関東財務局がアルプス銀行に来てから三日目、飯島企画部長と邑上与信管理部長はさいたま新都心にある関東財務局を訪れた。これが正式な訪問となる。

関東財務局は大宮で新幹線から京浜東北線に乗り換え、ひとつ目の駅、さいたま新都心駅近くの新都心ビルの三十五階にある。

そこの窓から来年の六月に日本と韓国が共同主宰で開かれるワールドカップ・ジャパン・コリア大会の準決勝が行われる浦和美園にある埼玉スタジアムの白くて丸い屋根が晴れ上がった青い空に輝いて見えた。

飯島企画部長はひととおり挨拶を終えると、再度、債権購入のための価格決定方式を『収益還元法』にするよう強く主張したが、聞き入れられることはなかった。

結局、価格算定方法は『引当金控除方式』とすることが確定した。ただ、氏家理財部長が長野財務事務所で約束したように、特命での譲渡、金融整理管財人を受け皿金融機関から出すこと、債務者区分や担保評価も実質任せることが確認された。

一緒に引き受けを予定している他の金融機関からは条件交渉をアルプス銀行の飯島企画部長に

一任していたので、これで受け皿金融機関全部の条件がほぼ決まったことになる。

財務局でふたりはこれから具体的作業に取り掛かるために『アルプス銀行』と『ちくま商工信用組合』が結ぶ予定の「守秘義務協定書」を財務局に見てもらい、そこで財務局の了承を得た。

ふたりの部長はそのまま大宮から新幹線で長野に戻った。

買い取り価格を決める方法が財務局の主張どおりに『引当金控除方式』に決定した。決まったということが成果と言えば成果。それとアルプス銀行本体への金融庁検査はこの『ちくま商工信用組合』の一件が落ち着くまでないとの感触を得た。金融庁検査は二年に一度の割合で行われていたお上の検査である。都銀では専用の担当をＭＯＦ担と呼んでいるほど、銀行の経営に直接影響を及ぼす体力のいる検査であった。ともかく、それは当面ない。

財務局から帰る途中、飯島企画部長は本部の役員と企画部に携帯電話で交渉結果のあらましを伝えた。企画部から入った報告では吉江会長の説得で他の金融機関はこぞって引き受けに同意してくれたという。

これで全体のスキームはほぼ決定した。

邑上部長も北山主任に財務局との交渉の結果を携帯電話で連絡し、すぐに債権受け入れ作業の準備に取り掛かるよう指示した。

邑上部長は与信管理部に戻ると与信統括グループの北山主任調査役と重盛係長のふたりだけでなく各グループのチーフも会議室に集め、『ちくま商工信用組合』の債権引き受けを伝えた。

その席でどこにも漏らさないように断ったうえで『ちくま商工信用組合』がここで破綻すること。アルプス銀行と他の金融機関が債権の譲渡を受ける予定であることを告げた。そして債権受け入れ作業はこの与信管理部がすべて行うことになるので、『ちくま商工信用組合』案件をすべてに優先させること。通常業務の中でどうしてもしなければならない業務以外はすべて後回しにするようにと指示を伝えた。

一方、飯島部長の帰りを迎えた企画部では本部の中に関連部の部員を横断的に含めたプロジェクト・チームを立ち上げた。

4

こうして、与信管理部で主任（課長）以上のチーフを集めた緊急会議が行われている間、残された夏目係長は留守を預かった感じで、ひとり今後の一般貸倒引当金算定方法変更のためのスケジュールをどう進めたら良いか検討していた。

夏目係長の入行した一九八〇年代のアルプス銀行のような地方銀行でも「国際化」が叫ばれ、国際金融部門が銀行内部の花形とされた時期があった。今思えば国中がそれ行けどんどんと『国際化の波』に遅れまいと浮かれていた。ところがバブルがはじけると夢から覚めたように内向きに転じ、地元回帰が叫ばれた。

国際金融部門は地方銀行にとってお荷物とされるようになり、さらに、バブルが弾けると慣れずに手を出した多くの国際金融関連融資に回収不能の不良債権が残った。そういった不良債権とともに余った優秀な人材をどうするかということも問題となった。

国際部門はもともとよりすぐりの人材から選抜していただけに彼らの処遇は問題であった。専門的な国際金融知識が必要なくなった彼らをどのような国内部門に持っていくか、どの地方銀行でも人事の課題となった。適応力と野心のある一部の行員はバブル後国内企業への融資の推進や投資部門へ移った。しかし、残された多くの国際畑の行員は銀行からはなれることとなった。

融資推進の本部統括部門となれば当然、選別されたエリート候補生がキャリアとして経験する部署となる。与信管理部は推進とは違うものの今ではそうした花形部門のひとつとなった。

そこになぜ夏目係長のようなダメ行員の烙印を押されたような経歴の持ち主が転勤となってきたのか周りからは好奇の眼で見られた。

もちろん、本部行員といっても全員が苛烈な競争を勝ち抜いてきたエリートや猛者ではない。北山主任調査役のような競争を嫌うおっとりした行員もいる。しかし、彼らは本部のその道のプロとも言える特別な技能を持っていた。夏目にはプロと言えるスキルは無かった。

夏目係長（夏目清一郎《せいいちろう》）は長野市の善光寺に近い横山に生まれ、両親を幼い頃亡くし、叔父夫婦に引き取られ、そこの長男として育てられた。事情があり遅れたといっても曲がりなりに大学を卒業、アルプス銀行に入行。結婚し長女も儲け、東京の青山支店に転勤して、係長に昇進した。

ここまではともかく本人の努力と環境のせいで順調に来た。

ところが、ようやく独り立ちの行員とみられるその青山支店の係長の時代から公私ともに失態が重なり、歯車が噛み合わなくなり、以後、上司から過去に問題を起こした行員としてみられ今日に至っている。それは青山支店以後昇進がストップしたことで分かる。

ひとつの事件は家庭内で起きた。

九年前、夏目は東京の青山支店に転勤した。

アルプス銀行青山支店は北青山二丁目の青山ベルコモンズというファッションビルの1～2階(地下は行員用の食堂)にあった。黒川紀章《きしょう》の設計したビルはしゃれた都会の象徴として青山支店はアルプス銀行行員のあこがれの勤務地であった。

しかし、そこへの夏目の転勤は家族を伴わないものであった。

前任地の佐久で三歳になったばかりのひとり娘を亡くし、妻とも別居の状態で赴任した。娘のいずみはアナフィラキシーというアレルギー発作の処置を誤り亡くした。看護師であった妻の真《ま》奈《な》子《こ》は一家に降りかかった不幸をどうしても受け入れることができず家を出ていた。青山支店に赴任して間もなく離婚が成立している。

『平和な家庭』を持っていることが良き銀行員の条件と考えられていた時代、離婚は確かに経歴にはハンディであり、多少なりとも評価に影響する。

しかしそれだけだったら不幸に見舞われた銀行員ということでしかない。周りは娘の突然の死を知っており、同情の眼で夏目を見ていた。リカバリーはまだ可能であると言える。

しかし、夏目の昇進に本格的な狂いが生じたのはその後、青山支店で仕事上の失態が重なったからである。それはある面、夏目の持っていた仕事に対するひたむきさや熱心さが裏目に出た結果であるが、直属の上司である木村次長はそのすべては夏目の性格が引き起こしたものとし、人事評価に最低のランクを付けた。


それでは夏目の業務上の失態とはどういうものであったのか。

元々が融資希望で銀行に入った夏目は青山支店でも融資部門を担当していた。ところが支店に転勤早々、引き継いだ延滞貸し出しに担当者の不正があることに気づいてしまった。その不正とは前任の融資担当者が延滞を故意に隠蔽していたものであった。手口は融資担当者が自分のお金で元金や利息を払っているというものだった。だからと言ってその前任者の不正を公にすることは夏目にはできなかった。同じ融資担当者として前任者がやむなくとった行動であることは債務者の態度を見ていて誰よりも良く分かっていた。そこで夏目は自分なりに最善の方法で解決する道を選んだ。つまり、融資の原則に照らして、債務者から返してもらえなければ、連帯保証人からその延滞貸金を回収するというものである。物的担保がないので、連帯保証人から代位弁済をしてもらう方法しか残っていなかったのだ。債権回収の王道である。

しかし、そうやって長年うやむやにされていた貸金をここで回収しようとした事が夏目の業務評価を最低ランクに突き落とす結果となった。

後から見ればその貸金は自称芸術家『画家』にその手に弱い銀行幹部の口利きで、この場合は東京事務所所長直々の口利きで貸し出した資金使途不明な資金。こういった貸金はその素性から最も延滞しやすい部類に入るものである。もともと返す意思が薄いのでその貸金は貸し出し早々から延滞が続いた。ところが債務者は督促をされる都度、自分の絵を行員に売りつけた。口座への入金は全て前任の行員が支払った絵画の代金である。建前は画家である相手から絵を購入し、代金を口座に入金する。延滞が半年分ほど溜まると定期的に入金をして延滞を解消させるという手口である。そして、要領の良い者は延滞を無理に解消させず理由をつけ、放っておく。上司である木村耕三次長も前任者のやり方を知っていたがそれを故意に見逃していた。

もちろん、こうした方法は融資規程に違反する。

夏目が担当者となるとその自称画家は前任者と同様、自分の絵を買うことを強要してきた。夏目は毅然としてその申し出を断り、前任者から連絡しないよう忠告されていた債務者の義弟の獣医師である千葉の幕張にいる連帯保証人に連絡を取った。保証能力のある保証人が唯一の担保であったからだ。（債務者から返済されない延滞先は連帯保証人に連絡することも融資の規程で定められている）、夏目は規程どおりにしただけである。何度か幕張に通い事情を説明するとその保証人は「しょうがない」と代位弁済（債務者の代わりに返済すること）に応じて期限の来ていない残りの分まで支払ってくれた。

こうして夏目は長年問題となっていた延滞を無事回収した。

驚いたことに上司の木村次長に報告すると次長はさも自分が回収したように得意になってほうぼうに連絡した。

ところが、夏目が保証人から回収した行動に激怒した相手はベルコモンズの青山支店に怒鳴り込んで来た。ベルコモンズは一階と二階が吹き抜けになってらせん階段で融資窓口のある二階に行けるようになっていた。大声は一階から二階に近づき、窓口にいた夏目係長の胸倉を捕まえ全館に届くような大きな声で罵倒した。

「何で、義弟《おとうと》に告げ口をした。あれほど言ってはいかんと言っておいたのに」

「お前は俺の顔に泥を塗った。お前のような行員はクビにしてやる」

最後はそう捨て台詞を残して帰った。

その剣幕を恐れたのか、後ろの席にいたはずの木村次長はいつの間にか姿を消していた。

果たして二週間後、そのクレーマーの脅しが現実のものとなった。

頭取宛の内容証明郵便が長野市の本店頭取宛に届いた。

「夏目係長という行員が、深夜、隣、近所に聞こえる大きな声で借金を返せと怒鳴ってきた。返せないなら死んでお詫びをしろと。怖くて家族はノイローゼになった。保証人にも同様な仕打ちをした。このような卑劣な夏目係長は即刻クビにせよ。できないならばこのことをマスコミに公表し問題にする」

木村次長は夏目係長を自分の席に呼びつけ大声で怒鳴った。

「ここに書かれたような督促をしたのか正直に答えてみろ」

そう言って、内容証明郵便を夏目係長の頭に投げつけた。

「こういうことをしているから、お前は女房にも逃げられるんだ」

夏目係長には悔しくて言葉が無く、黙って木村次長を見ていた。その眼に涙さえなかった。上司の狭量さと自己保身に切れそうになったからではない。木村次長の言ったことがほんとうに思えたからだ。自分がいけないから女房に逃げられた……そのとおりかもしれない……俺はやはり駄目な男だ……。

総務部もこの延滞回収行動をコンプライアンス上問題がなかったか調査に来た。木村次長は「日頃から夏目係長には勝手な行動をするなと注意していた。今回も自分の注意を聞かずに独自にしたことだ」と釈明した。

このため夏目係長の抗弁は無視され内容証明に書かれたような督促をしたことが事実とされた。審査部では『青山支店で起きた間違った督促の実例』として注意通達を全店に発信した。

さらに悪いことに、たまたま夏目係長の担当先で倒産が発生した。この倒産は全く夏目の関与しないところで起きたものだが、支店はそれで二〇〇〇万円ほどの損失《ロス》を被った。

木村次長はこれら一連の不祥事は夏目の性格のせいだと、その年の人事評価をDに落とした。Dは降格対象である。Dが続けば係長からヒラへ格下げとなり、事実上の退職勧告を意味する。家族を失い、仲間も離れ、銀行からも見放された。

そう思い、夏目係長はすっかり自信を失った。もちろんアルプス銀行そのものにも愛想を尽かした。

その後、青山支店から長野県内の支店に転勤となったが、まるで申し送りでもあるのかその後の人事評価はCが続いた。

いつしか、夏目係長を見る眼は『悪い督促』つまり『病人の布団を剝ぐような督促』をした者とされ、人格まで疑われた。そうなると夏目自身も変わった。アルプス銀行への忠誠心も自分自身の矜持《きょうじ》も無くしかけていた。

銀行員のすべては人事評価で決まる。

次の職位にふさわしい人物（評価でBかA）とならないと次の職位は来ないという事実がある。もちろんそれを無視することもできる。しかし、夏目はもっと権限のある仕事がしたかった、そのために銀行に入ったし、それには上を目指すしかなかった。

しかし、夏目のように歴代の上司がCを付けていた場合にBやAを付けるのは上司にそれ相応の自信と覚悟が必要となる。そしてそう言った自信のある上司に巡り合う機会はほとんどない。

こうして同期の者が次々と課長・調査役になり、支店長になる者も出ている間も夏目のC評価は続いた。

それでも銀行を辞めようとは思わない。

人事評価を無視しているのではない。少なくともサラリーマンにとって人事評価の占める割合は無視できない。それがその人のほぼ半生を左右するからだ。しかし、夏目にとって銀行で受ける人事評価は身近にいる上司の評価でしかない。上司の都合の良いものが相対的に良い評価を得る。それだけであってそれ以上でも以下でもない。絶対評価ではない。だから、どんなに銀行の現在と将来のために良かれと行動したところで上司の都合の悪い行員は悪い評価しか受けない。

夏目は実父の会社が倒産しそのために父を失うという不幸な幼少を経験している。それに比べれば銀行内で認められないことは何でもない。パワハラがあろうと何と言われようがサラリーマンである限り、自分から辞めない限り、生活の安定を失うことはない。そう思って、いや、そう思うことによってかろうじて心のバランスを維持してきた。

そうした鬱勃とした日々を送る夏目係長の唯一の気晴らしは山に登ることであった。

幸い信州は自然豊かな山国である。北の妙高山、火打山に始まり、北アルプス、八ヶ岳それに南アルプスの駒ヶ岳まで美しい山なら幾らでもある。深田久弥の『日本百名山』の多くがここ信州にはある。山に入ることで日頃の鬱憤を解消してきた。辛い山行であれば辛いほど良いストレス解消となる。猛々しい稜線を苦しんで歩くと日常を忘れることができた。

夏目係長が経営管理部の塚越弥生と出会ったのはその山登りがきっかけであった。

当時、夏目は失意の青山支店から長野県松本市にある松本支店に転勤していた。松本支店は本店営業部に次ぐ規模の基幹店舗であり、松本市周辺のみならず、安曇野や木曽方面まで地方で大手と言われる取引先を担当し統括していた。また、江戸時代のように松本藩が治めていた松本市から遠く離れた上高地も松本支店が担当していた。

その上高地へ新島々《しんしましま》からかつての峠を徒歩で越え上高地に入るいわゆる『徳本峠越え《とくごうとうげ》』が松本支店の恒例の行事として行われていた。

徳本峠は今の釜トンネルが開通する昭和二年（一九二七年）まで上高地へ入るのに使われた峠で、決して険しくはないものの上高地まで歩いてゆうに十時間はかかる。

夏目は松本支店に転勤となり、山歩きが趣味なので何の疑問もなくこの『徳本峠越え』に参加した。松本支店の恒例の『徳本峠越え』は毎年日本アルプス命名の親である英国国教会のウェストン宣教師を記念して六月の第一日曜日に行われる上高地でのウェストン祭に合わせて前日の土曜日に実行される。

夏目の参加した日は低気圧が中部地方を覆い、横殴りの雨と膝の高さまである残雪の峠越えで、ポンチョもスパッツも役に立たないほどびしょびしょに濡れた。それでも上高地に入り明神池に着く頃には残雪もなくなり雨もやみ、いつしか服も乾いていた。雨の中、夢中で気が付かなかったが見上げると眼前には荘厳な明神岳が立ちはだかっていた。

上高地に着いた時は皆、さすがに寒さと疲労で物を言う元気も無かったが、嘉門次小屋で囲炉裏を囲み温まり、イワナの塩焼きを口にほおばり骨《こつ》酒を飲む頃にはすっかり元気を取り戻し、座は大いに盛り上がった。皆が困難を乗り越えた達成感に酔っていた。そんな場の雰囲気の中で、誰言うと無く夏にはこの同じメンバーで八方尾根から唐松《からまつ》岳、五竜《ごりゅう》岳を縦走することになった。

その日、夏目はこのメンバーに山好きな本部の女性職員が参加していることを知った。本部の女子総合職ですでに調査役という営業店では課長と呼ばれる職位だという。つまりエリートコースの女子行員である。それが塚越弥生との最初の出会いであった。

翌日、メンバーと連れ立って大正池のほとりのウェストンのレリーフの前で行われるウェストン祭を見た。ウェストンの碑の前の広場は地元安曇野の合唱団が登山客をとりまいていて、合唱する。

「春と聞かねば、知らでありしを……」

白い残雪の切り立つ山々と青い水の安曇野の美しい風景に接したことのある者には忘れられない歌『早春賦』である。

「いかにせよとのこの頃か
　いかにせよとのこの頃か」

いつの間にか一緒にいた塚越弥生が合唱に合わせ口ずさんでいるのを夏目は見ていた。

八月になり、徳本峠越えの仲間で決められたその山行が実行された。

その日はあの『徳本峠越え』の時と打って変わった雲ひとつない快晴となった。ゴンドラとリフトを乗り継いで一気に標高一八〇〇メートルの尾根道に着いた。まだ残雪がわずかに残り、池《ち》塘《とう》が散在する八方尾根の尾根道を歩くことは暑いが湿気もなく気持ちの良いものであった。

ところが白馬三山を映している山上の八方池に着いた時、先頭を歩いていた塚越弥生が突然うつぶせになったまま動かなくなった。高山病とみられる。山のベテランでも体調によってなるという恐ろしい病気である。山行のリーダーは塚越弥生をすぐに下山させることにして、介護の人を選んだ。サブリーダー格の夏目と松本支店の女子行員が選ばれ、塚越弥生と一緒にすぐ下山することになった。ただパーティーは予定どおりそのまま唐沢小屋に向かうこととなった。

一行と別れた夏目と松本支店の女子行員は彼女を介護しながらどうにか下山した。

幸いなことにリフトで標高の低い麓に戻ると塚越弥生はすっかり元気を取り戻した。明らかな高山病の症状であった。

麓のゴンドラ八方池の下の駅の駐車場には夏目の車がある。

大糸線の白馬駅で松本支店の行員を降ろすと、塚越弥生を白馬村から裾花川に沿った鬼無里《きなさ》街道を使い長野市の自宅まで送った。一時間半ほどの二人だけのドライブであったが会話は少なかった。ただ、塚越弥生が長野市の犀川岸辺にあるマンションにひとりで住んでいることは夏目には分かった。

後日、塚越弥生は山行を中止して自宅まで送ってもらった『お礼』にと、登山用のニット編みのシャツを松本支店の夏目のもとへ送ってきた。夏目の欲しかったシャツであった。着てみると不思議なことにサイズはぴったり合う。

電話でそのお礼を言うと、

「私のために折角の縦走を中止させ、ご迷惑をおかけしました。またあらためて山へ行ってくれますか」

「もちろん」

お返しに夏目は松本の本屋で購入した串田孫一の『山のパンセ』を贈った。夏目はまだその時は塚越に対し無愛想な山案内人のつもりでいた。

その後、夏目係長は松本支店から塚越のいる本部与信管理部に異動となる。

与信管理部のある五階の経営管理部にはアルプス銀行の決算を仕切っている塚越調査役がいた。

夏目係長の松本支店から本部への転勤は『栄転』と見られるだけに夏目係長の人事評価を知っているものは意外に思った。夏目本人は知らないことであったが、この異動は人事部長からクレームで札付きの夏目の受け入れを打診された与信管理部の邑上部長が、予想に反し二つ返事で受け入れをOKをしたことによって実現したのだった。

「そういう人材が欲しい。融資は痛い経験から学ぶものだ。失敗の経験を味わった者ほど貴重だ」

こう受け入れ先の与信管理部長から言われ、夏目の本部行きは決まった。

こうして夏目係長は職位が係長のままであったが与信管理部に転勤となり、企画管理グループに配属された。

着任すると邑上部長は夏目の過去の人事考課など何も知らないとばかりに次々と重要な業務を押し付けてきた。本部に移った当初こそ多少戸惑ったものの、今では何とか部長の要望に応えることができるようになってきている。

引当金計算方法の変更についての根回しが思いのほか順調に進んでいる。昨日、安曇野監査法人の佐藤公認会計士は（表向きはしぶしぶであったが）引当金算出方法の変更を了承してくれた。

今のところ今度の土曜、日曜は空いている。塚越弥生に会う事ができる。ひと足早いがクリスマスイブとしゃれるのも悪くない。

そう考えているところへ緊急会議が終わったのか与信管理部のチーフたちがぞろぞろ帰ってきた。

誰もが無口であった。

5

同じ二十一日の夕方

そろそろ帰宅しようと机の鍵をかけていると夏目の電話が鳴った。邑上部長からこれから応接室に来るようにとの指示であった。

指定された応接室に入ると邑上部長だけでなく、勝山人事部長もいる。

邑上部長は夏目の『身上書兼労働者名簿』のカードを手にしていた。

こんな時、まさか転勤ではあるまい。人事異動はほとんど銀行業務の少なくなる二月と八月に行われる。年末に異動が発表されることはあまり聞かない。

しかし、人事部長も同席しているということは？

自分が何か謹慎処分に該当することでも露見したのでは、と一瞬不安を覚えた。

思い当たる節が全くないわけではない。

先月、長野のえびす講の夜、夏目清一郎は塚越弥生のマンションで一夜を過ごしている。その日、犀川岸で打ち上げられる花火を部屋から見ようと塚越弥生に誘われた。長野市では花火は夏でなくえびす講の行われる十一月に打ち上げられるのだ。

そこでふたりは初めて関係を持った。しかし、お互いそれは独身の大人同士の出来事である。それに彼女以外、誰もそのことは知らないはずである。

「夏目係長は今、独身だね」

邑上部長は『身上書』を見ながら言った。夏目はギクッとした。

「はい。それが何か」

「いや、身軽でいい」

「………」

「実は、君に出向してもらいたい。と言っても半年ほどの短期だがね」

「はい……」

そこで勝山人事部長が具体的に説明し始めた。

「正式な辞令は来週の金曜日、二十八日になる。外への出向なので事前に予告するのだが、今の与信管理部所属のまま、『ちくま商工信用組合』に出向してもらいたい」

「『ちくま商工信用組合』が、今、どういう状況か知っているかね」

邑上部長に言われて、夏目係長は黙って首を少し横に振った。係長の自分には正式には何も聞かされていなかった。

邑上部長は机の上に置かれていたプリントを持ち上げ、夏目の眼を見たまま言った。

「『ちくま商工信用組合』は今月二十八日に破綻することになった。理事長以下全理事がそこで退任する。しかし破綻しても業務は解散まで数ヵ月続く。その間、選任される管財人団が『ちくま商工信用組合』を経営することになる。

今のところ金融整理管財人は長野信用金庫から一名、上田市の弁護士の一名の二名が内定したが、アルプス銀行からは金融整理管財人の補佐をする『補佐人』を派遣することになった。それを与信管理部の夏目係長、君になってもらいたい」

「しばらくの間だが、実質的に『ちくま商工信用組合』を経営することになる。主として労務人事関係を担当する」

労務・人事……金融以外の仕事をする……

「労務・人事をした経験は全くありませんが」

「心配ない。実務は担当者がする。それにあそこは労働組合もない。君は人事部長として総括しているだけでいい。分からないことは金融整理管財人と相談すれば良い」

勝山人事部長が応えた。

「上田支店にいた時に上田市の槌田《つちだ》弁護士と面識があるそうだね。槌田弁護士も金融整理管財人になる予定なので何かとやりやすいだろう」

人事部長が補足した。

人事部はどうやって調べたのか夏目が槌田弁護士と面識があることまで知っている。(この分では塚越調査役とのことも知っているのかもしれない。)

「しばらく、『ちくま商工信用組合』のある上田市に住んでもらいたい。アパートは先方で用意する」人事部長は訝《いぶか》しがっている夏目の顔を見て一呼吸置いてから言った。

「受けてもらえるね。と言ってここで拒否されても困る」と言って、笑顔を作った。

邑上部長はすかさず言った。

「予備知識として、これを今週の休みの間に読んでおいてもらいたい。月曜日から準備に入る。金曜日に金融庁から選任されることになるので当日からは上田にある『ちくま商工信用組合』の本店に行ってもらうようになる」

週末は塚越弥生のところで過ごすつもりであったが、どうもそれどころではなさそうだ。

邑上部長はプリントの束を入れた封筒を夏目係長に渡した。

「ひとつだけお聞きしてもよろしいでしょうか」

夏目は人事部長に訊ねた。

「何で私が選ばれたのでしょうか。この与信管理部には私より（優秀な）、適任者はいくらでもいると思いますが」

「邑上部長が適任者として君を推薦した。何か問題でもありますか」

「………」

「こういった仕事は能力も大切だがそれだけではできない。要はクールヘッドだけでなくウォームハートも必要だ。いや、むしろ温かい心情のほうが不可欠なのだ。『ちくま商工信用組合』は職員が皆、倒産のショックで貝のように心を閉ざすだろう。君なら彼らの固まった気持ちを理解できるだろう」

邑上部長が打ち解けた顔をして付け足した。

「それに君の今後のキャリアのためにもいい経験になるよ」

夏目は自分の机に戻ると、部長から渡されたプリントを急いで開いて読んだ。

それは『ちくま商工信用組合』の現況と平成十二年度修正決算関係書類であった。

『現況』には簡潔なコメントが記載されている。

「本組合は昭和二十九年二月に設立。協同組合法に基づく金融機関。営業店は一三店舗。平成十二年三月末の預金積み金は五百二一億円。貸出金は四百一八億円。資本金は前年四億円増資したため、現在一〇億円となっている。職員数二百七〇名。平成九年から経営陣の投資の失敗と不良債権の増加により毎年実態では数億円の赤字となるも粉飾決算を続けてきた。累計では実態赤字は二〇億円を上回る」

（赤字だけで二〇数億円。この規模の金融機関のしてきたこととは思えない。）

「その結果、貸出金のうち破綻先債権は一五億円、延滞債権は五五億円と貸出金の多くが毀損している。自己資本にあたる組合員勘定は一二億円あるが、現在の不良債権から算定すると引当金は五〇億円必要、決算では引当金は一〇億円しか計上されておらず、実質債務超過は三〇億円に上る」

信用組合は一部理事によって私物化されやすいと聞いているが、それでも協同組合である。七名の理事と三名の監査役がいてこの有様。よくここに至るまで事態の悪化を放置してきたものだ。チェック機能はなかったのか。

夏目係長はこれから出向く、『ちくま商工信用組合』の病巣の深刻さに慄然とした。あらためてこの信用組合の融資部長である久保彰のことを思い起こした。

彼はどうしているのだろうか。この事態にどのように関与しているのだろうか。


その日、帰りに邑上部長から焼き鳥屋『鳥げん』に誘われた。

『鳥げん』は駅のそばの空き地にある昼ならば屋台か廃屋か分からない木造の掘っ建て小屋風の建物であるが、夜になるとのれんと赤ちょうちんで居酒屋と分かる。

熱燗にした日本酒がふたりのコップに注がれ、キャベツと焼き鳥の盛り合わせがカウンター越しに出された。

「読んだか。あんなもんだ」

それは『ちくま商工信用組合』のレポートのことを意味している。ここには他所の者がいるのでその関係の話はそれだけであった。

邑上部長は早いピッチで日本酒のコップ酒を飲んだ。

「出向はいい経験になる。向こうに行ったら、うちのことは後回しにしてあそことその取引先のためになるようにやってくれ」

「分かりました。そのつもりでやります」

邑上部長はそれから家で飼っているシベリアンハスキーの自慢話をしていたが、酔いが回ってきたのか、ふいに脈絡なく夏目の職位を問題にした。

「夏目、お前はその年でまだ係長。明らかに出世が遅れているな」

「……それが、実力ですから」

「その歳で悟りか。実は俺もある時までお前と同じだった」

「私の場合はいろいろハンディがありますので、当然だと納得しています。どんなに頑張っても良い評価を得るなど私にとっては無縁です」

「お前を見ていると何か心配になる。俺もお前も自分の考えを変えない頑固なところがある。周りに合わせて良く思われようとしない。というより、自分の思いに忠実だ。そして生真面目にやり過ぎる。サラリーマンとしては器用な生き方ではない」

邑上は酔った頭で考えていた。

こいつはやはり青山支店のことがトラウマになって自信をなくしている。木村次長に相当虐められたんだろう。しかし、木村次長のその上の上司である当時の藤沢支店長（現頭取）が夏目をどのように見ていたかは知らないみたいだ。藤沢支店長は木村次長がどのような人物かよく知っていた。それに夏目が理不尽な相手に対峙しながらいかに苦労して不良債権を回収したかも分かっていた。だから木村次長の夏目係長に対する度を越した低い評ははなから信用していなかった。

勝山人事部長の話では木村次長の付けたD評価をその都度C評価に一段階（これが支店長と言ってもできる修正の限度）格上げし、さらに「夏目清一郎は現職で十分B評価相当の資質を有す」とわざわざコメントを付けたという。邑上はそう言った勝山人事部長の言葉を酔った頭のなかで反芻《はんすう》していた。

「夏目、ほんとうの上司は見るべきものを見ている。自分を信じて仕事をしろ」

「業務はそれなりに勤めてきたつもりですが」

「俺もそうだ。バイクに乗って預金集めをしていた時も、誰よりも預金を獲得した」

「………」

「融資になってからは取引先の会社の役に立とうと懸命だった。何とか取引先の業績を上げようと……随分銀行にはわがままをさせてもらった。でもそんな俺だが、上司に恵まれてここまで来ることができた……」

邑上部長は言いたいことはそれだけではないとする言葉を飲み込むように残ったコップ酒をうまそうにあおった。

「この歳になってつくづく思う、夏目、経営者の役に立つことも必要だが部下も大事だ。部下に信頼される人間になれ。部下の心を摑むんだ。俺に言わせれば、上司でなく部下に信頼を得ることほど難しいものはない。甘やかせてはならない。阿《おもね》ることもいけない。一方的に厳しくてもだめだ。ただ、忍耐が必要だ。部下を愛するということは忍耐だと思え。部下の言うこと、言えないことを黙って聞く。待つときは待つ、ただそれだけだ。上司の眼は気にするな。自分を理解してくれる上司はこれから幾らでも出てくる」

夏目はいつになく饒舌《じょうぜつ》になった邑上部長を見た。

「部長のおっしゃられたとおりします。ただ私は妻とさえうまくいかなかった男です。これから部下を抱えるような出世をする自信がありません」

「離婚のことか、気にするな。これからの銀行員には離婚経験者なぞたくさん出てくる。離婚経験者が支店長になれないのならこれからの銀行に支店長はいなくなる。世界に眼を向けてみろ、男女平等などという言葉は死語になる時代が来る。男性・女性という性や結婚そのものもどうなるか。今は余計なことは考えるな」

「………」

「だから、今度の出向を契機に後れを取り戻せ。人事・労務担当だ、夏目にはうってつけの仕事だと思うが」

「部長の与えてくれたチャンスを無駄にいたしません」

邑上部長の気持ちは嬉しい。部長がそこまで自分のことを心配してくれていたとは思いも寄らなかった。今夜のコップ酒は心地よい。

「ただし、身の回りのことはいつも身ぎれいにしておけ」

最後の言葉を謎のように言って、

「出ようか」

邑上部長は勘定を自分でさっさと払って、店を出た。

上司が部下を誘い、部下もその上司について酒を飲む。そして腹を割って話す。このようなやりとりがまだアルプス銀行には残っていた。邑上部長を送りながら、夏目は今まで失っていた自分への自信が戻って来つつある喜びを感じていた。

『ちくま商工信用組合金融整理管財人補佐人夏目清一郎』はこのようにして誕生した。

第三章　商工経営破綻の公表

1

十二月二十一日　金曜日

アルプス銀行で『ちくま商工信用組合』の引き受け打診があった同日の本店

街の金融機関はどこでも年末のこの頃は店頭が混み繁忙日が続く。しかし、『ちくま商工信用組合』本店の店頭は今年は閑散としていた。昨年までは十二月は忙しいので職員はできるだけ有給休暇を取らないという暗黙のルールがあった。しかし今年は様子が違っていた。この年末の十二月になぜかしら休暇を取っている者もいる。

瀬下涼子が窓口担当の係長に、「知人の葬儀に行くので明日休みをいただきたい」と申し出たところ、「どうぞ」と簡単に許可された。これでは拍子抜けである。

母の静江には「会社の人の葬式に行く」とだけ告げ、喪服にも使える黒に近いスーツにベージュのコートを羽織って出かけた。持ち運びできる手頃なケースに着替えも入れてある。涼子は葬式さえ早く済めば彼と一緒に過ごすことができるとそればかりを考えていた。葬式に参列する者としてはどこかしら、うきうきした涼子の様子に母の静江も心の中で首をかしげたほどだ。

約束どおり、九時過ぎに小諸駅の改札を出た。そこには黒の礼服を着た久保彰が待っていた。久保彰とはわずかこの三ヵ月間程会わなかっただけであるが、その間、瀬下涼子はこの苦しみが永遠に続くのかと悩んだ。会うとそんな苦しみはすっかり忘れていた。

しかし、今日会ったらとことんとっちめてやろう、そして思いっきり甘えようと考えていたが、気丈夫にふるまっていてもどことなくやつれたような久保彰の姿を目の前にすると何も文句を言うことができなく、涼子は黙って久保の青いレガシーに乗り込んだ。

久保は車中で亡くなった小泉勝について涼子に簡単に説明をした。

小泉勝という人は転職したばかりの久保に『ちくま商工信用組合』のことを一から親切に教えてくれた恩人だという。『ちくま商工信用組合』では基幹店舗となる佐久支店の支店長を久保彰から引き継いだのも彼であるとのことだった。ただ、小泉勝という人の死因についての説明はなかった。聞いてはいけないと瀬下涼子は思い黙っていた。

目的地の岩村田は佐久市の中心部であるが、小泉勝の家のあるところは同じ岩村田の地籍でも農村地帯に入った所である。葬式の行われている小泉勝の自宅はすぐに見つかった。長屋門のある大きな農家であった。

人の出入りがなく、門の軒下に「忌」という提灯が吊るされていなければ葬儀の行われている家と分からないほどひっそりとした佇まいである。予想していた『ちくま商工信用組合』の職員と見られる者も見かけない。恐らく自殺ということで内輪だけで葬儀を済まそうとしているのだろう。

久保彰と瀬下涼子の乗った車は一旦門の前を通り過ぎ、その先の農道の脇に車を停めた。

涼子が約束どおり、久保から香典を預かって出ようとすると、

「やっぱり、僕が行こう。悪いがここで待っていてくれ」

久保彰は思いなおしたのだろうか、瀬下涼子を助手席に残して車を降りた。

瀬下涼子は車の中でしばらく待っていた。

サイドミラーを通して小泉の家の長屋門の内部の様子が少し分かる。その門を薄緑色の寝台車が入り、しばらくして同じ門から出て行った。

その後、門の中が何だか騒がしくなってきた。

(何かあったのかしら)

涼子は車を降りて長屋門に近づいた。今は冬なので何も植えてないが菜園もある。家の玄関には佐久農協の花輪だけがポツンと場違いのように立てられていた。

大きな声はその小さな家の中から聞こえてきた。

「この人殺し。帰れ、二度と来るな」老人の怒鳴る声が聞こえる。

小突かれるように久保彰が玄関から出て来た。

瀬下涼子は思わず門を入り、久保を抱えるように立った。

「お前は、お前のお蔭で、勝《まさる》はこんなふうになった。それもやっと今帰ってきたんだ。それをおめおめと……」

色の褪せた礼服姿で白髪の髪を乱した小さな老人は止めに入った親戚と思われる者たちを振り払うように片手を振りながら玄関に現れた。尚も怒鳴ろうとしたが、玄関に若い女が立っていたので驚いた様子だった。

「……う。お前は、お前は誰だ」

今度は涼子に向かって聞いてきた。

涼子は久保彰を後ろにすると一歩その老人の前に出た。

「私も亡くなられた小泉さんと同じ『ちくま商工信用組合』に勤めている者です。小泉さんにたいへんお世話になりましたので、お悔やみとお見送りに参りました」

黒に近いスーツはもともと葬儀に出るためのものである。久保彰と一緒に来たと思われないように思いついた言葉を並べた。

「『商工』の。……恩知らずどもは誰も来るなと言っておいたのに」

「……」

「お嬢さんすいません。おじいちゃんどうかしてしまって」

黒の紋付の着物を着た老女が腰を折って出て来た。

老人は少し酔っているように震えている。家の奥から男子の中学生と小学生が騒ぎを盗み見している。その奥に不安そうな小泉勝の連れ合いと見られる婦人も見える。

老女は久保彰と瀬下涼子に向かって再び謝った。

「すいません。おじいちゃん、どうかしてしまって。急な出来事で、何で勝が亡くなったのか分からなくて。もう我慢できなくなって当り散らしているんです。折角こうしてお見えいただいたのに申し訳ございません」

久保彰は用意しておいた香典を呆気に囚われているその老女に手渡し、家に向かって深いお辞儀をした。

帰りかけると、先ほどの老女が香典を返そうと追ってきたので、久保彰は振り返り、再び深く頭を下げそれを制した。

「心からお悔みもうしあげます。それから、お詫び申しあげます」

「いえ、とんでもない。でも息子は………今度のことで、上から相当いじめられたみたいです。それを思うと悔しくて……」

老女は思い出したのか赤くなっている眼にハンカチをあてた。

「おじいちゃんが落ち着いたら連絡をしますので、ぜひ、また、来てください。勝のために」

「分かりました。かならず来ます」

老女にそう約束するとふたりは車に戻った。

国道に出て佐久市を離れると今までの張り付いていた緊張感が幾分和らいだ。

「まだ少し早いが、どこかで昼にしよう」

それまで無言であった彰は努めて穏やかな顔をつくり涼子に聞いた。

「どこか静かなところがいいわね」

「それならいいところがある。少し遠いが車なのでいいだろう。軽井沢の森の中に知り合いの開いているレストランがある」

そう言って、久保彰はレガシーを停めて、予約の電話を掛け、黒いネクタイを外して再び走り出した。

「ねえ、小泉さんは何で死んだの」

瀬下涼子は思わず不用意に口にしてからまずいことを言ったと後悔した。

「分からない」ややあってから、自分に言い聞かせるように久保彰は言った。

2

久保彰と瀬下涼子のふたりを乗せたレガシーは佐久市を離れしばらく国道一八号のバイパスで

もある浅間山山麓を走る浅間サンラインを使い軽井沢手前で山麓側の脇道に入った。そうしてそのまま林間の道を登るように進んだ。

軽井沢の別荘地は町の条例で看板は規制され、小さな表示板があるだけなので、どこをどう走ったかは涼子には見当がつかなかった。

森の小川を越えると別荘地を抜けたことが分かった。看板が普通に見られるようになったから軽井沢町を出たのかもしれない。看板のひとつは「シャトーおおむら」と書かれ、その下にソムリエバッジと同じ葡萄の模様がついていた。その看板のところに彰の車は入った。道は両側から木々の枝が覆いかぶさり、車がどうにか通れるほどの狭さであったが、そこを通り抜けると、視界が急に広がり、おおきな駐車場に出た。その先に煉瓦《れんが》造りの洋館と葡萄酒の醸造所が現れた。

「ここはそこの小川の向こうが軽井沢で、こちらは東部町になる。東部町は全体が南向きの火山灰の台地となっているので良質な葡萄ができる。それに昼夜の寒暖の差が激しく今ではカベルネなどのワイン用ぶどうの主産地になっているんだ」

彰は瀬下涼子にそう説明しながら、その洋館に入った。入り口に『葡萄の家』という看板があった。通りすがりの人はここにレストランがあるとは気づかないだろう。むしろ森の中の醸造所といったほうがよいような煉瓦模様の建物であった。

「ここで知り合いが手作りのワインとチーズを使ったレストランをやっている」

涼子に彰は手短に説明すると、玄関を開けて中に入っていった。

中は広く落ち着いた食堂になっていた。

「お待ちしておりました」

玄関まで来た案内嬢はふたりを奥に通した。ふたりは食堂を通り過ぎ、階段を上り、二階の個室に通された。

「素敵なところね」

涼子はこのような森の中のレストランに来たことがない。

「実は僕もここに来たのは今度が初めてだ」

涼子はアルコールは苦手であり彰も運転があるのでここのワインは控えた。出されたランチのビーフシチューはとろけるように煮込まれていながらもクセもなく絶品であった。それにデザートのチーズケーキは濃厚であった。

食後にコーヒーを飲んでいると、三十歳台かと思える白いブラウスに黒いチョッキと黒いスカートの女性が現れた。胸には葡萄を模《かたど》ったソムリエバッジを付けている。

「大村と申します。久保さんからお越しになると連絡がありました。やっとお越しいただきありがとうございます」

気品漂う物腰、しかしその瞳はきらきらとしていた。

「おいしい料理をありがとう。こちらは瀬下涼子さんです」

「瀬下涼子と申します」

「久保さんには大変お世話になっています。どうぞゆっくりしていってくださいね。この次はワインも召し上がってくださいこれはここでできた今年の新作ヌーボーワインです。お土産としてお持ちください。失礼しました」

大村は赤ワインの瓶を置きそう笑顔で挨拶をすると、すぐに立ち去っていった。

涼子は久保が大村という女性の知人（？）がいたことを初めて知った。まだまだ彼のことは何も知らない。

『葡萄の家』を後にすると久保が軽井沢の銀行に用事があるというのでふたりの車は軽井沢の街中に向かった。

軽井沢ロータリー手前のアルプス銀行軽井沢支店の駐車場に停めると、久保は瀬下涼子には車の中で待たせ、自分だけ支店の中に入って行った。ここの建物は鉄筋造りであるが『葡萄の家』と同じように外装はしゃれた煉瓦模様となっている。

3

アルプス銀行軽井沢支店ではロビーを利用して、水彩画の展示がされていた。

久保彰は窓口で預金の払い戻しの手続きをした。そのまま待ち時間を利用してその水彩画展を何気なく見ていた。

古い日本の風景を描いた絵。色彩豊かに細部まで丁寧に描かれている。既視感のあるふるさとのような場所といつの日か、過ごした過去の時間がそこにあった。


どこからか人を呼ぶような声で我に返った。

ロビーで待つ人々が自分を見ている。

自分の番号札の番号とときおり名前が先ほどから何度も呼ばれていたのだ。

今、自分は預金を下ろすためにアルプス銀行の軽井沢支店に来ていることを思い出した。久保は指定された別の窓口で現金の紙袋を受け取った。


暮れの軽井沢は人影も少なく、駐車場も空いて、枯葉が舞っていた。それなのに瀬下涼子は長いこと暖房のためにエンジンを付けたままの車のなかで待たされた。

涼子は少しうとうとし始めた頃、久保彰は銀行の紙袋を下げて戻ってきた。

久保彰は車の中に置いてあった事務用の皮の鞄にそれを仕舞った。

「これからもう少しドライブしてもいいかい。その前に涼子はどこか行きたいところはある」

「ううん、どこでもいいわ」

涼子は彰の傍に居ればどこでもいい。今日は初めからそのつもりで来たのであった。

「いろいろ連れ出してごめん。それなら、（群馬県と長野県の境にある）鳥居峠に行こう。道にはまだこの時期雪はないだろう」

そう言って、浅間サンラインに戻り、途中から峠の山道に入った。目指す鳥居峠は表の碓氷《うすい》峠に対し裏の鳥居峠と言われたように長野県と群馬県を結ぶ主要な峠である。

4

初冬の鳥居峠から見える遠い峰々はすでに白い雪に覆われていた。

車が群馬県側に入るとそこは広々とした一面の野菜畑の跡であった。収穫が終わりこれから長く厳しい冬を眠って過ごす黒い大地がうっすらと白い化粧を施してどこまでも続いている。まだ冬の白い荘厳な美しさはない。

今は世界が色を失い、水墨画の世界となっている。ただ空だけはどこまでも青い。四阿山《あずまやさん》を眺めることができるところに来ると久保は車を停めた。

寒い外に出て久保彰は山並みを眺めていた。瀬下涼子もコートを羽織って車から降り、久保彰に寄り添って同じ方向を見た。まるで暮れなずむ世界のほうがふたりを見ているようだ。

彰は涼子をそのまま抱き寄せ、そのまま長い口づけをした。涼子は彰の身体のぬくもりを感じながら自分からも積極的に舌を彰の口に入れからめた。

このままいつまでも二人でいることができたら死んでもいいと思った。どこへでも連れていってほしいと願った。

陽射しは弱く寒い。

しかし、彰からの次の言葉が涼子を現実に戻した。

「涼子はお母さんのもとに帰りなさい」

そう彰は言うと涼子の泣きそうな頬《ほお》を軽くたたいた。ふたりは車に戻った。

峠を下りると上田の海野町の涼子の家の近くで久保彰は車を停めた。

鞄から紙袋を取り出した。

「しばらく、君に会わないほうがいい。それから、ここにあるお金で君のうちで持っている『ちくま商工信用組合』の株をすべて僕に譲ってほしい。あくまでビジネスの話として」

久保彰は思いがけないことを言って紙袋を差し出した。

紙袋の大きさからそれが数百万円だということが金融機関の窓口係である涼子にはすぐ分かった。

瀬下涼子はお金を渡され戸惑った。何かを確かめるように久保彰の顔を見た。

彰は別れようと言っているのではない。「しばらく会わないでいよう」と言っているだけだ。

理由は分からないが、それが彰にとっていいのなら、そうしてあげよう。

「分かった。預かっておく。でもしばらくの間だけよ」

今日一日、小泉の葬儀から東部町のレストラン、軽井沢の銀行、そして鳥居峠。彰は何か大きな悩みを抱え苦しんでいることは傍に居て容易に察することができた。

しかし、今の自分にはその彼に何の力にもなってあげられない。彼の言うことをそのまま聞いて、そっと彼を見守ることしかできない。

じっと彰の瞳の奥を見た。彼に不誠実な影はない。涼子は黙って頷くと黙ってその紙袋を受け取った。

車から降りると涼子はそのまま振り返らず家に向かった。三ヵ月振りに再会しながら、また会えなくなる。目にいっぱいの涙を浮かべているのを母にも見られたくなかったので、まっすぐに自分の部屋のある二階へ向かった。

5

十二月二十七日　木曜日
長野市

財務局が長野市のアルプス銀行に来てからようやく一週間が過ぎただけであるが、アルプス銀行の本部は毎日が財務局の残した課題を中心に動いていた。当然、一係長に過ぎない夏目の業務にも直接影響が出ていた。特に夏目は『ちくま商工信用組合金融整理管財人補佐人』という当事者のひとりとなるのだ。

夏目係長は飯島企画部長に連れられ、管財人団を一緒に構成することになる長野県信用組合と長野信用金庫に挨拶に行った。

長野県信用組合本店では夏目と同じ補佐人となる北澤尚行《なおゆき》氏と会った。

北澤氏は五十七歳。システム畑の専門家で長野県信用組合の現行のシステムづくりにも関わってきたという。今回、全国信用組合と同じ方式のシステムを使うので彼に白羽の矢が立ったのだろう。

続いて長野信用金庫本店を訪れ、金融整理管財人となる小山隆雄《たかお》氏に初めて会った。管財人を『受け皿金融機関』から出すことになり、アルプス銀行は管財人を長野信用金庫に依頼した。長野信用金庫はアルプス銀行と同じように堅実経営をバブルの時代も続けてきた、長野市周辺地域では確とした地盤を築いている信用金庫である。

小山氏は長野信金の理事を経て、長野信金の不動産管理の子会社の社長をしていたが、急遽社長を退きフリーの立場で管財人を引き受けることになった。

「私が小山です。これからよろしくお願いします。夏目さんは一番たいへんな人事面を担当してもらうそうですが、ご苦労されると思うがよろしくお願いします」

見るからに温厚そうな老紳士であり、夏目のような若輩とも言える者にも丁寧な態度を見せる。しかし、その話の内容から、小山氏が金融界では歴戦の闘士であった様子も伺える。

夏目を連れてきた飯島企画部長を見ながら言った。

「今まで金融機関の破綻では、取引先の救済に重点が置かれ、旧経営陣の経営責任の追及はなおざりにされてきました。これからはそうはいかないでしょう」

経営陣の責任について飯島企画部長と夏目に向かって、小山金融整理管財人はそう明確に言い切った。

夏目はこれからの責任の重さを思うと同時に、アルプス銀行を離れても、仕える上司に恵まれたことを悟った。

6

十二月二十八日　金曜日
二〇〇一年、官庁の御用納めにあたる日

早朝、『ちくま商工信用組合』の熊谷理事長は埼玉県さいたま市にある関東財務局に赴き財務局長に自主再建断念を伝える。

間を置かず、関東財務局から新井金融安定監理官、吉岡金融監督官、それに預金保険機構の職員がそれぞれ『ちくま商工信用組合』本店に向かう。

金融庁から小山金融整理管財人、北澤補佐人、夏目補佐人が選任されたので『ちくま商工信用組合』本店に招集される。

槌田《つちだ》金融整理管財人、

そこで夏目はあらかじめ用意されていた今日から使用する新しい名刺を渡された。

『ちくま商工信用組合　金融整理管財人補佐人　夏目清一郎』

どこにもアルプス銀行の文字はない。

さいたま市から戻ってきた熊谷理事長以下数名の理事と監事が記者会見し、マスコミに破綻を公表。謝罪と理事及び監事全員の引責辞任を表明し選ばれた金融整理管財人と引き継ぎに入る。すべて、あらかじめ決められているシナリオどおりに事が運ばれた。

小山金融整理管財人が座長となり新経営陣による会議が開かれる。

その後、本店にいる全職員を大会議室に集め、皆の前で組合が破綻したことを告げ、新しい経営陣として小山金融整理管財人以下管財人団のメンバーを紹介した。その後、預金保険機構の職員がこの年末年始にすべき取引先への説明と注意事項を指示し職員を各持場に戻した。

地元長野県の信濃日々新聞の夕刊は一面ぶち抜きで『ちくま商工信用組合破綻』のニュースを報じた。

『ちくま商工信組破たん　不良債権・含み損拡大　アルプス銀行など譲渡で調整』

『監督官庁から早期是正措置を発動され、経営改善を進めていたちくま商工信用組合（上田市、熊谷孝三理事長）は二十八日、自主再建を断念し、預金保険法に基づく破綻処理を金融庁に申請した。預金は全額保護される。同日夕、同信組が会見を開いて明らかにする。破たんを受けて、アルプス銀行（長野市）など県内の四金融機関が分割して営業譲渡を受ける方向で調整している』

記事はさらに続いていた。

『県内金融機関の経営破たんは九九年五月の朝鮮民主主義人民共和国（北朝鮮）系の朝銀長野信用組合（松本市）に続き戦後二番目。預金保険法に基づく一連の破綻処理は初めて』

より詳細な続報が翌二十九日の信濃日々新聞朝刊に掲載された。

『ちくま商工信組が破たん　二四億円の債務超過に　アルプス銀行など受け皿準備』

これらの見出しの脇に太字のゴチック体で注意を引くように書かれている。

『預金全額保護』

『県が相談窓口を開設』

『ちくま商工信用組合（長野県上田市）が二十八日経営破たんしたのは、不良債権の急増と保有有価証券の目減りにより、九月末時点で約二四億円の債務超過に陥ったのが主因だった。破たんを受け、金融庁はただちに受け皿金融機関探しなどを担当する金融整理管財人を同信組に派遣。アルプス銀行など県内の四金融機関が共同で受け皿になる準備があると表明した』

記事はさらに営業譲渡までの金融整理管財人は元長野信用金庫常任幹事と地元上田市の弁護士

が就任するとともに、譲渡する貸出債権などの選別、前経営陣の責任追及などを受け持つことについても報じた。

第四章　そのまま新年を迎えて

1

この物語の舞台は千曲川の流域である。

千曲川は長野県南東の甲武信《こぶし》ヶ岳に源を発し、八ヶ岳の峰々を西にみて川上村、佐久平を北上し、そこで浅間山の裾野に出会い、北西に進路を変え上田に入る。その姿は、さながら水の神である龍が天上に舞い上がる姿のようである。龍の名のごとく、時には流域全土に大きな洪水をもたらし、甚大な被害をもたらす。


流域の人々は太古からこの川とともに生きてきた。肥沃な土壌を運び、豊かな農業用水の源にもなり、木材や物資の水運の道ともなった。その普段は役にたつばかりでなく、心を和ませてくれる情景を恵んでくれる同じ千曲川がひとたび氾濫すると洪水となって近隣の人々を襲ってくる。

近世の記録によると江戸時代の寛保二年旧暦八月（西暦一七四二年八月三十日）の洪水は過去に例を見ない規模の洪水であったと記されている。台風とみられる降り続く大雨による土砂崩れは上流の現在の佐久穂町の集落ひとつを消滅させ、洪水は小諸、松代をはじめはるか下流にあたる飯山にまで及び、その飯山でさえ千曲川の水位が三十六尺（十・九メートル）も上がったと記録されている。流域全体の犠牲者は二八〇〇人と記録され、流域の人々は寛保二年が干支では壬戌《みずのえいぬ》であったことから「戌の満水」と呼び、後世に残る貴重な記録を残した。さらに毎年この水害の犠牲者を忘れず供養し、時の為政者を動かして洪水を防ぐ大規模な治水工事が施されたという。

平成十四年（二〇〇二年）
一月一日　火曜日
上田市

新年が静かに訪れた。

上田市は信濃国分寺があったほど、記録に残る頃から開けた土地であり、近郊には古くからの神社仏閣が多い。

上田市下之郷《しものごう》にある生島足島《いくしまたるしま》神社や『蘇民将来』の護符で有名な信濃国分寺（八角堂《ようかどう》）があり、少し足を延ばせば『信州の鎌倉』と言われている塩田平《しおだだいら》がある。塩田の別所温泉には国宝八角三重塔で有名な安楽寺や北向《きたむき》観音の常楽寺をはじめとし、お寺でもてなすおはぎで有名な前山寺など鎌倉時代に開山された名刹に事欠かない。

瀬下涼子の叔母の大井舞子の上田紬の工房はその前山寺に近いところにある。

今年も例年のようにそれらの寺社は新年の参拝客で混雑していた。

しかし、地元の商店主や中小企業の経営者などの中には同じ年始参りといっても今年は例年になく複雑な思いを抱いてお参りをした者もいた。

それは『ちくま商工信用組合』という長年親しんできた街の金融機関の破綻が暮れに発表されたからだ。自分たちの身の回りの金融機関の倒産が何を意味するものか、どのようなことを意味しているのか。あまりに突然のことゆえそのことが及ぼす影響を正しく予測できるものはいなかった。人々はこうして疑心暗鬼にかられ不安のなかで新年を迎えた。

一月二日　水曜日

上田市、海野町商店街組合会館

上田はもともと城下町から発展した街なので『大手』、『馬場町』など城下町特有の町名があり、他にも『材木町』、『鍛冶町』などの職種を町名にした町がある。しかし、現在は『大手』『材木町』を除いて昔の呼称を廃し、『中央一丁目・二丁目』などとどこにもあるような味も素っ気もない名称に変えられてしまった。（ただ、上田の住人は今も旧町名を使うことが多い。）

また、同じように真田氏ゆかりの町名として『海野町』、『原町』という町名があった。『海野町』は真田氏が豪族として独立するまで仕えていた海野氏の領地（現東御市）の名称であり、『原町』は真田一族の発祥の地（現上田市）の地名である。これらの名称も変えられてしまった。ただ、幸いなことにこの『海野町』は上田市の商業地として栄えた商店街であったので、町名こそ変わったものの『海野町商店街』は商店街の名前として残っている。

しかし、商店街といっても、今では車社会となり大型量販店が郊外に出店されるに及んで終戦後の殷賑《いんしん》を極めた商店街の力はもうなくなっているばかりか、いつしか店舗も減り、日本中どこにでもある『シャッター通り』となりつつあった。

その海野町で『海野町商店組合』の恒例の新年会が一月二日に組合会館で開かれた。

新年会は商店組合で運営している商店街裏の駐車場の決算総会を兼ね、毎年形ばかり決算承認の理事会が開かれその後組合員全員の新年会となる。

もともと『海野町商店街』は幕末の戊辰戦争に参加した上田藩の藩士が持ち帰った西洋の服や西洋靴の修理と試作から主な店はスタートしている。それだけに当時からの洋服店、靴店、さらに宝飾品を取り扱う宝石店などが今でも商店街の中心メンバーとなっている。戦後、瀬下靴店店主の瀬下龍太郎が亡くなるまで組合長を務めていたのはそういった経緯からであった。

瀬下静江も現在の瀬下靴店の代表として商店街の理事となっており、毎年この新年会に出席している。

古くからの商店街だけに街全体が大家族のようなところがあり、住人同士たいていのことは知らないことはない。この街の良さとも言えるが、見方によれば煩わしいところでもある。

瀬下静江の父の瀬下龍太郎が商店街の功労者であったことはとうに忘れ去られているが、その龍太郎の孫娘の瀬下涼子が『ちくま商工信用組合』に勤めていることを知らない者はない。もちろんその『ちくま商工信用組合』が年末に突然倒産したことも皆知っている。

そういった事情を承知していたが、今日の新年会を休むわけにいかなかった瀬下静江は会館に出向くと、新年の挨拶を簡単に済ませ、すぐに会館の台所に籠って正月料理の配膳の準備に没頭した。

それでも、何人かの店主やその連れ合いに新年の挨拶をしなければならない。誰も事情を知っているだけに静江の前では『ちくま商工信用組合』の破綻を話題に出す者はなかった。

静江は長女として育ち、店の跡を継いだ。小学校の教員であった夫が病気で亡くなった後も店はどうにか続けてきた。ただ、最近は商店街の地盤沈下もあるが、この靴屋は特に流行らなくなってきている。それは、競合店が出現したからだ。

上田には『ほていや』という呉服屋からデパートとなった老舗の大店があったが、早々に全国区の大型量販店イオンの傘下に入り、郊外ショッピングセンターとして生まれ変わった。そのSC内に全国区の靴のチェーン店が入り客を奪っていった。そればかりではない。郊外には大型の靴の専門店が進出してきた。

そのため、瀬下靴店の売り上げは減少する一方であった。とてもこのまま店を続けていくことはできない。瀬下静江は娘の涼子が嫁いだらこの店を閉めようと決意していた。しかし、その前に娘の勤め先が倒産してしまった。どちらにせよ、いよいよ今その時が来たと思う。

涼子のことと店の閉店を考えている瀬下静江は気が進まなかったが、昔からの組合員だけに新年会が始まるとどうしても席に顔を出さなくてはならない。配膳が済むと瀬下静江も席に着いた。

この商店街で育った瀬下静江はこの会の出席者はたいてい顔なじみである。

一番の上席には『ウエダ宝石時計店』の大野社長が座っている。今の『海野町商店街』の会長である。老舗の四代目で、イオンのショッピングセンターにも出店しているが、あまり儲かっているという話は聞かない。

大野会長にお酌をしているのはブティック亜麻の松尾敏江《としえ》である。上田近隣の羽振りの良い奥様方に都会のファッションを紹介することで店を繁盛させているやり手のオーナーである。この辺では先ほどのイオンのショッピングセンター内にも洋装店のチェーン店やブランド店が出店しているが、それらの店はどこも若者向きが主で、財布に余裕があり装いにこだわる奥様方には不評であった。その不満を松尾敏江は持前の接客のうまさで捉え商売に活かしていた。

しかし瀬下静江はここの松尾敏江がどちらかといえば苦手である。彼女のように人擦れできないという性格の違いに加え、松尾洋装店を今のようなブティックに変身させた手腕を見せつけられ、旧態依然の靴屋を守っている自分が無能に見えるからだ。

同じ、成功者の一人で商店街副会長の荻原社長が大野会長の隣に座ってお酌をしていた。荻原社長は次期の『海野街商店街』会長となることが決まっている『株式会社上田銘菓』の社長である。菓子屋の二代目であるが、自分の代に『かりがねの里』というくるみ菓子を売り出し上田の銘菓と言われるまでにした。『かりがね』とは上田の真田氏の『雁金の家紋』からとったもので『雁金の家紋』はかの有名な『六文銭』とともに上田では真田家の表紋として知られていた。荻原社長は海野町の小さな菓子屋から脱皮して郊外の国分《こくぶ》という土地に近代的なハサップ対応の製菓工場を建てた。この海野町には名ばかりの本店があり、そこには社長の年老いた親夫婦が店番をしながら住んでいる。

その『しなの銘菓』の荻原社長が大野会長に酒を注いでから聞いた。

「会長、文真堂書店はどうしました。暮れから店が閉められたままと聞いていますが」

この新年会に常連の文真堂書店の店主の姿はない。

「本屋をたたんだみたいですな」

そこへ桜井文具店の店主が両手にお銚子をもって割り込んできた。すでに酔いが相当回っている。

「夜逃げだとよ。大家の田中さんがこぼしていたよ」

「田中先生も知らないうちにか」

荻原社長が意外だとばかりに聞いた。

田中先生とは元高校教師の田中耕一のことである。田中家は代々この辺りの資産家で海野町商店街の幾つかの店舗も所有している。商店街の駐車場も大半は田中耕一氏の所有地である。その関係で退職後は商店街の顧問も務め、毎年新年会には顔を出していたが、さすがに最近は高齢のためか欠席していた。

「『商工』がつぶれるご時世だ。本屋だってつぶれるよ」

『桜井文具店』の店主がふらついたまま銚子をもって立ち上がった。

「淳ちゃん、危ないよ。酒がこぼれるじゃない」

酒を運んで通りかかった大柄な松尾敏江が店主を支えた。

「俺か、俺んちはいつだってあぶねえよ」

阿波踊りのように徳利を持った両手を挙げた。どっと笑い声が起こった。

それから誰言うとなく話題は『ちくま商工信用組合』の倒産の話に移った。

この場に居合わせた店主たちは『ちくま商工信用組合』の話を表向きは他人事のように話す。が、心中は穏やかでなかった。それほどほとんどの商店主が『ちくま商工信用組合』と取引しており、それもかなり密接な取引、つまり借りていたからであった。

なぜなら『ちくま商工信用組合』そのものが、もともと『海野町商店街』に資金を提供するために設立された経緯があるからである。だから、古くからの商店は例外なく取引先であり、同時に借入先でもあった。

アルプス銀行が後日、調査して分かったことであるが、『海野町商店街』では何軒かが『ちくま商工信用組合』に借り入れしていながら、決算書に記載していなかった。明らかに粉飾決算であるが、当の商店主に借り入れであるという意識すらなかったように見られる。もともとこの『海野町商店街』で皆が出資して作った内々の組合ということで、『ちくま商工信用組合』からの借り入れは借り入れではない、身内から用立ててもらった金と考えていたようである。

「貸出先が先に潰れたんだから、俺の借入金は返さなくてもいいんじゃねえのかい。なあ先生」

酒の酔いが回ってきた瀬戸物屋の店主が言いだした。『先生』と呼ばれた相手は『松村理髪店』の店主であるが、息子が優秀で弁護士になっているので『先生』と呼ばれている。今の店主の代で理髪店は間違いなく閉めるだろう。その『先生』こと松村店主は関わりをさけるように黙って手を振った。先生と言われたことが気に障ったようだ。

「なにを満っちゃんは馬鹿なことを言っているの。借りたものは返さなくてはだめよ。ねえ、松村さん」

『ブティック亜麻』の松尾敏江が大きな声でその場で仲に入った。

「あら、瀬下さんのところは涼子ちゃんがいたわね。ごめんなさい、そういう意味で言ったんじゃなくてよ」

「いいわよ、そんなに気を使ってもらわなくって」

静江は笑顔を無理に取り繕《つくろ》って言った。

新年会も御開きとなり、片付けに入った瀬下静江を見つけてブティック亜麻の松尾敏江が寄ってきた。

「さっきは御免なさい。涼子ちゃんも勤めているのにねえ。満ちゃんたちはほんとう酒癖が悪いんだから」

「気にしていませんから。それよりかえって皆さんにご心配をおかけしてすいません」

「何も静ちゃんが謝まることはないわ。頑張ってね。そうそう、知っている。『商工』が潰れたのはそこの融資部長のせいだってうわさが流れているのよ。涼子ちゃんの彼、『ちくま』の人だっていうじゃない。友達だから言うけど気を付けたほうがいいわよ」

そう言うと松尾敏江は離れていった。

気を付けるとはどういうこと。涼子の彼が『ちくま商工信用組合』の融資部長だっていうことは皆が知っている。どうしようもないじゃない。瀬下静江は悔し涙を眼にためながら皿を取り下げた。瀬下静江はすでにその噂を妹の大井舞子から聞いていた。

『ちくま商工信用組合』の融資部の調査役という人が自殺したというニュースがテレビで流れ、信濃日々新聞の夕刊にも載った日、妹の大井舞子が瀬下靴店に来ていた。

妹が言うには『ちくま商工信用組合』調査役の自殺は不正融資が発覚したことが原因だという。

どうやらそれには融資部長、つまり涼子の彼が関係しているらしい。この話を妹は実家が海野町の瀬下靴店であることを知らない『ちくま商工信用組合』の職員から直接聞いたという。妹は姪の身を心配してその話を姉に知らせに来たのだ。

それだけでも瀬下静江はどうしたら良いか、娘の身を案じて胸が張り裂けんばかりに苦しんだ。ところが、それから何日かして、その気持ちにさらに追い打ちをかけるニュースが飛び込んで来た。暮れに『ちくま商工信用組合』の破綻が公表になったのだ。

破綻が発表された翌日、二十九日（土曜日）に本店の支店長が破綻のお詫びと説明に瀬下靴店にやってきた。

瀬下靴店は組合員であるが借り入れはない。しかし取引先であるとともに職員の家である。支店長は信用組合が解散になると職員も職を失うことを説明した。涼子さんもどこかへ就職先を探さなければならないが解散までは半年ほど時間があるので、その間に就職活動をしてもらうことができるという話であった。

新年会の片付けが終わり、静江が海野町商店組合会館を出て店に帰る頃には薄曇りの空から白く冷たいものが落ちてきた。信州の中では比較的温暖な地方と言っても上田も信州である。冬の厳しさに他の信州の地とさほどの違いはない。家に閉じこもらなければならない本格的な寒さが襲ってきた。いよいよ信州の長い冬が始まった。

2

一月四日　金曜日
上田市　ちくま商工信用組合本店

正月の休みが開けた。

正式には昨年末十二月二十八日から金融整理管財人による新体制がスタートしたが、実質的にはこの新年四日から新しい『ちくま商工信用組合』が動き始めたといえる。この日から新しく迎えた金融整理管財人と補佐人が『ちくま商工信用組合』の経営に着手した。

小山金融整理管財人は始業前の三十分間を利用して本店にいる全職員を三階の大会議室に集めた。そこであらためて槌田金融整理管財人、北澤補佐人、夏目補佐人を紹介し、挨拶をした。

「昨年末から新年にかけ、取引先を訪問していただき、当信用組合の今後についてお詫び方々説明に回っていただきました。今まで経験したことのない辛い仕事だったと察します。お疲れ様でした」

冒頭でこう述べて小山金融整理管財人は職員に深く頭を下げた。恒例の「新年おめでとうございます」の言葉はない。

「この『ちくま商工信用組合』が昨年末に破綻したことにより、多くの皆さんにご迷惑をかけることになりました。実に残念なことです。取引先の皆さん、それに職員の皆さん、共にこれからどうすれば良いか、不安な気持ちでおられることと思います。ですが、この組合の解散はすでに決定しています。これは残念ですが変えようがありません。大事なことは職員の皆さんがこういった逆境のなかでどう行動するかです。そこで、私は皆さんに次の三つのことをお願いします。初めにお断りしておきますが、どれも難しいことではありませんが、決して楽なことでもありません。

第一にお願いしたいことを申し上げます。それはすべてのことを『取引先』を第一に考えて行動していただきたいということです。

これまでこの『ちくま商工信用組合』がやってこられたのは取引先があってのことです。取引先には可能な限り丁寧に事情を説明し、ご意見、ご要望はできる限りお聞きするようにお願いします。そうは言っても無理なご要望もあるでしょう。できないことはできないとお断りすることが肝心です。とくに希望的な憶測は控えてください。もし、分からないことを問われた場合は自分では分からないとはっきり伝え、調べれば分かることは後で調べて答えてください。それでも分からなかった場合は分かりませんと正直に必ず伝えてください。

預金者の預金は全額保証されています。そして取引はそのまま新しい引受先金融機関に移ることになります。ただ、融資先の場合にはいくつか条件がありますので、ご希望に添えない場合もあります。その場合は誠意をもって丁寧に説明してください。相手のためになるからと嘘を言う必要はありません。結果を恐れず正直にお話ししていただいて結構です。それでもすまなかった場合は遠慮は要りませんのでわたしどもに相談してください。

第二にお願いしたいことを申します。それは家族を大切にしてくださいということです。と申しますのは、来る解散の日には皆さん全員が解雇となります。もちろん退職金は満額支払われますし、再就職先が決まるまでは雇用保険も支給されます。しかし、皆さんをここまで支え、これからも支えてくださるのは家族の皆さんです。ですから家族を大切にしてください。ただ、職員ローンのある方は退職金で支払っていただくことになります。それでも足りない分は分割で支払っていただくことになります。決して納得できないことですが、このこともよく理解しておいてください。

最後は今日私が皆様にもっともお伝えしたかったことです。それはこの『ちくま商工信用組合』で今まで働いたことを誇りとしていただきたいということです。

不幸にして破綻しましたが、これは何も皆さんが間違ったことをされたからではありません。誤ったのは経営なのです。それを導いた経営者です。皆さんは胸を張って堂々と職務を全うしてください。このことはここにいる槌田金融整理管財人とともに皆さんに特に伝えたいことです。

この三つを守っていただければ『ちくま商工信用組合』は解散となってもお取引いただいた多くの方々や、皆さんとご家族の心の中に意義のある組合として永遠に残るでしょう」

そう結んで訓示を終えた。

反応は分からない。多分に気休めのようなことを言ってしまったと小山金融整理管財人は思った。しかし、他に言いようがなかった。なぜなら、皆、能面を被ったように表情を変えずに話を聞いていた。内心は分からない。

こうして、朝の新年の訓示は終わった。

小山金融整理管財人以下四人の管財人補佐人と預金保険機構から来ている二名の職員とともに車に分乗して挨拶回りのためにまず長野市に向かった。

『長野財務事務所』、『長野県庁』、『アルプス銀行』、『長野信用金庫』、『長野県信用組合』、とあわただしく挨拶に回り、そのまま長野市から地元上田市に戻り、『上田市役所』と『上田信用金庫』を訪れてからようやく『ちくま商工信用組合』の本店に戻った。この一日はハードスケジュールであった。本店に着いた時はすでに日もすっかり暮れていたが、これで終わったわけではない。来週の月曜日には松本市にある『日銀松本支店』と『長野銀行』に挨拶に行くことになっていた。

この日はその後、招集してあった支店長と部長を本店会議室に集め幹部会議を開いた。

その会議で小山金融整理管財人は朝の朝礼と同じことを繰り返し話した。特に第三のプライドについては『ちくま商工信用組合』の設立から存在意義を説き起こし、この役目は『ちくま商工信用組合』が無くなったからといって無くなるものではなく、引き受ける金融機関がそれぞれ担う責任があるとまで言及した。管財人が言いたかったのはまさにこのことであろう。幹部だけでなく補佐人である自分たちに向けて言っているのだろうと夏目は感じた。

こうして初日は終わった。

夏目補佐人は補佐人用に用意されていた馬場町「中央一丁目」の単身赴任者用のアパートに帰った。

一月五日　土曜日
上田市　ちくま商工信用組合本店

昨日は出社したものの、二日目は土曜日で金融機関は休日となるが夏目補佐人は出勤をした。四日は挨拶周りで過ごしたので、実際に担当する仕事は七日の月曜から始まる。そのために準備をしたかった。

馬場町のアパートから『ちくま商工信用組合』の本店まで、地図でみれば直線で一キロもない近さである。ただ、上田市旧市内は城下町特有の狭い土塀が残り、近道をしようとすれば曲がりくねった街道を避け、畔道のような路地の細道を通り抜けなければならない。それでも細道をどうにか抜けるとすぐに海野町商店街のアーケードに出る。そこまで行けばそこからは通りをまっすぐ行けば良い。アルプス銀行のある交差点を過ぎれば上田市役所、その向かいに『ちくま商工信用組合』本店がある。近くには上田城址公園がある。夏目補佐人にとっては早足で十五分ぐらいの手頃な散歩道となる。

休日にもかかわらず小山金融整理管財人と北澤補佐人は出勤していた。預金保険機構のふたりの職員もいる。夏目補佐人と北澤補佐人は預保の職員にこの機会にと破綻処理の基本的な流れや今後の予定などを手短に教えてもらった。

その席で夏目補佐人は預金保険機構から来ている大滝調査役と新免《しんめん》調査役のふたりと初めて雑談をした。ふたりはそれぞれコスモ信金と北海道拓殖銀行というすでに破綻した金融機関の出身者であることをそこで知った。彼らは預保の職員として期間限定で雇用されているという。全国の信組の破綻が続いている今は忙しく、自分の家には年に数えるほどしか帰れないらしい。

翌、日曜日、夏目補佐人は『ちくま商工信用組合』には出勤せず暮れに引っ越した荷物の整理をした。荷物の中にあった松山千春の『時のいたずら』というCDを聞きながら片付けをしていると、細い肩をした塚越弥生の姿が浮かんできた。無性に彼女を抱きしめたいが今はできない。その思いを断ち切れないまま時を過ごした。

夕方、買い物を兼ね風呂に行くことにした。車で城や繁華街のある旧市内から千曲川を渡り塩田平の奥座敷といった別所温泉に向かった。暗くなった北向観音で遅い年始参りをすると、老舗旅館『花屋』近くにある大湯に入った。湯の香りを嗅ぐとそれまでの疲れを忘れる心地よさに浸ることができた。

3

一月七日　月曜日
上田市　ちくま商工信用組合本店

午前中の松本訪問から帰ると、小山金融整理管財人一行はようやく本拠の『ちくま商工信用組合』に落ち着くことができた。

金融整理管財人は理事長室を使い、夏目等の補佐人は理事室を使うことが決まった。

もうひとりの補佐人である長野県信用組合から来ている北澤補佐人は朝から東京のシステム会社に出張して留守であった。夏目補佐人は『ちくま商工信用組合』のプロパー職員である笠井参事から『ちくま商工信用組合』の人事制度の仕組みや現状の労務関係についてレクチャーを受けた。

それが一通り済むと、昨日から手をつけていた最大の懸案である解雇になる職員の再雇用関係の計画を立てた。

弁護士の槌田金融整理管財人は午後一番に理事長室にやってきて、小山金融整理管財人となにやら打ち合わせをしてそのままあわただしく自分の中央二丁目の法律事務所へ帰っていった。

その後も残った小山金融整理管財人には面会客が続いていた。

時間を見つけて小山金融整理管財人は夏目補佐人を理事長室に招いた。

理事長室にはパントリーの小部屋が付いていて、小山金融整理管財人が自らお茶を淹《い》れてくれた。以前は理事長専用の秘書がいたが、小山金融整理管財人は秘書は必要ないと彼女を本店の総務課に異動させたので今日からは秘書はいない。

「夏目さんはアルプス銀行の出身ですね。私の甥もアルプス銀行にいます」

小山金融整理管財人は微笑みをくずさず言った。

「どちらの支店ですか」

夏目補佐人は頭のなかで小山という名の行員を捜したが、すぐには思い浮かばなかった。するとそれを察したように小山金融整理管財人が補足した。

「姉の長男なので名前は小山ではなく若井です。今は川中島支店に転勤になったと聞いていますす」

「川中島支店ですか、それでは若井良雄《よしお》さんのことですね」

「そう。若井良雄」

「若井さんなら私と同期です。今、川中島支店の融資課長をしていますが」

若井良雄。彼は夏目清一郎の数少ない友人（？）のひとりであった。偶然趣味が同じ山歩きであったので二人で山行をしたこともある。ただ、松本支店の『徳本峠越え』には参加していない。

若井良雄はどちらかと言えば夏目清一郎と同じようにあまり要領のいい銀行員タイプではなかった。反面、地域の活動をコツコツとすることが好きなタイプだ。地域活動をミニコミ誌として自分で出してあまり政治的な運動をするなと上司から注意されたほどだ。だから、夏目より出世が早いとはいえ、最近課長になったばかりである。

「彼、若井良雄さんとは以前、北アルプスの鹿島槍を一緒に登ったこともあります。山好きな方ですね。それに山の植物についても詳しくて……」

「ほう。それは奇遇だね。夏目さんのお世話になっているなんて」

「いえ、私のほうが若井さんには教えてもらうことが多くて、たいへんお世話になっています」

「これからも、彼の面倒をみてやってください。ところで、どうですか、『切り分け』の準備のほうは。『アルプス』さんでも進んでいますか」

小山金融整理管財人は本題を夏目補佐人に向けてきた。どうやら『アルプス銀行』の今回の切り分けのスタンスを知りたいらしい。

『切り分け』とは破綻した金融機関から借り入れしている債務者を債務者区分により格付けして、受け皿金融機関に移る先か整理回収機構（ＲＣＣ）へ移す先かを選別する作業のことを言う。この作業は最終的には破綻した『ちくま商工信用組合』の代理人と受け皿となる予定の金融機関の責任者（アルプス銀行の場合は邑上与信管理部長）の交渉によって行われる。この作業を金融機関では『切り分け』と称している。

『切り分け』という言葉は対象となる取引先の意向を無視した金融機関の不適切な言葉である。『切り捨て御免』を想起するように、まさに上から目線で対象取引先を物として見ているような言葉であるが、作業の実体をある面では的確に表していると言える。

破綻する金融機関の取引先はまな板の鯉である。自分では何も主張も抗弁もできない。切り分けする側の判断にすべて身を委ねなければならない。それも取引先の与り知らぬ場所でしかも非公開で行われる。その結果、そのまま新しい金融機関に引き取られれば生き残ることができるが、万一、整理回収機構（ＲＣＣ）行きと決まれば以後の新規借り入れがほとんどできないことを意味し、死の宣告を受けたに等しいこととなる。まさに非公開裁判といったところだ。

もちろんＲＣＣ行きとなった先であっても市中金融機関が貸し出しをしてはならないということにはならない。しかし、それは初めから回収懸念のある先に貸し出す行為となり、行えば、それは縁故貸しとみなされる恐れがある。場合によって責任者は株主からその責任を背任行為として追及され、損害を請求される。また、収益面でも貸し出しとともに適正な引当金を積まなければならない。これではいくら金利を高くしても割に合わない損な行為となる。つまり、ＲＣＣ行きとなった取引先への融資の道は事実上、断たれるのである。

「まだアルプス銀行では始まったばかりですが、『ちくま商工信用組合』の取引先のほぼ二割程度は破綻懸念先か（実質）破綻先の恐れがありそうです。それらはほとんどＲＣＣ行きとなりそうですね」

夏目補佐人はアルプス銀行の資産査定チームが年末休暇を返上して行ったサンプル調査の結果報告を踏まえて小山金融整理管財人に答えた。

「やはり、多いですな。うちの信金が調べた結果も似たようなものでした。『上田商工会』や近隣の市町村は引受金融機関が厳しく査定し、引き受けを拒否されることを極度に警戒している様子です。ただ、彼らの言うように審査を甘くすればいいと言うものではない。その場しのぎとなって後で困ることとなる。淘汰《とうた》すべきは淘汰されなければならない。この点が地域の金融機関が一番悩むところですな」

「後で困る」と小山金融整理管財人が言った意味は引受金融機関が困るといった単純な意味ではない。温情で生かしても結局マーケットのニーズに合わない先を生かしてしまうこととなり、困ると言ったと夏目補佐人は解釈した。


新年に入り『ちくま商工信用組合』の預金は全額保証されていることがしだいに明らかになってきた。すると関心はもっぱら『商工からの借り入れの引き受け』に移っていった。

新聞によると、借り入れの場合は『受け皿金融機関』に移ることができるのは借入者の全てが金融機関から債務者区分という格付けがなされて、その区分が正常先か要注意先に限られているという。それ以外の債務者は『金融機関』ではなく、『整理回収機構』というところに移されるらしい。こういったことがしだいに明らかになってきた。

するとこ度は『ちくま商工信用組合』から借り入れしている取引先は極度の不安にかられてきた。「自分はどの債務者区分なのか」という問い合わせが『ちくま商工信用組合』に殺到してきたのだ。

ところが『ちくま商工信用組合』の職員をいくら問い詰めても明確な回答は返ってこない。どうやらこれは『ちくま商工信用組合』の一存では決められないらしいということが徐々に巷《ちまた》に知れ渡ってきた。

小山金融整理管財人はこの新年の休みの間にも各地の商工会主催の幾つかの新年会に出席していた。今日も朝からその種の『陳情』を受けていたらしい。

「昨日の『上田商工会議所』の新年会では『取引先全部をそのまま受け皿金融機関に移すことができないか』と永野会頭に言われました。他でも『信金や銀行では組合より敷居が高いし、審査が厳しい。同じ信用組合に移せないのか』と言った声を聞きました。皆に共通しているのはなじみのない金融機関に一方的に破綻懸念先の烙印を押される不安でしょうか。分かる気がしますがこればかりはどうしようもないですね」

今回の破綻処理を成功させるには地元のトップ銀行である『アルプス銀行』の力が何よりも必要であることを小山金融整理管財人は誰よりもよく分かっている。分かっているだけに『ちくま商工信用組合』の取引先の不安も分かり、それにより苦悩している様子が夏目にも覗えた。

「個人ローンのほうはどのような感じですか」

小山金融整理管財人は茶碗を持って口に寄せたまま話題を変えた。

『ちくま商工信用組合』では個人ローンは本店に集中しているので本店の受け皿となる『アルプス銀行』が一括して引き受けることになっていた。

「『住宅ローン』は担保のある保証保険付ですから、ほとんど引き受けられます。ただ、『職員ローン』は保証保険が付いていません。特に『職員ローン』の大半である組合員勘定である出資金の増資に使われたものは困ります。『ちくま商工信用組合』の出資金は今回破綻したため紙屑になりました。しかし『職員ローン』という貸金だけは残りました。このままだと退職金で充当できないローンを持つ債務者はほとんどRCC行きになりますね」

「駄目かね。自分たちの勤めているところに騙されたような人たちなんだがね」

小山金融整理管財人は飲みかけたお茶を盆に戻した。

「信用組合が潰れましたので、どうしようもありません。せめて、このままRCCにこれからの収入の中から返済していくしか方法はありません」

「そうだろうな……うまい就職先が見つかればまだしもの話だが。この分では個人の自己破産も増えるだろうな……」

小山金融整理管財人の席からは窓の外、大通りの反対側に見える上田市役所の建物が見える。そこを見ながら金融整理管財人は自分に言い聞かせるようにつぶやいた。

外は新年とは言ってもこれから迎える厳しい冬の冷たい風が吹いているに違いない。

信用組合の破綻処理は一九八〇年代後半に始まったバブル経済清算の最終の仕上げとなった。バブル経済の清算は中央の大手銀行から始まり、最後は庶民の生活に密着した地域金融機関に辿り着いたことになる。

まず、大手銀行同士の統合、合併が進められた。

興銀・第一勧業・富士が合併してみずほ銀行が生まれ、その後、次々と統合が進められ十三行あった都市銀行や興長銀はほぼ統合が完了した。

しかし大手銀行の統廃合は取引先も大企業が多く、銀行が合併したからといって取引先が倒産するようなことは直接ない。

それが地域の中小金融機関、信用組合の整理・統合ということになると、体力のない中小・零細企業は取引金融機関の整理のために行き詰まるところも出て来る。

ただ、抜き打ち的に信用組合の淘汰が始められたわけではない。

大手銀行の淘汰の段階で、やがてこれが中小の金融機関に及ぶことが十分予見できたし、話題にもなっていた。ただそれが目の前の現実となるまで何ら対策が立てられず放置されたのだ。

それには理由があった。

ひとつは困ったときは国や県や市町村が何とかしてくれるだろう、ダメでも知り合いの政治家が助けてくれるだろうという地域商工者の根拠のない『甘え』の構造があった。だからうすうす危機を感じていても、なすすべを真剣に考えなかった。

金融庁では金融機関が破綻しても預金が全額保証されるこの間に弱小信用組合を統合させることを急いだ。整理すべきは整理し、環境に適合できる信用組合のみ残す。その際、財務体質の悪い取引先も道づれとなるが、それは致し方ない。という為政者としてごく当たり前の論理を実行しただけである。

ただ、信用組合が破綻して困るのは債務者である企業や商店、個人であり、また、そこに勤めている職を失う職員である。

今回の『ちくま商工信用組合』のように全員解雇となると今後職が見つからない失業者も発生するだろう。また職員は生活の糧を失うばかりでない、今まで地域の金融の担い手として貢献してきたというプライドまで失ってしまうことになる。

だからこそ、今回の事態を招いた原因は何であったのか。原因を突き止め、責任を明らかにしなければならない。

「破綻に至った原因追及のため、槌田弁護士に旧経営陣の融資案件を調べてもらうことにしました。私のほうは増資と株式投資を調べます。夏目さんは職員を救うために再雇用のほうをお願います。職員はひとりでも多く就職先を斡旋してあげたい。私も『長野信用金庫』に何とかできないかお願いしてみるつもりですから、夏目さんも『アルプス銀行』に働きかけをお願いします」

建前としたら、今回職員は引き受けないことがすでに決まっている。しかしそれは建前であり、良い人材がいたら、アルプス銀行でも受け入れることに支障はない。

「管財人のお気持ちはよくわかりました。私も人事に相談してみます」

「是非、そう願います」

「それから、まだ試案の段階ですが雇用促進について少し考えてみました。構想の段階ですが管財人のお考えも知りたいので聞いていただけますか」

「教えてください」

夏目補佐人は小山金融整理管財人に説明した。

「予定では三月中には譲渡価格が決定し、それで預金保険の申請ができます。五月末には譲渡が完了し、パートを含め二五四名の従業員は全員解雇となります」

ここまでは管財人グループの共通認識であった。

「就職活動を余裕のあるものにし、早めに雇用先を確保しておきたいので、職員が今から就職活動をすることを認めます。再雇用を促進するために三月中には組合内部に『雇用推進室』を設置したいと考えております。そこには社会保険労務士にもお願いして職員の相談に応じられるようにします。再就職は人事部員をフル動員して就職斡旋を全面的に行います。求職活動のために特別休暇を創り、目標を希望者全員の雇用に設定して運動します。もちろん、不景気が続いており、楽観しておりませんが、人材を必要とする企業は探せばあるはずです」

夏目補佐人は昨年年末から考えていた方針の概略を小山金融整理管財人に披露した。

「夏目さん、良い着想です。計画を実現するのはたいへんな仕事になるので私たちもできる限り手伝います。その線で頑張ってください」

小山金融整理管財人は夏目補佐人を見てにっこり笑い、両手を差し出した。

小山金融整理管財人はアルプス銀行の藤沢頭取が補佐人には必ずお役に立つ人物を差し出しますと約束してくれたことを思い起こした。この夏目という若者には人の心がある。やはりアルプス銀行の藤沢頭取が推薦してきたとおりの人物だと納得しながら握手をした。

その日の夕方、小山金融整理管財人と槌田金融整理管財人、北澤補佐人と夏目補佐人の連絡会議が開催された。今度は他のメンバーにも夏目補佐人は再び小山金整理管財人に話した再雇用のための構想を話した。

4

昨年（平成十三年）の十二月十九日水曜日はアルプス銀行に財務局が『ちくま商工信用組合』の引き受けについて経営陣に打診を正式に申し入れた日である。そして、暮れの二十八日に『ちくま商工信用組合』の破綻が公表された。

『ちくま商工信用組合』に勤める瀬下涼子と、彼女の友人であり同じ上田市のアルプス銀行に勤めている兎束瞳《うづかひとみ》との交流について昨年の暮れの二十八日に遡り振り返りたい。

十二月十九日に瀬下涼子は母から友人の兎束瞳がわざわざ瀬下靴店に立ち寄ってくれたことを聞いたがフィアンセである久保彰からの突然の電話のことで頭がいっぱいとなり兎束瞳のことはすっかり忘れていた。そして、その後、小泉勝の葬儀で久保彰と再会できたものの「しばらく会えない」という彰の言葉で落ち込んでいたまま二十八日を迎え、勤めている『ちくま商工信用組合』の破綻を知った。

ところがその十二月二十八日の金曜日の夜、兎束瞳の方から瀬下涼子に電話が掛かってきた。母から「瞳さんから電話」と聞いて涼子は我に返った。

「涼子、『ちくま商工』が破綻したってニュースで聞いたけど、ほんとうなの」

「そう……みたい。今日、帰りに支店長からみんなに説明があった。夕刊に出ているとおり」

「大変なことになったのね。元気を出して」

余程ショックなのか、いつもの涼子と違って声が弱い。

「大丈夫よ……」

「本当。力を落とさないで」

「ありがとう……」

涼子は涙ぐんだ。電話で悟られまいとするが涙声は誤魔化せられない。なんでも相談できる兎東瞳からの電話なので今まで気丈夫を装っていた緊張が緩んだせいなのかもしれない。

今の瀬下涼子の場合、確かに勤め先が倒産したショックも大きいが、一週間前の金曜日、フィアンセの久保彰から「しばらく会わないようにしよう」と言われたショックのほうが大きい。しかし、その顚末を兎東瞳は知らない。

「元気を出してね……」

兎東瞳はそう言ってみたものの慰める適当な言葉を思いつかない。ここで涼子は水曜日に瞳が立ち寄ってくれたことを思い出した。

「ううん。そうじゃないの。心配しないで。それより、先日、瞳が店に来てくれたっていうけどそのままにしておいてごめん。あれからいろいろあって」

「いいのよ、そんなことは」

しばらく間をおいてから兎東瞳は言った。

「先日、涼子のところへ寄ったことなんだけど。実は私退職することになったの。この十二月でアルプス銀行を辞めることになりました。今日二十八日がお勤めの最終日」

「え。アルプス銀行を辞めるの。どうして」

「伯母の容態が捗々《はかばか》しくないの」

「伯母さんて、軽井沢でクリニックをしている伯母さんでしょ」

瀬下涼子も何度か軽井沢の兎東瞳のいる伯母の家に行ったことがあり、知っている。

「そう。ひとりで身寄りのない姪の私を育ててくれた。その伯母が骨髄の癌になってしまい、治療に専念するためクリニックを休業することになったの。私はアルプス銀行を辞めて伯母を看病するために軽井沢に移ることにしました。伯母の身寄りは私ひとりだから」

「今住んでいる上田の家はどうするの」

「しばらくそのままにしておくわ」

あの中学の時の突然の別れのようにまた、兎束瞳が瀬下涼子のそばから離れて行く。

瀬下涼子は自分だけが職を失い、彼とのことも不安だらけで不幸を一身に背負ったと塞ぎ込んでいたが、瞳は瞳で大変なんだと思い直した。友情とはこういう時のためにある、何もできないけれど相談相手ぐらいにはなれる。

「軽井沢に行っても頑張ってね。またあの頃のように時々会いましょう」

「そうね。今度は新年に上田に来るからその時に会おうね」

歳の同じ瀬下涼子と兎束瞳はふたりとも幼稚園は馬場町にある聖ミカエル幼稚園で一緒であった。しかし、その頃、涼子の家は海野町にあり、瞳は大手と少し離れていた。そのためか、ふたりが幼稚園以外で遊んだ記憶はあまりない。小学校も学区が違うため別々であった。しかし、中学校で再びふたりは一緒となり、クラスも同じで友達となった。

瀬下涼子はスポーツができ、テニス部で活躍。兎束瞳は音楽の好きな大人しい子と性格とタイプが違ったが、ふたりとも成績はトップを争い、ライバル兼仲の良い友達となったのである。

ところが、中学二年の夏の終わりに瞳は音楽家であった両親を航空機事故で突然亡くし、上田から軽井沢の伯母兎束八千代《やちよ》に引き取られ転校した。

最初の別れは二人にショックであったが、軽井沢と上田はさほど離れていないことが分かると瀬下涼子は旧軽井沢でクリニックを開業していた兎束瞳の伯母の家へ遊びにいく形でその後もふたりの交友は続いた。

瀬下涼子はそのまま上田にとどまり短大を卒業すると地元の『ちくま商工信用組合』に就職し、二年遅れて兎束瞳も上智大学文学部スペイン語科を卒業して就職先に『アルプス銀行』を選んだ。兎束瞳の成績では総合職でも十分合格できるが、勤務地を限定できる一般職で応募し上田支店に勤務となったのである。

ふたりの勤務先が同じ上田市となり再会を喜びあったのは言うまでもない。

都会に住んでいたのに、兎束瞳は中学時代に別れたまま日本人形のような幼い少女の面影を残している。一方、田舎に育ちながら瀬下涼子の方はモデルとしても通用するすらりとした体型に彫りの深い顔立ちの都会育ちのお嬢さんであった。性格も慎重タイプの瞳に対して何事にも積極的な涼子と、違うタイプに育ったことがかえって二人の交流にはプラスになったのかもしれない。

こうして、学生時代に途絶えかけた付き合いが再び社会人となって復活した。

それも束の間、またしても兎束瞳は軽井沢へ行くという。

年末の約束どおりふたりは年開けの一月五日の土曜日に上田で再会した。夏目補佐人が近くの『ちくま商工信用組合』に土曜休日出勤をしていたその日である。

ふたりは上田駅で会い、そのまま駅ビルの中にテナントとしてある『若菜館』という和風レストランで食事をした。

「この後、留守にしている家の様子を見ていい？　それから上田城まで散歩しない」

兎束瞳の希望で大手に無人のまま残されている兎束瞳の屋敷を簡単に点検してから、そのまま近くの上田城址公園に向かった。

晴天とはいえ冬の城址公園は誰もいない。

空堀となっている外堀の底は上田電鉄真田傍陽《そえひ》線の敷地として利用されていたが今は廃線となり遊歩道となっている。夏は涼しいが、冬の今もさほど寒くはない。

両側には葉の落としたケヤキの大木が並木となって続く。

「瞳はほんと、ここを歩くことが好きね」

瀬下涼子は少し笑顔になって言った。

「だって、昔はここに駅があって、ここから電車が真田や丸子まで行っていたんでしょ。涼子の家の近くにも電車が走っていたはずよ」

「それは知っている。昔は家の近くに海野町の駅があったって。今もそこだけ道路が広くなっているから分かるわ」

ふたりは遊歩道を抜けそのまま本丸跡へ歩いた。

尼ヶ淵城とも呼ばれた上田城はその昔、真田軍が徳川の大軍を二度まで制したという上田合戦の舞台となっている。内堀を上から見ると下の水面まで恐ろしい傾斜の絶壁となっている。千曲川を利用したあくまで実戦向けの城なのだ。天正十三年（西暦一五八五年）夏の第一次上田合戦は神川合戦とも言われ、徳川方の将兵の多くは意図的に増水させた千曲川支流の神川の氾濫で溺死したと伝えられている。

本丸跡は桜の咲く季節には千本桜といわれ賑わうが、今は枯れ枝だけである。

城内にある真田神社には古井戸があり、上田市背後の太郎山まで抜け道が地下で繋がっているという都市伝説の類がある。

涼子はベージュのオーバーコート、瞳は紺色の厚手のコートを羽織っていた。

瞳はコートのポケットから先ほどのレストランから持ち帰ったパンくずをちぎって近づいてくる鳩にあげた。そうしている姿は無垢な女子高校生にしか見えない。

「瞳はいつまでたっても子供ね」

すらりとした瀬下涼子と小柄な兎束瞳を遠目から見ると仲の良い美人の姉妹のようである。

ふたりは上田市役所を過ぎ、アルプス銀行上田支店の隣にある『田園』という喫茶店に入った。

「ねえ」

ふたりは同時に話しだし、思わず笑った。

思えば、ふたりともこうして笑うことなど最近なかった。

「どうぞ、お先に」　涼子に言われて瞳が話した。

「これから、どうするの。勤め先は」

「まだ、何も考えていない。急なことだったし」

「だって久保彰さんと結婚するんでしょう」

「ううん。どうなることか」

「どうしたの、何かあったの」

「彼は何か今度の倒産のことで責任があるみたい。しばらく会うのを止めようって言われたの」

こんなことは母の静江にも打ち明けていない。

「そのことだけれど、実はその久保さん、去年の暮れの三十日に軽井沢の伯母の家に来たわ」

「え。何で」

瀬下涼子にとって久保彰が軽井沢の兎束クリニックを訪れることは考えてもいなかった。第一、友人の兎束瞳の住まいが兎束クリニックだっていうことすら久保彰に話したことはない。ただ、確か三十日には亡くなった小泉勝さんの家に行くと久保彰から連絡はあった。

信州では身内に不幸があり新年の挨拶ができない家には年末に線香を持って訪問する習わしがある。

葬儀中に追い返されるというハプニングがあったが、その後、小泉家から丁寧なお詫びがあったという。そこで久保彰は年末に小泉の家を訪問すると言っていた。多分、その時に軽井沢へ行ったのだ。

「久保彰さん。私が玄関に出たのでびっくりしていたわ。私の住んでいるところだと知らなかったみたい」

「どんな用事だったの」

「ごめん、知らないの。伯母もそのことについては話してくださらない。でもお茶を出すときに『アルプス銀行軽井沢支店』がどうのこうのと話しているのを聞いたわ」

「アルプス銀行の軽井沢支店」

そう言えば久し振りに彼と会った葬儀の日、アルプス銀行軽井沢支店の駐車場で長く待たされたことがある。あの時も佐久からの帰り道であった。ふたりで小泉勝の葬儀のあと支店に立ち寄った。その夜、彼から突然五百万円の大金を渡されている。

「軽井沢支店で伯母は所有していた絵画のロビー展を開いていたことがあるの。多分そのことなんじゃないかと思う」

「絵画展」

銀行の支店でロビー展を開くことはさほど珍しいことではなかった。しかし、久保彰が何でそんなにその絵画展に拘るのか不思議であった。

駐車場で待っていた涼子は支店の中で何があったか知らない。

「最初伯母はなかなか話したがらなかったけれど、根気よく聞くとそのロビー展について話してくれた。でもそれらの絵については詳しく話してくださらないの。分かっているのは、ただ、アルプス銀行軽井沢の支店長に頼まれて銀行のロビーに展示したということだけ」

「それっていつのこと」

「この間の十二月のことよ」

十二月と言えば軽井沢支店へ行ったあの時に間違いない。

兎束瞳は伯母からそのような水彩画を持っていることなど全く聞いていなかった。

「伯母はその宣教師のことも何も話してくださらないの」

「久保からもそんな話は聞いてない」

「私もその宣教師に興味を持って、図書館でその宣教師のことを少し調べたの。宣教とかミッションだと言われても何のことかピンとこないでしょ」

「伯母様は何でその絵を持っていらっしゃるの」

「私も同じ質問をしたけれど伯母は話したくないのか黙ってしまうの。それ以上その話題は出さないようにしている」


瀬下涼子は聞きながら別のことを考えていた。

あの軽井沢支店の駐車場で待たされた時のことを。ただお金を下ろしに寄ったにしては時間がかかり過ぎていた。それにその後の様子も今考えるとおかしい。その絵画展で何があったのかしら。

「そうそう、伯母の家の近くにも軌道敷きだったところがあるわ」

「瞳は急に何を言うの」

「いえ、さっきお城の堀に行ったでしょ。真田線の軌道敷きだったところ。叔母のクリニックのある三笠通りは昔、草津と軽井沢を結ぶ草津軽井沢軽便鉄道が走っていたところ。偶然かしら……」

「それが何か関係でもあるのかしら」

「でも昔の鉄道があって今は廃線となっているって、何となく昔と今が繋がっているようだわ」

「そんなことを言っているからいつまでも乙女のままと言われるのよ」

「はいはい、お姉さま」

瞳はおどけて返すと、ふたりでまた笑った。

喫茶店の奥にいた学生風の男性が笑い声を聞いて振り返った。

ふたりに降りかかった思い重荷をこうしていると一時忘れることができる。笑いながら瀬下涼子と兎束瞳はふたりともそれぞれ同じようなことを考えていた。

久保彰と兎束八千代は何か秘密を持っているのではないかと思える。しかし、それが何かわからない。一言、伯母に聞けば済むことだが、なんだか聞いてはならない事のようにも思えた。

ふたりが別れて瀬下涼子はひとりになると、どうしても久保彰と出会った頃の幸せな思い出が蘇ってしまう。

上小《じょうしょう》地区（上田・小諸地区）の地域金融機関で窓口つまりテラーの腕を競う大会で、審査員の注目を浴び、番狂わせの優勝を瀬下涼子がしたことが発端であった。優勝は「アルプス銀行」がそれまで独占していた。それを阻止して、「ちくま商工信用組合」が優勝したことで、関係者のひとりであった久保彰が理事長命令でお祝いに瀬下涼子を上田市では一番の西洋料理店であるパリ祭に招待したことからふたりの付き合いが始まった。そこで、久保彰は涼子が創立者のひとりである瀬下龍太郎の孫娘であることを知った。久保彰は大先輩の瀬下龍太郎に報告するように地域金融機関の将来の理想を熱く語った。それを聞いている涼子のキラキラした眼、それがいつしか尊敬のまなざしから、愛の対象となるまでそう日はかからなかった。

その幸せな日々と今の状態。この落差に瀬下涼子はついていけなかった。

5

兎束瞳と瀬下涼子が話したように、久保彰は昨年末三十日（日曜日）に佐久と軽井沢に出掛けていた。佐久では小泉の家を再び訪れ「寂しい年取り」の焼香をするとともに、兎束八千代に会いに軽井沢にも行っていた。

『ちくま商工信用組合』融資部の融資管理課調査役であった小泉勝は金融庁の外部検査に対し『ちくま商工信用組合』の自主調査と称しその責任者となって報告書をまとめている。その小泉勝が提出した報告書がもとで久保彰は融資部長を解任され、処分が決定した。一連の動きは久保彰も知っている。直接の首謀者は小泉勝であると久保彰も薄々気づいていた。問題はこの調査を命じ、そういったシナリオを誰が書いて、命じたかである。しかし、その後、この報告書をまとめた本人である当の小泉勝が自殺してしまった。今となっては確かめようがない。ただ、調査を命じたのは理事長であると信じている。

そうだとしても久保彰はバブル時の融資のほとんどの責任が融資部長であった久保彰とする報告書をまとめた小泉勝を恨んでいるわけではない。むしろ、彼も報告書に苦しむ小泉調査役に自分から『上申書』を進んで書くから、すべて久保彰だけの責任にするように勧めていたくらいだ。

だから、彼が自殺したと聞いて、久保はそうやって彼を無理に追い詰めたのはむしろ自分かもしれないと思うようになっていた。小泉勝に何とか詫びなくてはと思う。しかし、もうすでに手遅れである。自分の利権のために平気で人を利用する岡本元理事長も許せないが、彼に綺麗《きれい》ごとだけ言って彼の一番やりたくない事をやらせた自分のほうがはるかに罪が重いのではないか。久保彰は心から小泉勝に詫びたかった。

そう思っていた久保のもとに小泉家から二、三日も経たずに葬儀の際の不手際についてお詫びがあった。久保はあらためて三十日に「お寂しい年取り」に伺うことを約束した。信州では不幸があった家に線香を持って晦日《みそか》に訪問する習慣があるからである。

あらためて小泉勝の家を訪問すると前回は気が付かなかったが、小泉勝の家は屋敷門こそ残っているものの敷地内にある建物は不釣り合いなぐらい小さく、モルタル壁の安普請である。

玄関で応対に出た老女に案内されて部屋に入ると、そこにはマンション用に販売されているような小さな仏壇が箪笥の上にしつらえられていた。

線香を供え、小泉の遺骨と遺影に向き合った。久保彰は小泉勝の遺影の前にひざまずいたまましばらく黙禱《もくとう》を続けた。

下がろうとして、同じような木箱の線香が置かれていることに久保は気が付いた。先客がいたのだ。「小山隆雄」とだけ書かれた線香箱が置かれていた。「小山隆雄」を知らない久保は小山金融整理管財人が個人として「元ちくま商工信用組合職員」の「寂しい年取り」に来ていたことに気がつかなかった。

「わざわざお越しいただきましてありがとうございます。今、嫁はパートに行って留守にしていてお構えも十分できません」

小泉の老母はそう言って何度も頭を下げ、隣の間に置かれている座布団に移るようしぐさで示した。

テーブルに座り直すと、父の小泉寿男《としお》が手に風呂敷を下げて出て来た。葬儀の時より心なしか一段と小さく丸くなったように見える。

「あの時は失礼した。気が動転していたもので」

「こちらこそ、突然押しかけてすみませんでした」

「『ちくま商工』に誰も寄越さんでくれと頼んでおいた。ただ後で思い出したが、久保さんのことは息子から聞いていた。きっと今に『ちくま商工』を立て直してくれる人だとたいそう頼りにしていたようだ。だがあの時は『ちくま商工』と聞いただけでそんなことはすっかり忘れてしまった。なぜか急に頭に血が上ってしまったのでな。年甲斐もなくお恥ずかしい」

「こちらこそ、お詫びしなければなりません……」

存外、この父は本能的に息子を自死に追いやった犯人が誰なのか分かっているのかもしれない。そう思うと目の前の好々爺《こうこうや》があらためて恐ろしい人にも思える。

「ところで今日、お連れの方は」

「ひとりで来ました。あの時の彼女、瀬下さんは小泉支店長にたいへんお世話になったと言っていました」

とっさに嘘を言った。葬儀の時に一緒に来たと言って彼女を巻き込みたくない。

「瀬下さん……」

「海野町の、『ちくま商工信用組合』の創立者のひとり、瀬下龍太郎さんのお孫さんです」

「そうか、美人の娘さんだった。あの方にも悪いことをした。……息子は商業高校しか出ていないが『ちくま商工』で出世して支店長までなった。考えてみればできすぎだった。しかし、わしより先に逝くとは……」

そう言って目頭を押さえようとして、小泉寿男は手にして来た風呂敷に気づいた。

「そうそう、これを久保さんに見てもらわなくてはと思って持ってきた。これは勝の書き遺したものだ」

「小泉さんの……」

「誰にも見せていない。もちろん警察にも」

小泉寿男は風呂敷を解いて封書を差し出した。久保は受け取ったもののそのまま手紙を開いて良いのか躊躇した。

「あんたは読んでいい。あんたへの言葉もある」

久保彰は受け取り名が小泉寿男様と書かれた封書を受け取った。

封筒の中に便箋があり、震えたような字が綴《つづ》られている。久保彰にとって読むことは辛いことであったが、父親がじっとこちらを見ているので、その場で読まないわけにはいかない。

『お父さん。病気に負けて先立つ不孝をお許しください。

今も腰が痛みます。膵臓《すいぞう》が悪いと診断され、人口透析を勧められましたが、これ以上家族に負担と迷惑をかけることはできません。甘えるついでにどうかこの苦痛を永遠に取り去ることをお許しください。私のわがままを許してください。

修、卓。しっかり勉強してお父さんの行けなかった大学に行きなさい。そしてりっぱな人になりなさい。

織江。今まで面倒を見てくれてありがとう。お父さん、お母さんと修、卓の面倒をお願いします。

お母さん、お父さん。こんな不肖の息子が言えることではありませんが、私の分も長生きしてください。

最後に久保彰さんに私は取り返しのつかない過ちを犯しました。お詫びのしようがありません。もし、会うことがありましたら、許しを請うてください。

小泉　勝』

便箋はところどころ涙のしみがある。父は何度も泣きながら読み返したのであろう。

「病気を苦にしていたことはこれでわかる。警察にも体調を苦にして発作的に自殺をしたと言ってやった。お蔭で睡眠薬やその筋の薬を服用していないか、さんざん調べられた。勝は全身やけどをしているのに解剖までさせられ。馬鹿馬鹿しい」

小泉寿男老人は息子の最期を思い出したのかゆがんだ顔を一層ひきつらせた。

文面にはどこにも『ちくま商工信用組合』のことは書いてない。小泉勝は律儀に最期まで組合関係者に迷惑を掛けないように配慮したに違いない。しかし、最後に久保彰のことが記されていた。最後の文章があの報告書のことを指していることは明らかである。どんなに取り繕っても自殺の原因は自分にある。しかし、そんな久保の気持ちを察したように老父は言った。

「それに勝は保険金を残してくれた。わしのような他人の保証をして先祖の財産をすっかり亡くしてしまった馬鹿な親父を持ったばかりに、苦労をかけた……」

小泉勝は子供の将来のことも考えたのだろう。組合が潰れれば、少しばかりの退職金では子供の教育資金に足りない。もしかして増資のため職員ローンを利用していたかもしれない。そうすれば退職金ですらないはずだ。家族のことを思えば保険金目的の自殺は残された最後の手段である。

老人は遺骨に向きなおった。

「許してくれ、勝。久保さんがこうしてお前のことを心配して来てくださった。だから安心して成仏してくれや。わしもすぐにお前のところへ行くから」

久保彰は黙って深いお辞儀をしてから玄関越しに見える小泉勝の遺影にお別れの挨拶をして退

去した。

久保彰は重い気持ちのまま小泉家を辞すと、レガシーでそのまま軽井沢に向かった。これも兎束瞳が瀬下涼子に話したとおりである。

アルプス銀行軽井沢支店で行われていた絵画展の水彩画の提供者は軽井沢に住む兎束八千代という医師であり、三笠通りでクリニックを開いていることは調べてあった。久保彰はなぜか彼女と直接会わなくてはと思った。

クリニックを捜すといっても軽井沢の場合は楽ではない。三笠通りは別荘地帯の中で、軽井沢町の条例により大きな看板が禁じられている。久保彰は通りすがりの住民らしい人を見つけて教えてもらい、どうにか「兎束クリニック」を捜すことができた。

クリニックは別荘地の奥にあり、西洋風なカナディアン・シーダーで作られ、テラスを上ると玄関には申し訳程度に休診中の張り紙が出ていた。

呼び鈴を鳴らすと出て来たのはそれこそ髪の毛こそ黒いがどこか西洋の少女を思わせる小柄な若い女性だった。

久保彰は一瞬眼を疑った。

瀬下涼子の紹介で何度か会ったことがある涼子の友人が出てきたからだ。

彼女のほうも驚いた。

「確か、涼子のお友達の……」

「あなたは久保さん？……」

「久保です。それで兎束さんはなぜここに。ご実家ですか？」

「いいえ、ここは伯母の家です。伯母は体調がすぐれず休んでいます。診察はしておりません」

「いや、診察を受けに来たのではなく、先生にお話を伺おうと思って来ました」

娘はその言葉にうなずいて、

「ちょっと、お待ちください」となかに入ってから、しばらくして戻ってきた。

「少しなら、お会いできるそうです。よろしかったらどうぞ」

体調が悪いと聞いて躊躇したが、この機会を失うと二度と会えないような気がして久保彰はその言葉に甘えることにした。

玄関脇の診療室を抜け、サンルームになった明るい部屋に通された。

キルトのガウンに包まれた老女が先ほどの若い女性に付き添われて車椅子で現れた。伯母と姪というよりは祖母と孫娘という年恰好である。

高齢でやつれてはいるが、若い頃は美人であったのだろう。付き添いの涼子の友人とどこか似ている。

「突然、お尋ねして失礼しました。実はアルプス銀行軽井沢支店に展示されているものは先生からお借りしたものだと耳にしたものですから」

「銀行の展示……ああ、あの絵ですか。そうです。あの水彩画は私が銀行に貸したものです。それが何か」

兎束八千代の身体はすでに精気を失って不安そうにか細い声で訊いた。

「実はたまたまアルプス銀行の軽井沢支店に立ち寄り、あの絵を拝見させていただきました」

「あそこに描かれているのはこの辺りの旧い風景ですよね」

「私にはとてもなつかしい風景のように映りました。浅間山がありました。それから軽便鉄道も。拝見しているととても心が落ち着きました」

久保彰が受けた衝撃は言葉にできないものであったがここでは平静を装った。

「ありがとうございます」

「素敵な絵を拝見したものですから、一言お礼にと」

久保彰はあの絵が幼いころ見たような既視感のある景色であり、それが何であったのか知りたかったということを八千代に告げることができなかった。

そこへ兎束瞳が紅茶とスコーンとブルーベリーのジャムを載せたお盆を運んで来た。

「よろしかったら、お茶を召し上がってくださいな」

お茶を飲んでいるとき、棚の上の十字架と家族写真が目に付いた。

白黒の旧い写真で少女と両親が写っている。兎束瞳が久保の視線に気づいて言った。

「その写真は伯母様が小さい頃、カナダに住んでいた頃の写真です」

「トロントの近くに住んでいました。昔のことです」

本人が付け加えた。

久保もトロントには米国留学中に旅行で夏に訪れたことがある。花木の多い綺麗な町という印象を持っている。

兎束八千代は懐かしそうに写真を眺めていた。

「遠慮なさらずに召し上がってください」

老女が勧めるので久保彰は紅茶を口にした。

「今、休診中となっていましたが」

「そうなんです。しばらく療養するためにお仕事は休んでいます。今までもそれほど忙しかったわけではないのですが」

絵の話になるとあまり気が進まないと言うより話題を避けているように見えたので、久保彰はそれ以上詮索することは止めた。

「今日は突然の訪問なので失礼します。おいしいお茶をごちそうさまでした。お大事になさってください」

頃合いを見て、久保は言った。これ以上、病人に話を続けさせることは出来ない。

「久保さんとおっしゃいましたね。瞳ともお知り合いということなので、いつでもお越しください。年寄りにとっておしゃべりが唯一の楽しみなのよ」

久保彰は兎束八千代にお礼を言った。

「そのままここに居てください」と久保は言って兎束八千代に挨拶をして玄関に向かった。

代わりに兎束瞳が伯母をそのままにして、玄関まで送ってきてくれた。

「何か……」

久保彰に何か言い出しかねている兎束瞳に聞いた。

「いえ、涼子の勤め先で、ああいうことがあったので、彼女とても苦しんでいるわ」

「ご心配をおかけします。彼女は私にとってとても大切な人です」

「よかった。私にとってもそうです。涼子を幸せにしてください」

「伯母様をお大事に」

「伯母の気分が良い時にまた、お越しください」

「お大事になさってください」

あの様子では相当重い病なのかもしれない。これ以上の会話は無理だったろう。兎束八千代が瀬下涼子の無二の友人兎束瞳の伯母ならまた会える可能性がある。

久保彰は何か大きな運命の糸に操られ、その入り口に辿り着いたような気がしたが、入り口であって一歩も中には入れなかった。カフカの『城』で測量士Kが城に入ろうともがくようであった。しかし、とにかく入り口が分かった。これだけでも軽井沢の兎束クリニックを訪れた甲斐があったと考え、森の中のクリニックを後にした。

久保彰が去るとしばらく兎東八千代は車椅子のままサンルームで考え事をしているのか寝ているかそのままじっとしていた。

瞳が様子を見ると、八千代は起きていた。

「起きていらっしゃったのですね」

「瞳、あなたは私がいなくなったら一人になるのね」

「何をおっしゃっているのですか、良くなるまで、ゆっくり養生してください」

「私の看病がなくなったらあなたは何をするか考えていますか」

「そんなことは何も考えていません。伯母様が良くなるように考えているだけですから」

「そうですか。でも私には瞳のことが眼に見えるように分かるの。これから何を考え、どうするかも」

「そうですか、伯母様の眼にはどのように見えますか」

兎東八千代の眼は瞳の未来を確かめているようにめまぐるしく動いた。

「あなたは私と同じように一人で生きていきます。これからもっといろいろ勉強して、多くの人の助けをするでしょう」

「助けるって、伯母さんのような医者になるとでも」

「いえいえ、地味ですが人々を輝かせるような一生です」

「そんな……素晴らしいけれど私にはちょっと荷が重いわ」

「多分、その荷を負うことになるのね。私のせいかもしれない」

「伯母さまはあの絵のことを言っているのね」

「いいえ」

兎束八千代ははっきり否定し、どこにそんな力が残っていたのかと思うほどしっかりした口調で言った。

「瞳、ひとつだけ約束して。どのような人生もその人をそうさせるのは神様ご自身であること。神様はそのためにはその人を動かす動機を与えてくださる。それがどのようなものでも神様の計画の一部なので喜んで受け入れなさい。結果については考えないことです。人の人生はその人の思惟を超えて神様が決められます」

八千代はそう言ってから大きく息を吸い込みそれから安心したように眼をつむって休んだ。

「伯母様分かりました……」

しばらく伯母の言葉を反芻してから、そう言いかけて八千代が眼をつむっていることに気が付き、瞳はそれ以上の言葉を控え、ひざ掛けをかけ直し、ベッドへ車いすを移動させた。

第五章　いわゆる『改革派』とは

1

一月八日　火曜日
長野市　アルプス銀行本部

アルプス銀行の人事部から出向関係の手続きがあるので本部へ来るように連絡が入り、夏目補佐人は朝の通勤時間帯の新幹線を利用して上田市から長野市のアルプス銀行本部に行った。転職を前提に出向した場合は別であるが、現役の出向者にこういった銀行本部へ来るようにという命令はたびたびある。もちろん出向先の様子を知るためであるが、出向者に古巣へ戻らせ『息抜き』をさせるという効果にもなる。

暖冬とは言え、長野駅に降りると夜半に降った雪がうっすらと積もり、駅から見える旭山は白い薄化粧にきらきら輝いて見える。

人事部の用事は思いの外簡単に済んだ。

人事部と同じ六階のフロアにある企画部にも顔を出し企画部の飯島部長に挨拶をしてから五階におりて元の与信管理部に行った。途中、経営管理部の塚越弥生の姿を確認した。

『ちくま商工信用組合』の破綻発表からすでに二週間が過ぎ、矢田参事役はじめ資産管理グループは資産査定チームとしてはほぼ全員『切り分け』の準備作業のため上田の『ちくま商工信用組合』本店に出向いている。重盛係長や北山主任調査役の『特命チーム』は別室に籠り作業中ということで部内は閑散としていた。『ちくま商工信用組合』の資産引き受けの本格的作業が始まり、全体は元の落ち着いた雰囲気に戻っていた。

邑上部長は夏目補佐人を見ると待ち兼ねたとでも言うように笑みを浮かべ別室になっている応接室に夏目を誘った。

「どうだい、預保の様子は」

預保とは預金保険機構のことである。金融整理管財人やその補佐人は『ちくま商工信用組合』では預保と協議しながら業務を執る。建前は金融整理管財人の専決事項でも実質は預金保険機構にお伺いをする。彼らは国の保険金を支払う立場なので強い影響力を持つ。

「協力的です。もともと事務屋なので、スケジュールどおりに事が運んでくれれば文句はなさそうです。それに預保は、東北のほうでまだこれから破綻させなければならないところが残っている様子で結構忙しそうです」

「『切り分け』についてはどう言っている」

邑上部長は与信管理部長として『切り分け』の交渉をアルプス銀行代表として行うことになっている言わば『アルプス銀行』側の実質責任者である。

『切り分け』とは買い取る予定の『ちくま商工信用組合』の債権つまり信用組合が取引先に貸してある債権の値踏みをするために債務者区分という格付けをする作業のことである。その基準は約定どおり返済することのできる企業（あるいは個人）であるか、取得した担保で回収ができるかどうかで判断する。回収できない債権は「破綻懸念先」か「(実質）破綻先」の債権となり整理回収機構（ＲＣＣ）に行くことになる。


「預保は『切り分け』については受け皿金融機関の意向をできるだけ尊重すると言っています」

補佐人といっても今は邑上部長の部下の係長に戻って答えた。

「『ちくま商工信用組合』が自己査定した債務者区分はどうなった」

「十一月に金融庁が入り、相当修正させられたそうです」

「その結果は教えてもらえるのか。相手の査定結果が分かっていればやりやすいのだが」

受け皿となる金融機関は与えられた情報から債務者区分を決める。もちろん相手側、この場合は『ちくま商工信用組合』であるが実質は預保となる。その預保も公認会計士とともに『ちくま商工信用組合』の決めた債務者区分を修正して債務者区分を決めている。

「いや、それはダメです。しかし、二月に入ったら債務者区分について事前に調整をするのでその時にある程度明らかになると思います」

「事前調整のあと『切り分け』となるな」

「うちのほうもそれまでに債務者区分を決めておかなければなりません。ちくま商工本店の大会議室にこもっているアルプス銀行の与信管理部の資産査定チームが今取り組んでおられますが、間に合いますか」

「間に合わせるよう、関連会社を含めオールアルプス態勢でやっているよ」

『切り分け』の準備とはアルプス銀行の対象となる全取引先の債務者区分を決めることを意味する。そのために資産査定チームを上田市の『ちくま商工信用組合』本店に派遣し、そこで収集してある財務諸表を基に財務分析を行い、債務者区分を決めている。必要なら『ちくま商工信用組合』の職員に頼み債務者から資料を提供してもらう。債務者全員の債務者区分を決めるという膨大な作業となるため、既に年末から一部は作業に入っている。限られた時間に限られた資料だけで判断する困難な作業と言える。

また、債務者区分を決めることと並行して『ちくま商工信用組合』が取得した担保の再評価をしなければならない。子会社の『アルプス信用保証』は普段は銀行の担保評価を行っているがその業務を一時中断させ、調査チームを担保物件の実地の評価のために上田佐久地方一円を回らせている。この作業はアルプス銀行上田支店内の会議室を使って行っている。

「査定と担保評価に関わる人件費・経費については『ちくま商工信用組合』が全額支払うことになっています。ある程度まとめて請求してください。主に日当と移動に関わる費用ですが、スポットでする業務なので日当はそれなりに高く決まっています」

「その費用もばかにならんな」

「譲渡のために必要となるデューデリ（事前調査）のための必要経費です。資産査定チームや担保評価のチームのほうへの支払いは金融整理管財人の『補助人』へ支払う経費という建前です」

「債務超過だから結局は保険金から支払うようなものだな。保険金と言っても原資は金融機関と政府からの拠出金だ」

「そうなりますね」

破綻処理と言ってもそのコストは結局誰か支払わなければならない。表面上は金融機関と政府であるが突き詰めると金融機関のコストと税金に転嫁される。金融機関の破綻は組織の脆弱なところから発生する。代表的な破綻はすでに国交のない北の隣国系の信用組合から始まっていた。組織が本国の意向に左右され、組織も弱く一部の理事長の公私混同もあった北朝鮮系の信用組合が先に破綻した。もちろん、税金が投入されたがこういうところについては北朝鮮を理想の国としている日本の野党は知ってか知らずにか何も話題にしていない。

「うちの斎藤参事役が試算した数字だと、山梨の信用金庫が引き受けそうな川上支店を別としてアルプス銀行が引き受ける予定の六店舗の総与信は約二〇〇億円です。その内、破綻懸念先と破綻先を除いて引き受けられるのが一二〇億円。そこから引当金として控除する額がおおよそ三〇億円。つまり九〇億円で表面上一二〇億円の債権を買うと試算している。引き受け率は六〇パーセント。このままデフレが続き地価が三パーセントずつ下落している現状からみれば、三〇億円の引当金ではいずれ足りなくなる恐れがある。決して安い買い物ではない。いや、もっと高くつくかもしれん。株主に納得のいく説明ができるか心配だ」

ここで話の出た斎藤参事役とは邑上与信管理部長のブレーンであり参謀として働いている斎藤参事役を指す。

邑上部長は続けた。

「アルプス銀行の都市にある店の場合、一融資先の融資額が一〇〇億円以上の先は結構ある。ところが『ちくま商工信用組合』の場合これだけ大騒ぎをしてもせいぜい一〇〇億円程度の融資の肩代わりに過ぎん。アルプス銀行からすれば一取引先の与信額と言っても良い。ただ、ここで問題は金額だけではない。この融資は御滕元信州の多くの取引先に分散された融資だという点に意義がある。地域密着を謳《うた》っている地方銀行には大切な取引となる。リスクはあってもこの受け入れ作業そのものが地域経済の混乱を抑えていることを株主や地域の人にもっと評価してもらいたいものだ」

夏目は邑上部長の言わんとすることがよく分かる。

「そうそう。話は違うが、国会で破綻信組の事業譲渡に受け皿行から金融整理管財人や補佐人を出しているのは利益相反行為ではないか、けしからんと野党議員の追及があったそうだな」

「ありました。その記事は私も読んでいて、小山金融整理管財人にそのことを聞いてみました。小山金融整理管財人はそのことにあまり神経質になる必要はないと言っていました」

「それは何か根拠でもあるのかな」

「多分、慎重な管財人のことですから当局にも確認してあるでしょう。それにこれは私の勝手な想像ですが、確かに野党の言うことは理屈に合っていますが、今時、損な立場の管財人を引き受けてくれる組織も人もいません。どの陣営からも敵視される損な立場ですから。それに譲渡が済めばお役御免になります。だから最終的には世間からも無視されると踏んだのではありませんか」

「そうか、それならいい」

話が長くなるからと、邑上部長は夏目を誘って昼飯を食べに出掛けた。本店の隣にあるやはりアルプス銀行の関連会社が持っているアルプスバスターミナルというビルの地下に小諸に本店のある蕎麦屋があり、そこに誘った。そこのクルミダレの蕎麦が邑上部長の好みであった。アルプス銀行では週二日部長職は原則として役員食堂で頭取などと一緒に昼食をとるが、役員に取り入ろうとしない気骨のある部長たちには評判が悪い。邑上部長も外部の訪問者があるとそれを口実に昼食会を抜け出してここの蕎麦を食べに来ることが多かった。

蕎麦の茹《ゆ》で上がりを待ちながら、邑上部長は小声で聞いた。

「話は変わるが、経営陣の責任追及はどうなっている」

「責任追及については管財人マターです。小山金融整理管財人は投資や増資などから責任問題を担当し、槌田管財人は弁護士として融資案件に問題がなかったかを調べる予定です」

「前の理事長は岡本未知男だな」

邑上部長の瞳がキラリと光ったように見えた。

「部長はご存じなんですか。今の信用組合内部では公式には今度の破綻の戦犯は久保融資部長止まりとなっていますが、一部にはほんとうの黒幕は岡本元理事長だという話もあります」

夏目補佐人は昨日、槌田金融整理管財人から聞いた『ちくま商工信用組合』の闇の世界を思い起こした。

「そもそも、何で岡本は『ちくま商工信用組合』の理事長になったのでしょうか」

素朴な疑問を夏目は口にしてみた。

「よく知らん。が、岡本理事長は何でも前の商社にいた時、香港支店長時代に交際費を湯水のごとく使ったという人物だ。その後、うまく『ちくま商工信用組合』に潜り込んで理事長に収まってもやり方は変わらなかったのだろう」

邑上部長が岡本元理事長のことを知っていることが夏目には意外だった。

「そんな人物ですか。なるほど、噂ですが岡本元理事長は昔から付き合いのある元証券マンを使って彼に一任で株式投資をさせ大穴を空けたみたいです。それが消えた二〇億円の投資損失の真相だという話もあります」

「それではあの破綻した『小樽商工信用組合』と同じではないか」

「そうです。株価の下落による損失を隠すために簿価（帳簿価額）で信託銀行に信託し、金利の高いステップダウン債に変換するやり方です」

「四億円の増資も岡本未知男のやった隠蔽工作のひとつだろうな。債務超過を隠すためにしたんだろう。今時、簡単に増資金を払い込んでくれるところがあるとは思えないが」

邑上部長は別の情報収集源を持っているのか、夏目補佐人の知らないことを話してくれた。話しながら夏目にそれとなく裏情報を伝えているのかもしれない。

「そうですね。このあたりでは四億円もの一信用組合の増資を引き受ける先はありません。相当無理を言って身内の組合員や職員に引き受けさせたみたいです」

「職員だって、ろくにボーナスも貰っていなかったと聞いている」

「大半は職員が自分で借金をして捻出したみたいです」

「その借り入れは個人ローンとなっているな」

「ローンが残れば保証保険のない融資なのでRCC行きとなります」

夏目補佐人は邑上部長が分かり切っていることを口にした。

「今回の破綻の一番の犠牲者は『ちくま商工信用組合』の職員ということになるな」

邑上部長は小山金融整理管財人と同じことを言った。

失業によって根を失いながら、さらに借金まで負う。中小零細企業の経営者なら破綻してもそれまでは『社長』として良い思いもしてきたかもしれない。それに経済環境の変化に対応できなかった自己責任の結果と言っても良い。しかし、解雇により職を失う職員の大半は職務に忠実であったに過ぎない。手元には何も残らないばかりか失業者となっても家族を養いつつ借金も払い続けなければならない。支払いを止めるには自らが自己破産を申請するしかない。

今の夏目にできることは、失業した職員に何としても再就職先を見つけてやることである。夏目はあらためて自分に与えられた使命の重大さに思いいたった。

クルミダレとそばつゆ、それに大盛りのざる蕎麦（ここではこれが普通もり）が運ばれてきた。

ふたりはしばらくその香りと味の世界に浸った。

食べ終わると、蕎麦湯を飲みながら邑上部長は聞いた。

「で、槌田弁護士の融資案件の責任追及の方はどう進んでいる。単純な投資の失敗もあるが、『ちくま商工信用組合』は建設・リゾート・ホテル関連やゴルフ場に資金をつぎ込んで、融資先が破綻し、それが回収不能になったことが今回の破綻の主な原因と聞いているが」

「確かにひどいですね。もともと『ちくま商工信用組合』の取引先は零細企業や飲食店、商店などが相手です。まあ、決算書もろくに作ってないような先ですが、それなりに地元密着型商売をしてきた先です。しかし、今回破綻の主な原因となったバブル関連先はそういった地元業者ではありません。ほとんどが新規の取引先です」

「そう言った先は岡本理事長の紹介した先が多いと聞いているが」

「そうですね、主な案件は『理事長案件』と呼ばれているものです。つまり上から指示されて支店では辻褄《つじつま》を合わせ、事務的に支店の案件として融資したケースです。形式上は伊藤専務理事が決裁していますがその伊藤専務は岡本理事長の言いなりだったそうです。背後には岡本理事長の意向に添った動きをした者だけが幹部になれる『ちくま商工信用組合』の体質がよく表れているそうです。あの『甲武信ゴルフクラブ』もその『理事長案件』のひとつと言われています」

「『甲武信ゴルフクラブ』か。交通の便も悪く、自然の残る千曲川の源流にゴルフ場を作ってどうするつもりだ。いくらバブルの盛りといってもどうかしている」

「ゴルフ場を造るということより、目的は当座の資金繰りにあったのでは」

「なるほど、岡本ならやりかねない。多分そうだろう。あそこは用地の買収も中途半端で、まともに開場させる意思があったか疑わしい。金の捻出目的なら、最初から頓挫させるつもりだったかもしれんな」

「着工前でしたが、ゴルフ会員権を投資の対象として、実態を知らずに資金を払い込んだ者も多いと聞いています」

「その金は消えてしまったな」

『甲武信ゴルフクラブ』のある川上村は長野県といっても山梨県との県境にある高原の山村で、

経済圏としてはむしろ山梨県となる。川上支店は受け皿としてどこも手を上げない支店なので便宜上アルプス銀行が引受先となっているが、企画部が中心となって山梨県の北斗信金に引き受けを打診したところ、北斗信金から引き受けても良いとの内諾を得ている。ただ『甲武信ゴルフクラブ』は（実質）破綻先なので貸出金五億円は整理回収機構（ＲＣＣ）に行くことがすでに決まっている。

「槌田金融整理管財人（弁護士）は主にその理事長指示案件を調べています。しかし、それらを指示したはずの岡本元理事長は海外に行っているのか、姿をくらませたままです。内部稟議書にも『岡本理事長の指示で採り上げました』などとほんとうのことはどこにも書いてあるはずはありません。当時の融資部長である久保彰を証人に呼んで調査しようとしている段階です。槌田弁護士も弱っていました」

「久保部長とは久保林業の久保彰だな。岡本未知男も元は久保林業出身だ」

「え、久保部長も岡本元理事長も出身は久保林業だったんですか。それで部長は二人を知っているんですね」

夏目補佐人は邑上部長を見た。

岡本理事長までも久保林業ということは考えてもみなかった。確かに理事長の出身について槌田金融整理管財人は何も言っていなかったが。何で部長が岡本理事長について詳しいのか疑問に思っていたことが氷解した。

「俺はかつて久保林業の再建に関わっていたからな」

「では部長はご存じだったんですね、久保彰の実家の事を。あの辺りでは相当の素封家だと聞いています。久保と岡本が結託して不良債権を作り、今回の破綻の原因を作ったという説もあるぐらいですよ。ただ、金融庁には久保部長が不良債権を作った張本人であると調査書が出されているそうです。その調査書は自殺した小泉勝という元佐久支店長だった調査役が作ったということです。小泉勝は久保部長に罪を擦《なす》り付けた自責の念で自殺したという話も聞きました。もっと探ってみましょうか」

「無理しないでいい。自然体で分かる範囲だけでいい」

邑上部長はそう言った。ただ、すべてベクトルの方向が岡本元理事長と久保元部長が共同の正犯であることを示している。

「岡本を追及できるのかな」

邑上部長はこのままでは難しいだろうと言外に匂わせつぶやいた。


その日は久しぶりに夏目係長（補佐人）が古巣のアルプス銀行に戻ったので同僚の何人かと長野駅の善光寺口近くの店で『新年会』と称して飲んだ。

それもお開きとなると、夏目は上田のアパートへ帰る振りをして、長野駅の善光寺口で皆と別れ、そのまま奥の新幹線に乗る振りをして通路を抜けて東口に出てそこからタクシーに乗った。

行き先は塚越弥生のマンションである。

次々と起こる新しい事態に夏目のストレスは頂点に達していた。今夜こそ塚越弥生と会おうと決めていた。

昨年のクリスマスプレゼントとして購入しておいた登山・ハイキング用の帽子はまだ塚越弥生には渡してない。夏目清一郎にとってこの暮れと正月休みは急に出向となり忙しかったからだ。

誰にも見つからないように気を付け、合鍵を使ってマンションに入った。

ノックをし、インターフォンで小声で来訪を告げた。彼女は躊躇していたかのようであったが、しばらくするとドアが開いた。中に入ると、清一郎はこらえきれずに弥生を抱きしめ、そのまま彼女をベットのある部屋に連れて行き押し倒すように横になった。弥生は「待って」と抵抗したが、夏目には自制するものはなかった。今は何も考えたくない。何もかも忘れてこうしたい。なるようになれ。この時だけ良ければいい。プレゼントの箱が鞄からこぼれ落ちた。

2

『内部調査』のこと

夏目補佐人にとって、年末から新年の一月はあわただしいなかで過ぎ去った。『ちくま商工信用組合』出向となって以来、業務上の世界は一変し、毎日が新しい発見と体験の連続であった。

職制では『ちくま商工信用組合』の人事部長であるものの、アルプス銀行の出向者という顔も持っている。だから邑上与信管理部長の指示も受ける。と言っても邑上部長は一旦出向したからには『ちくま商工信用組合』の利益を最優先にしろと言う。また、『ちくま商工信用組合』が隠したいような事項にはあえて手を付ける必要はないとも指示されている。そうは言っても貴重な体験である。『ちくま商工信用組合』破綻の実相、それも現場でなければ分からない、原因を見てみたいという欲求に夏目は勝てなかった。単なる興味ということではなく『ちくま商工信用組合』を破綻に導いたものは何か。これを知ることは将来アルプス銀行にとってもためになることであるという確信があったからである。

しかし、敵地にひとり残された形の夏目にとって、同志は誰もいなかった。内実を知るためには、この『ちくま商工信用組合』内部に同志を見つけなければならない。そう思って周りを見渡しても立場の違う理事や預保の職員を除くとそのような同志は見つからない。

夏目補佐人の属する人事部員にはなかなか気を許してもらえないでいたが、意外にも預保（預金保険機構）の専従職員は当初から夏目補佐人に心を開いて協力的であった。夏目補佐人が引き受け金融機関のリーダーであるアルプス銀行出向者であり、破綻処理をスムーズに進めたいという打算が彼らにあったせいもあるが、それ以上に彼らは自ら夏目補佐人と同じような疑問を持っていたからだ。夏目補佐人は純粋に金融機関を破綻させた原因を知りたがっていたが、預保のふたりもまた夏目と同じ疑問を持っていた。

『ちくま商工信用組合』に預保から派遣されている大滝調査役や新免調査役自身はそれぞれ出身の金融機関がこのバブル崩壊で破綻している。彼らもそれぞれの金融機関を解雇され、預保に期限付きで雇用されたバブル破綻金融機関の被害者でもある。だから、自分をこのような境遇にした破綻の原因を知りたがっていた。もしこれが不正の結果であればその不正を行った者、つまり自分らをこのような境遇にした者を憎んでいた。しかし今は預保の人間である。迂闊な発言や行動は許されない。ただ、補佐人には自分らのできないことをしてほしい。だから預保に帰れば決して話せないことまで夏目補佐人を信じて話してくれるようになっていった。

預保のふたりとはうどん屋の「まる山」で時折会食をした。その際夏目は自然に『ちくま商工信用組合』の『内部調査』について聞いた。

『内部調査』とは最後の理事長となった熊谷理事長が『ちくま商工信用組合』内部で行った不良債権の原因追及調査を指している。

預保が教えてくれた信用組合での自主調査である『内部調査』の顛末のあらましは次のとおりである。

平成十三年（二〇〇一年）夏、『ちくま商工信用組合』は金融庁から『自己査定』をやり直すように命じられた。

当時の熊谷理事長は自己査定のやり直しを命じながら、一方ではそれと並行する形で自主的に問題融資を中心に不良債権が増大した原因を内部で調査をすることを命じた。その当時理事長は自主再建が十分可能と信じ、ここで問題を自主的に調査し、自主的に改善することで金融庁に信用組合自身の自浄能力を示すことができると考えていた。そうなれば、自主再建も可能になる。

調査の責任者は融資部の調査役である小泉勝を選んだ。その頃小泉勝はちょっとしたミスで佐久支店長から融資部調査役に降格していた。彼をあえて責任者にしたのは融資の現場が長く、実態を一番知り得る立場にいたというのが表向きの理由であるが、真相は別にあった。どうやら岡本前理事長が陰で動いて熊谷理事長に小泉勝調査役を自主調査の責任者にするよう仕向けたらしい。岡本前理事長は小泉勝が久保彰を慕っていたことを知っていた。それればかりか久保彰の行おうとしていた内部からの改革の共鳴者のひとりであることにも気づいていた。それを知っていてあえて小泉勝を使って久保前部長を陥れようとした。岡本が二人の離反を図っていたという。

その意図を汲んでか、上層部の求めた報告書の小泉の結論は「不良債権は当時の融資部長である久保彰がその地位を利用して行ったバブル融資にある」という岡本前理事長の望んでいたとおりのものとなった。

北海道拓殖銀行出身の新免調査役はこう説明し、ここだけの話と断って、

「『ちくま商工信用組合』内部では不良債権の多くは元理事長の岡本の意向を汲んだ情実融資であることはすでに衆知の事実であった。しかし、岡本理事長の指示ということになると岡本に弱

みを握られている信用組合側にはそれなりの痛手となる。さらに自主再建もおぼつかなくなる。そこで職員を宥《なだ》め、今の理事長や理事にも責任を波及させないために融資部長の久保彰ひとりを悪者にするという結論になったらしい。

この意図を察知した小泉勝はひとり悩んだらしい。しかし、このストーリーに合わせて調査書を作れば小泉勝の行って来た都合の悪い事実（彼は取引先から少額ではあるがリベートを貰っていた）はすべて不問に付し、さらに元の支店長に戻すというおいしい条件を突き付けられていた。小泉は家族のことを考え、従わざるを得なかった。小泉勝にとって息子たちを自分が行けなかった大学に行かせることがすべてに優先していた」

「当初、小泉調査役から熊谷理事長に提出された『調査報告書』は岡本元理事長の責任は管理者責任のみであった。確かに不良債権のほとんどは当時の融資部長の久保彰が決裁したもので、ご丁寧に報告書の末尾には『融資部長として不良債権の責任は全て私にあります』という久保彰自身の『上申書』まで付いていた。

理事会ではこの『調査報告書』を適当と認め、金融庁に提出した。

特に今でも問題となっている『甲武信ゴルフクラブへの巨額融資』の案件は久保が融資部長の時代に実行したものであるが、この論理で、バブル関連融資は久保融資部長の行ったものという結論になった。

しかし、金融庁はこの自主調査に納得しなかったらしい。

金融庁は内部統制が幾ら甘いと言っても岡本理事長と伊藤専務理事の監督責任が軽すぎると難色を示した。そこで信用組合側は岡本・伊藤のふたりの管理責任も幾分増やしてどうにか報告書を受け入れてもらえた」

ここまで新免調査役がひとりで話していたが、それまで聞き手であった大滝調査役が続けた。

「『ちくま商工信用組合』の支店長たちはこの結果に正直なところ胸を撫で下ろしたのでは。理事長案件といっても起案は担当者と支店長で本部へ稟議書が回付され久保融資部長と伊藤専務理事が決裁している。記録には理事長が指示した案件であることはどこにも書かれていない。久保部長には悪いが彼が罪を一人でかぶってくれればこれに越したことはない。それに久保彰はプロパーから見たら外から来た余所者であったらしいからな」

どうやら、久保林業のことは預保のふたりは、あまり知らない様子であった。

「ところが、この結果は皮肉にも『ちくま商工信用組合』の経営陣がかすかに危惧していた最悪の事態となって現れてしまった。一融資部長に理事長も専務も騙されるようなこのようなガバナンスの有様では自主再建など到底不可能と当局に判断され、『ちくま商工信用組合』の自主再建は無理と判断され、信用組合の解散に流れが急速に変わった。これ以降、『ちくま商工信用組合』の経営陣の思惑は無視され『破綻』手続きが怒濤《どとう》のように進められた」

自身の出身であるコスモ信金を立ち直らせようと内部でもがいた経験のある者として大滝調査役はそう感想を述べた。

夏目補佐人は『濁流』という言葉を思い浮かべた。

千曲川の流れが時として濁流のように狂う時がある。それは天地異変の現れかもしれないが、千曲川の源流の自然を破壊し、木々を切りとった行為を神々が怒り『ちくま商工信用組合』が破綻したのではないか。流れは『濁流』となって、すべての思惑を超えて流れる。この『内部調査』がどうであれ、この『濁流』は止めることができなかったのではないか。ただこの『内部調査』なるものは融資部長とこの報告書を書き、そして自殺した小泉勝という二人の犠牲者を更に増やしただけなのではないか。大滝調査役の話を聞き、虚しい思いが夏目の胸を貫いた。

『内部調査』について預保に教えられてから二日後、夏目補佐人はアルプス銀行与信管理部から来る斎藤参事役にこのことを報告した。斎藤参事役は『ちくま商工信用組合』とのアルプス銀行側の窓口になっていて、週の金曜日の午後に定期的に上田市の『ちくま商工信用組合』を訪れる。

その日は用事も早く済んだので、夏目補佐人も斎藤参事役と一緒に早帰りと称して二人でアルプス銀行上田支店に寄り、応接を借りた。

一通り話を聞くと斎藤参事役は言った。

「ご苦労さん、この『内部調査』に関する君の報告は『ちくま商工信用組合』の破綻に直接結びつく大事なものかもしれない。私から邑上部長に伝えておきます。良く聞き出してくれました。ごくろうさん。それはそうとして、話は変わるが、私のほうからも夏目係長に伝えてくれと邑上部長から頼まれた話があります。君も心配していただろうが一般貸倒引当金の件。今月の『月例常務会』に君の担当した『一般貸出金の計算方法を貸倒実績率から倒産確率に変更する件』が議案として付議されることになった。後は常務会、取締役会で通れば来年の決算には間に合う。夏目係長にはひとまず安心してほしいと部長から言付《ことづ》かってきましたよ」

夏目補佐人にとってでも与信管理部に来てから担当した大きな仕事であり、この案件のことは頭から離れたことはない。しかし、邑上部長は『ちくま商工信用組合』の債権引き受けとか自己査定システムの導入等で忙しい中、着々と夏目の残してきた仕事を進めてくれていた。また、こうしてわざわざ自分に伝えてくれる。夏目補佐人は邑上部長の細かい気配りに感謝した。

この日、単身赴任の斎藤参事役と夏目はまたしても「まる山」で一緒に食事をすることにした。日も落ちると外套を着ていても寒さが感じられる。独身の身である夏目補佐人の行きつけとなり、預保のふたりとも飲んだことのある駅近くの「まる山」というおしぼりうどんを食べさせてくれる飲み屋に二人は入った。

からい大根のおろしの汁に味噌を浸したお椀へ熱いうどんを付けて口に運ぶ、たまらなくうまい。熱燗の日本酒を飲むと生きた心地が体中みなぎってくるのが感じられる。

「そうそう、さっきの『人』だけれど、彼の家は真田の傍陽《そえひ》にあるそうだ。（『人』とは岡本理事長を指す。ふたりは外では岡本理事長をそう呼んだ。）彼はそこの入り婿《むこ》となって奥さんの実家を継いでいるそうだよ。もともとは庄屋で酒造りをしていたという旧家だ。傍陽は街道をそのまま行けばそこは長野市松代との境の地蔵峠となる。最近、真田支店の支店長にその家の様子を見に行かしたところ、人の住んでいる様子が無かった。どこかに姿をくらましているということはどうやらほんとうらしい」

斎藤参事役は店に他に客はいなかったが、カウンター越しには「まる山」のマスターがいる。細心の注意でふたりだけに分かるように話した。

斎藤参事役は邑上部長も独自に岡本元理事長を調査していることを夏目に言った。

3

「ハグロシタ」

「羽黒下」と書くのだと聞いても瀬下涼子はそこがどのような所か想像がつかない。

ただ、久保彰が育ったところである。自分にとっても近い将来第二の故郷となる。そんな親しみを持って羽黒下へ向かったのはついこの一年前のことである。

昨年の春。

その頃は久保彰もまだ本部の融資部長であり、『ちくま商工信用組合』の業績悪化も表面化していなかった。

久保彰と付き合い始め一年経ち、久保から今後は結婚を前提に付き合おうと言われたとき、涼子は自分がいかに幸せであるか信じられない思いであった。しかし、いざ結婚が現実の問題になると瀬下涼子には尻込みしたくなる悩みがあった。それは自閉症の弟の晴彦《はるひこ》のことである。引きこもりとなって高校を中退して家にいる。

このままでは独り立ちできるように思えない。多分、自分がある程度面倒を見ていくことになるかもしれない。さらに、このような弟のいる家庭の娘を旧家と聞いている久保家が認めてくれるだろうか。そう思うと不安が増すばかりであった。

「あなたのお母さんはどう思うかしら」

瀬下涼子は求婚を受け入れる前に密かな悩みを久保彰に打ち明けた。

すると彰は涼子の話を聞いて一笑に付した。

涼子はひとりで真剣に悩んでいたことを軽くあしらわれたと思い、膨れた顔をした。

「何を心配しているのか知らないが、僕の母を知らないからそう思うのかもしれない。そうだ母に会いに行こう。母も君に会いたがっているから」

瀬下涼子はこうして久保の実家のある『佐久の羽黒下』へ行くことになった。

涼子にとって佐久地方は高校時代テニスの試合で近くに行ったことがあるだけで、詳しくはない。それどころか羽黒下のある佐久町は同じ佐久と言っても佐久市から千曲川をさらに上流に遡ったところにある佐久町（現在の佐久穂町）だということをその時になって初めて知った。

涼子を乗せた久保の車は国道一四一号を千曲川の上流に向かって進んだ。

右に千曲川、左に小海線が見え隠れする。あるいは右左が逆になることもある。

春めいた辛夷《こぶし》の白い花、菜の花畑が見える。

梅の花も農家の庭に咲いている。

遠くの山は青く霞んでいる。

長いこと走り、ようやく右と左の尾根が近くに迫るところで車は国道を離れ小海線の羽黒下の駅前の広場に出た。人の姿はない。

正面に木造の大きな旅館のような建物がある。

久保彰はそこがかつての久保林業の本社だと説明した。裏に住居があったが今は無人になっている。黒く塗られた木の塀越しに松が覗いていた。いつか文化財にしたいという町の要望を入れてどちらも取り壊さずにそのままに残してあると言う。

現在の住まいは駅から狭い道を登り切った丘の上にある数寄屋造り平屋の家が久保の実家であった。

格子の引き戸を開けると、薄いサングラスをかけた母の久保綾子が三和土《たたき》で座って二人を迎えてくれた。傍らには中年の女性が付き添っている。

「ようこそ、こんな田舎までお越しくださいました。お待ちしておりました」

瀬下涼子を快く迎えてくれた。

通された奥の部屋からは雪見障子を通して、下の羽黒下駅の辺りが見える。その向こうに春の陽にキラキラひかる千曲川がくねくねと流れている。

「見たとおり、母は眼を不自由にしている。今は親戚の洋子《ようこ》さんに来てもらって身の回りの世話をしてもらっているんだ」

涼子と二人だけになると彰は説明した。

この家の広縁に座ると、世界がパノラマのように見える。久保綾子にはこの景色が見えていないはずである。しかしふたりの到着に合わせ迎えに出ている。お手伝いさんがいたとしても、ふたりの様子は母には全て見透かされているように思える。

久保綾子は瀬下涼子に久保家についてひととおりのことを話した。

久保家が豪農と言われるまでになったのはこの佐久の位置と千曲川のお蔭であるという。

この佐久地方は信州と上州や武州の中継地になっている。それに千曲川の水運も利用出来ることから物流が盛んな土地となった。久保家は農家であったが、問屋業もしていた。

しかし、江戸時代半ばの寛保二年（一七四二年）豪雨のため千曲川の堤防が決壊する『戌《いぬ》の満水』と言われた大洪水に見舞われ、久保家本家のあった上畑《かみはた》部落は今で言う土石流のため壊滅的な被害で部落全体が流されてしまった。そのことが元で久保家も衰退した。

その久保家を幕末になって再興したのはくず繭の商いから身を起こした久保伊平という男であ

る。伊平は生糸を扱う商人として成功。一代で江戸時代のかつての久保家を凌ぐ財を築いた。家を再興すると久保伊平は『戍の満水』の氾濫を忘れないために慰霊碑を築き慰霊祭を行った。息子の伊平治《いへいじ》、伊蔵《いぞう》も伊平に劣らない実業家に育ち、本家の久保伊平治は林業を、三男の伊蔵は小諸に養子に入り、そこの酒づくりを軌道に乗せた。

ところが鉄道の枕木と電柱で栄えた本家の久保林業もコンクリート製の枕木や電柱が出てくるようになるとしだいに不振となり、彰の父の久保恒夫《つねお》の時、とうとうメインのアルプス銀行の斡旋で商社に本業を身売りすることになった。久保林業は残された山林だけを管理する会社となったという説明であった。残された山林は七〇〇町歩（約七〇〇万平方メートル）という学校のグラウンドが七〇〇あるような膨大なものだが、山林は育林のため毎年下枝を刈るなど手間と資金のかかるマイナス資産とみなされ、寄附しようとした町からも断られたようなしろものである。

涼子が畏《かしこ》まって聞いていると、久保綾子は言った。

「久保家といっても残っているのは山だけです。そのうえひとりでは何もできないおばあちゃんがいるだけです。でもこうして洋子さんの世話になっていますので心配いりません。あなたさえ良ければ彰と一緒になって、仲良く助け合って暮らしてください。弟さんも一緒にね」

涼子はどこまでも慎ましい久保綾子の姿に息子を思う母親の美しさを見る思いであった。

（このお義母さんとなら　うまくいく）

涼子は直観でそう感じた。

それにここにも涼子の育った上田と同じ千曲川が流れているということが分かりなんとなく安心できる思いがした。

涼子が帰ろうとすると母の久保綾子は彰に寄り道を勧めた。

「お天気も良さそうだし、折角なら涼子さんを上畑《かみはた》のお父さんのお墓に案内して差し上げたら」

無論、涼子に異存はない。

久保綾子が涼子のことをどのように受け止めたか分からないが、涼子を気に入ってくれたことだけは彼女の物言いから察せられる。

上畑はここから千曲川の上流になる現在の佐久穂町畑にある。

久保彰は車に涼子を乗せ、国道に戻り、さらに上流に向かって進んだ。

上畑は千曲川の蛇行を見下ろす高台にある。元あった部落はもっと千曲川に近い場所にあったが、あの『戌の満水』で部落全体が流され、高台に移ったという。

現在の上畑の部落を通り過ぎ、村社の森に車を停め、急な坂道を汗ばむほど登りつめると墓地があった。

墓地の奥に整地された墓所があり、門柱には『久保家奥津城』と彫られた石柱が建てられている。中に幾つかの墓石があり、中心には十字架のようなものもある。その脇には満開の花の木があった。

その中のひとつの久保恒夫の墓前に用意してきた花を添え、線香を焚き、ふたりはこれから結婚することを父に報告した。

　墓参りが済むと久保彰は折角だからこの下にある『鬼塚』という上畑の久保家の氏神を祭った祠《ほこら》の様子を見に行ってくると言ってひとりで坂を下りて行った。

　一瞬であったたか、長い時間か今では分からない。

　涼子は近寄る老人に気が付いた。深い帽子で顔を覆っている老人は軽い足取りで近づいてきた。どこかで見かけたような気がする。

「良いお天気ですね」

　涼子がそう話しかける。

「ああ、毎年来るが、今年が一番だ」

　そういって、桃のところで立ち止まった。

　どこで見かけたか思い出せない。

　そこへ彰が坂を上って戻って来た。

　振り返ると老人はもう姿を消して、いない。

　来るときは遠く感じられたが、たいした距離ではなさそうですぐに国道に出て、車は上田に向かった。

「お墓の桜はきれいでしたね」

　涼子が言うと

「え！　梅は咲いているけれど、桜はまだだよ」

「でも、お墓の入り口に。ごめん。あれはシダレハナモモだったかしら。ピンクで綺麗だったから……」

（涼子は老人と話をしたことは言ってはならない気がして、黙っていた）

「桜が先に咲く……」

（彰は桜が先に咲く年には大きな異変が起こるとこの土地に言い伝えがあることは涼子に黙っていた）

あの羽黒下の春を想うと、瀬下涼子は幸せな気分になれる。

この千曲川を遡った上流にあの美しいお母様が住んでいて、私たちの幸せを願っていてくれる。

そこに至る道は遠く険しくても……

あれから一年も経っていない。

まだ春の日差し雪の日が交差している。

この短い間に『ちくま商工信用組合』は破綻し、今、久保彰は破綻の責をひとりで負っている。

4　『改革派』のこと

夏目補佐人は預保のふたりの調査役による『内部調査』の話を反芻して数日過ごしたが確かあの話のなかで『ちくま商工信用組合』内部で改革の動きがあったという情報がしだいに気になり始めていた。

あの時、旧拓銀出身の新免調査役は確か、岡本理事長が小泉を内部調査の責任者に選んだ理由は彼も改革派のひとりであり、改革派つぶしのためであったというようなことをこっそり洩らしてくれた。

それでは『改革派』なるものがこの信用組合の内部に存在したのだろうか。疑問が日々大きくなってきた。

夏目補佐人はたまたま個人的に久保彰に出会ったことがある。一度だけであったが、それだけに久保彰に対して特別な興味を持った。

小泉勝と久保彰は繋がっている。もしかしたら、久保が『改革派』のリーダーとなって信用組合内部で改革の運動をしていたのではないか。『改革』について『内部調査』ではなにも触れられていないのだろうか。ただ、『内部調査』の話のときに新免調査役がたまたま触れた『改革』

という言葉が夏目補佐人に針のように突き刺さっていた。

夏目補佐人は『ちくま商工信用組合』人事部長である立場を利用して人事部にある記録に眼を通して見たが、どこにもそんなことの記載はない。ただ、人事部なら噂程度のことは知っていそうだ。そう思って夏目補佐人は人事部係長の間瀬廉太を呼んだ。

もともと人事部長として着任したときに最初に応対したのが間瀬廉太《れんた》である。

ただ、間瀬係長は夏目が頼んだことはやるが、夏目をアルプス銀行から来た余所者と見ているのかそれ以上のことはしてくれない。しかし、夏目部長にとってこれからの仕事は人事部、特にその筆頭である間瀬係長の力を借りなくては何もできない。この半月の間、この面従腹背の部下がどのように心を開いてくれるか夏目補佐人は祈るような気持ちと、悶々《もんもん》とした思いで『ちくま商工信用組合』に通っていた。

思い余って夏目補佐人は間瀬係長を別室に呼び出し、聞いてみた。

「以前、うちの内部で『改革派』というグループがあったということを耳にしたのだが、どこにもそのような記録がない。もし間瀬係長が『改革派』についてちょっとでも知っていたら教えてくれないか」

間瀬係長は驚くでもなく、自分に言い聞かせるようにボソっとつぶやいた。

「『改革派』、そんなものは知りません。部長も見て分かるように、ここの信用組合の連中は昔も今も烏合《うごう》の衆です。何も考えずに上の者に従ってきただけですから、現状を改革しようなんて思う者は誰もいません。もし改革という者がいたとしたら、いたとしたらですよ、（しだいに強い口調となった）こんなことにはなりませんでしたよ」

　間瀬係長は怒っている様子であった。自然、ふたりの話はそこで切れてしまった。


　それから数日経ってから、夏目補佐人は小山金融整理管財人と話をする機会があり、『ちくま商工信用組合』の『改革派』について今度は管財人に直接聞いてみた。

　小山金融整理管財人は『改革派』という言葉を聞くと、真面目な顔付きになって言った。

「『改革派』があったかどうかは知りません。ただそれと関係があるか知りませんが、例のステップダウン債による粉飾を金融庁に内部告発した者がこの『ちくま商工信用組合』内部にいたことは事実です。岡本理事長時代がもう少し続いたなら間違いなくその告発者が誰であるかあぶり出され、邪魔者として排除されていたでしょう。さすがに熊谷理事長はそこまではしませんでした。不問に付したそうです。また、告発のことでクビになった者はいなかったみたいです」

「そんなことがあったのですか。それで、ほんとうに告発者が不明のままだったのですか」

「匿名で告発がなされていれば分かりませんし、よしんば金融庁は知っていたとしても教えてくれないでしょう」

「夏目さん、その人事部の間瀬さんという彼は何と答えましたか」

　小山金融整理管財人は間瀬の反応に興味を抱いた様子で聞いてきた。

「確かここの信組の職員は皆『烏合の衆』で、そんな改革なぞできる者も志す者もいないし、いたとしても力を合わせる者もいないと、そんなようなことを言っていました」

「そうでしょうか。私はそうは思いません。私は投資の問題を調べていましたから分かりますが、金融庁まで『改革を志さない者』が告発するでしょうか。首になる相当な覚悟がいることですし、現にそういう職員がいたのですから」

小山金融整理管財人の考えを聞いて夏目補佐人はこの『ちくま商工信用組合』の内部で危機感を抱いた職員がいたという当たり前の事実をあらためて考え直した。そのような当たり前のことに気づかなかったのは、いつの日か自分はアルプス銀行から派遣されているという『上から目線』でこの『ちくま商工信用組合』の職員に接するようになっていたのではないか。知らず知らずのうちに自分を高いもの、この信用組合の職員を低いものと思うようになっていたのではないか。

試みは失敗したにせよ、危険を顧みず『改革』を志した勇気ある職員がたぶん複数いたことはどうやら本当ではないかと思うようになった。こんなことにも気づかないなら間瀬係長がまだ自分に心を開いてくれないことは当然のことだ。まだまだ自分は職員から信頼されていない。

小山金融整理管財人は「トップシークレット・マターに近い『ステップダウン債』のようなことを知る者の内部告発」と言っていた。『ステップダウン債』などこの信用組合の誰が取り扱っていたのか。そう思って、間瀬廉太のことを何気なく調べてみた。彼の留守にこっそり彼の身上書を読んでみた。

人事部に来るまでは彼は佐久支店で勤務したことはない。久保彰と一緒になったこともない。しかし、経歴に若干気になることがあった。間瀬廉太は新卒後、大手の証券会社に勤めていたが、入社後数年でその証券会社を辞め、故郷に帰りこの『ちくま商工信用組合』に勤めている。学歴は信用組合にはまれな慶應義塾大学経済学部出身である。なぜこの上田市周辺の零細な金融機関に戻ってきたのだろう。地元の家を継ぐためだったのか。

もちろんそのことについては何も書かれていない。

『改革派』の中堅はもしかしたら間瀬……あるいは内部告発をしたのは間瀬……

あれほど、『改革派』のことを素っ気無く否定した態度は逆に不自然である。

夏目補佐人は何でもないような顔をして業務をこなしている間瀬係長の横顔を見ながら次々と疑問が湧いて出てくることを止めようがなかった。

第六章　ハグロシタのクボ

1

アルプス銀行『常務会』と『取締役会』

アルプス銀行では取締役に諮る案件はまず内部で常務会にかけられる。常務会のメンバーは吉江会長、藤沢頭取、海瀬副頭取と常務取締役の三人である。つまり部外者である社外取締役や監査役のいない席であらかじめ経営陣の意思を統一しておこうとするもので、公式の取締役会に対し事前の打ち合わせに近く、役員の本音の意見が飛び交うことも多い。

常務会は執行役員である飯島企画部長が司会をし、議案に関係した担当常務が報告と提案をする。案件によっては具体的な質問にも答えられるように提案部の部長が陪席することもある。貸倒引当金の場合がそうであり、担当部の邑上部長が今日は呼ばれ、秘書室に待機した。

この一月下旬に行われた『月例常務会』は企画部長がまとめた報告から始まった。十二月の

「月次報告」が済むと間近に迫った今期決算の最終見通しの報告がなされた。

昭和六年の合併で今のアルプス銀行ができて以来、はじめて大幅な赤字になることについてはすでにプレス発表も済んでいる、ここでは最終見通しの赤字の数字を確認するだけの席となった。出席者から特に質問も意見もなく了承された。

引き続いて『ちくま商工信用組合』債権譲受けの報告に移った。財務担当の飯田常務から、譲受け額については二月に具体的な数字が出てくるのでその時に協議したい旨報告があった。

次に議案の審議に移った。

いよいよ与信管理部の担当する『一般貸倒引当金の計算方法を貸倒実績率から倒産確率に変更する件』の番である。

この議案に移ると邑上部長も待機していた秘書室から役員会議室に移った。手元には酒井調査役から渡された三冊の分厚いファイルがある。

まず財務担当の飯田常務が提案理由を説明した。

「……以上述べましたように、現行の『貸倒実績率』を使うことは問題が多いので、データ量も多く精緻に合理的に算出できる『倒産確率』を使う方法に来年度から変更したい」

それまで黙って聞いていた吉江会長が資料から顔をあげ、飯田常務に聞いた。

「飯田さん。引当金とはそもそも何のためにあるの」

藤沢頭取を含め、五人の役員は一斉に緊張した。それは吉江会長が何で初歩的な質問をしてきたか会長の意図を測りかねたからだ。

「貸し倒れに備えるためです。金融検査マニュアルでは適正な貸し倒れ引き当てをするように指示されていますので」

飯田常務は咄嗟にそう答えてからこの答えは金融業の経営者（プロ）に答える答えでないことに気が付き赤面した。もちろん控えにいる邑上部長にもすぐに答えられるような質問ではない。

吉江会長は飯田常務を見ながら軽く微笑んで言い換えた。

「飯田さん、そんな難しいことを聞いているんじゃなくて、引当金とはそもそも何のためにあるのかと聞いただけですよ」

藤沢頭取が助け舟を出すように乗り出した。

「いざという時のためにとっておく貯金みたいなものでしょうかね、会長」

「そう。私もそう思いますよ。貯金みたいなものでしょう。普段から節約をして貯めておく、その貯金が多すぎるので少し取り崩したい。結構です。自分の貯金を多すぎるからと自分が取り崩すだけです。何も問題ありません」

邑上部長はやりとりを聞いているだけで冷や汗をかいた。今まで、「これは創業以来の赤字を隠すための意図的なテクニックではない。計算式を精緻にするためだ」という説明が必要となると予想していただけに、このような展開は予想していなかった。いや、そのような言い訳については吉江会長は百も承知していたのだろう。だから『引当金は他者からいろいろ指図されるものではなく、自分のためのものである。このことを言いたかったのではないか。反骨の士だけのことはある会長だ。（と邑上部長は感心した。）だから、自分の思うとおりに使うべきだ。（世間からの評価、株価、ＩＲを気にしなくても良い）』と。

「貯金だって多ければいいというものじゃない。いつか必要になった時に使うためのものだから。下ろすときは下ろしましょう。（他人にとやかく言われてするものではありません）」

吉江会長の一言で与信管理部から提案された一般貸倒引当金の算定方法の変更は可決され取締役会に付議されることになった。

邑上部長は二つの算定方法の違いについての分厚いファイルを抱えたまま一言も発言せずに会議室から退いた。

一週間後の月曜日

常務会の一週間後の一月末『アルプス銀行一月定例取締役会』が開かれた。今度は吉江会長が議長となり、常務会のメンバーに取締役、社外取締役と常勤監査役、社外監査役も加わった。

議案が『一般貸倒引当金の計算方法の変更の件』に移ると議長の吉江会長は割田常勤監査役に意見を求めた。

割田監査役は「技術的なことです。より引当金が精緻に算出されるので問題ありません」と答えた。

他に意見・質問は無く、採決に入り承認された。

そこで藤沢頭取が発言した。

「一般貸倒引当金の算定方法変更は金融検査マニュアルで定められた方法から銀行が決めることなので変えていただいて結構です。しかし、このことで不良債権処理が甘くなっては元も子もありません。今期、バブルによる不良債権はここで一掃することをアルプス銀行は表明しています。だから今後は査定をより一層厳格にし、くれぐれも日本リースのように正常先から倒産先が出ることのないように願います」

「わかりました」

財務担当の飯田常務が与信関連の役員を代表して約束した。

案件の審議が済むと月例報告に入った。

飯田常務は現在の『ちくま商工信用組合』について簡単に状況を説明した。

「受け皿となる金融機関に新たに『北斗信金』が加わりました。『北斗信金』は山梨県北斗市にあります。山梨に近い川上支店の債権を引き受ける予定です。これで受け皿となる金融機関は『長野県信用組合』、『長野信金』、『上田信金』と『北斗信金』に当行を加えて五金融機関となりました。それから今後のスケジュールですが来月（二月）中には査定を終え、担保再評価も終えて、三月に双方で引受債権を確定させます。譲渡価格について固まった段階であらためて『ちくま商工信用組合』の債権買い取り先と買い取り額について諮ります」

こうして夏目係長の関わった『一般貸倒引当金の算定方法の変更』は無事、取締役会で承認された。早いようであったが、起案を準備してから既に半年が経過していたことになる。邑上部長は『ちくま商工信用組合』に出向中の夏目補佐人に一般貸倒引当金の算定方法の変更が承認されたことを電話で伝え、夏目係長のこれまでの労をねぎらった。

算定方法が倒産確率に変更したことで新たな引当金の積み増しは無くなった。加えて、一昨年新潟セントラル銀行の四店舗の資産をＤＣＦ法により取得したことによる引当金の戻し入れの利益も加わり来期は黒字回復の目処がついた。多少、想定外の倒産があっても今期見送る予定の有価証券売却による益出しという手も残っている。アルプス銀行の有価証券の含み益は信越化学やセイコーグループなどの株式を所有しているだけに、どの地銀と比較しても遜色のないほど潤沢である。アルプス銀行の来期決算のＶ字型回復は夢でなくなった。

2

平成十四年（二〇〇二年）も二月に入ると、一段と寒さが募る。信州ではどこでも春まで消えない根雪の厚さが日々増してくるのもこの頃である。

その間にも与信管理部から派遣された資産査定チームによる『ちくま商工信用組合』の債権譲受け作業は上田市の『ちくま商工信用組合』の大会議室にて着々と進められていた。

チームでは二月下旬には対象取引先の財務内容を評価してそれを数値化し、A、B、Bマイナーから始まりX、Y、Zと十三段階の格付けをしてから、それを四つの債務者区分に分類する作業が進められた。この四つの債務者区分とは『正常先』、『要注意先』、『破綻懸念先』と『(実質)破綻先』である。この債務者区分は金融庁の定めた『金融検査マニュアル』に決められた方法で行う。当然ながら『マニュアル』では単純に決められない取引先もある。その場合は関係者の協議によって決めることになる。


この日、そういった取引先のひとつに『株式会社うえだ鉄道』(本社上田市)というJRから引き継がれた鉄道会社があった。

『株式会社うえだ鉄道』は文字どおり地域の鉄道会社であり、アルプス銀行にとっても『ちくま商工信用組合』にとっても主要な取引先である。本社は上田駅にあり、その関係でアルプス銀行の取引店は上田支店である。

この会社の債務者区分について関係部の部長と上田支店長が上田支店に集まった。メンバーは取引店である上田支店執行役員塩沢支店長と地方公共団体担当である公務部酒井部長と与信管理部邑上部長の三人である。

『うえだ鉄道』はいわゆる『三セク』である。『三セク』とは『第三セクター』の略で、公企業の『第一セクター』、私企業の『第二セクター』に対し、どちらでもない企業を『第三セクター』と呼んでいる。公企業系の企業だからと言っても、ここ日本は権威主義社会ではなく民主主義国家である。そのような企業も公平に収益性で格付けしなければならない。

『三セク』も企業として収益性から財務分析をし、債務者区分を決めている。もちろん、『うえだ鉄道』は長野県が半分出資してつくった株式会社である点から財務内容だけでは判断できない要素を持っている。だから長野県の公金を扱っている地方銀行であるアルプス銀行も相応に出資をし、貸付金もある。

『うえだ鉄道』は軽井沢駅と篠ノ井駅を結ぶＪＲの在来線を地元住民のために引き継いだ会社である。一九九八年長野市で開催された冬季オリンピックに新幹線を間に合わせようと長野県が主導して創った三セク会社である。

この『うえだ鉄道』に対して『ちくま商工信用組合』の貸付金は七五〇〇万円。さらに株式を二五〇〇万円分所有している。合計一億円の債権。三セクに対する金融機関の額としてはさほど大口ではないものの、『ちくま商工信用組合』の規模からみると体力以上の債権と言える。

問題の原因は三セク『うえだ鉄道』の収益性が悪いことからアルプス銀行は『うえだ鉄道』を要注意先としているが『ちくま商工信用組合』は正常先としてあることであった。

創業赤字と見なされる期間が過ぎたが、いまだに赤字が続き、黒字化への目処がついていない。この原因はＪＲから三セクへの移行時の価格に問題があった。

ＪＲの三セクへの移行は通常は赤字路線の移行であり、鉄道の敷地を無償に近い価格で譲り渡していた。しかし『うえだ鉄道』の場合は沿線が比較的市街地を通り、それまでも採算が取れていたという理由から周辺の土地価格を参考に高めの価格で鉄道敷地を提示してきた。

普通ならもっと交渉すべきであったがオリンピックに新幹線を間に合わせる事情から、『うえだ鉄道』側（その実体は県当局となる）はその条件をそのまますんなり受けてしまった。結局、その借り入れ負担が収益を圧迫し創業三年過ぎても黒字化への目処が立たなくなっているのだ。

今期このまま手を打たなければ近い将来債務超過となる。

そこでアルプス銀行は（予防的に）債務者区分を正常先から要注意先に変更した。これは『日本リース』の破綻に懲りたアルプス銀行が利益体質への転換が見込めない先は現状が正常の状態であっても予防的に要注意先とするという金融検査マニュアルを厳格に守った結果である。ただ、アルプス銀行側も県の損失補償があるので引当金を計上する必要がなかった（実質正常先扱い）。

民主主義が幾多の曲折はあったにせよ、国民の隅々まで浸透し、根付いている日本では、選挙で選ばれる首長はある程度信頼されているし、賄賂の効かない地方公共団体は一定のリスペクトを保っている日本で、県の損失補償を疑う者はあまりない。アルプス銀行もこの損失補償は有効とみていた。

ところがそこへ『ちくま商工信用組合』の債権引き受けが生じ、リストに『うえだ鉄道』があった。要注意先の会社をアルプス銀行は債権額のままで受けるわけにはいかない。しかし、何といってもアルプス銀行は長野県の財布をあずかる指定金融機関である。

さらに問題を複雑にしたのは、『うえだ鉄道』の借り入れ条件が金融機関によって違っていることが表面化したことであった。

アルプス銀行の『うえだ鉄道』への貸出金は長野県の損失補償を得ていた。一方、『ちくま商工信用組合』の貸出金は県の損失補償を受けていない。つまり、県の保証が無かった。

プロジェクト案件の借り入れ条件と言っても金融機関がどこも同一ではなく、それぞれ金融機関と借入先との力関係で違ってくることはよくあることであった。アルプス銀行のように長野県の指定金融機関である場合には長野県も損失補償に応じている。しかし『ちくま商工信用組合』のように、他の金融機関に追随しているだけの金融機関に対しては県も損失補償は付けない。いやならどうぞ融資をやめても結構ですよというスタンスである。公平でないようなものだが、経済界は弱肉強食の世界である。アルプス銀行といえども大手都市銀行が幹事となるプロジェクト・ファイナンスに参加する場合、同じように保全で劣る条件を飲まされることがある。お互い様である。

「うちの貸金は損失補償が付いているのでリスクについてはほぼ考えなくて良いが、『ちくま商工信用組合』の貸金は当然リスクを考えなくてはならない」

邑上部長が保全（損失補償）の有無を問題とした。

「これを機会に引受債権だけでも損失補償を要求してみたらどうかな」

地方公共団体を担当する酒井公務部長が意見を述べた。

「それはまずいだろう。ここはいろいろ言わないですんなり受け、長野県に恩を着せたらどうか。あそこは潰せないだろう」

地元で『うえだ鉄道』を担当している塩沢上田支店長は事を穏便に済ませたい気持ちが強い。債務者区分の起案者は担当店の支店長となる。それを決裁するのは審査部長であり、与信管理部長はそれをチェックする体制となっていた。話は堂々巡りを繰り返していた。

そもそも邑上部長と塩沢上田支店長は反りが合わなかった。二人は昭和バブルの絶頂期に東京支店のそれぞれ融資課長と営業課長（取引先担当）をしていたことがある。その時から邑上はアメリカ帰りで何事にもそつが無くふるまう塩沢課長が好きでなかった。


ふたりが居た東京支店時代に『インサイダー事件』が起こった。

『アルプス銀行東京支店行員によるインサイダー疑惑』

当時の日本経済新聞の夕刊トップを飾ったのは『アルプス銀行』の不祥事の記事であった。

東洋のスイスと言われた諏訪地方の代表的な企業に『ヤマオカ精機株式会社』（今は紆余曲折があって、デンサングループ企業となっている）がある。オルゴール製造から始まり精密製品を製造し、その当時も東証一部上場の企業に成長していた。ところが創業家山岡一族の古い経営体質のまま、現地に乞われるまま進出した韓国工場が失敗しそのために経営不振に陥った。韓国の異様ともいえる労働争議に数十億円の資金を流失させたまま撤退を余儀なくされたのだ。メイン行であるアルプス銀行でも人を送り込んで韓国工場撤退と経営支援に取り組んでいた矢先である。

ところが同じアルプス銀行メイン先でありながら早くから海外展開をしていたミネルヴァの高村高見社長がヤマオカ精機に興味を持ち、M&Aを申し出、ヤマオカ側が拒否するとみると敵対的M&Aを仕掛けてきた。ミネルヴァの高村社長も立志伝中の人物である。雑誌の記事に高村氏がまだ会社を立ち上げ若い頃ヤマオカ精機はすでに憧れの名門企業として君臨していたと述べている。

苦境にあるヤマオカ精機を救ったのは当時、新しい分野への進出を図っていた新日本製鉄である。新日本製鉄は製鉄で培った技術を精密機械に応用できると考え、ヤマオカ精機を子会社にすること、つまり株式の購入を秘密裏に行った。

（この救済劇を極秘に行っていたのは万事に己の名声を嫌った当時の山中頭取である。事がすんでNHKはこれを野村系ファンドの斎藤社長が行った快挙であるとテレビのドキュメンタリー番組等で紹介していたが、五億円という手数料を斎藤社長が仲介手数料として手にしたことは事実であるが、彼は山中頭取に極秘で頼まれて動いた駒に過ぎない。）

ところが、その救済情報を摑んだ東京支店の職員は競って『ヤマオカ精機』の株式を購入した。

明らかなインサイダーであるが、当事は業務上知り得た情報を株投資に活かすことがいかに公平を欠いた不正な行為であるという認識が周知徹底していなかった。つまり行員は悪いことだと知って行動したのではなかった。だから購入した行員は新日鉄による支援が発表され暴騰した株式を堂々と売却し利益を得た。

このことが後日、『インサイダー事件』として日経新聞のスクープ記事となった。あわてたアルプス銀行では内部調査をして、関係者を譴責《けんせき》処分とした。その中で、率先してヤマオカ精機株式を購入していた塩沢課長は「妻が自分の意思でやったこと」と妻名義で購入したことを盾に最後まで言い通し処分を免れている。塩沢課長はニューヨーク支店から帰国したばかりでインサイダーがどういうものかよく知っていたはずである。だから自身名義では購入しなかったのである。インサイダーのことを知らずに行った行員より性質《たち》が悪いと邑上は思っていた。

同じ頃、新日鉄の融資担当者であり、誰よりも詳細にこの救済劇を知っていた当時の邑上課長はヤマオカ精機の株式に手は出さなかった。ただ、彼はインサイダーだからという理由でヤマオカ精機の株を買わなかったのではない。立場を利用して私服を肥やすことは恥だと考えていたためである。そもそも邑上課長は東京支店に転勤してから勤務時間中に公然と出入りの証券外交員を使い株式売買をしている東京支店の面々を面白く思っていなかったし、疑問を呈していた。そのため、「融通の利かない嫌な奴」と支店内でレッテルを貼られ、いつしか店内の株仲間から白い眼で見られるようになっていた。これは『インサイダー事件』が発覚し、処分者が出てからも変わらなかった。

だから、邑上部長は塩沢支店長を本質的にはズルイ奴だと軽蔑している。

と思う一方、事の善悪を深く考えずに、平気にその場の利益で動くことができ、それを平然と実行できる度胸、上司にうまく取り入り、人ともうまく付き合う社交性。どれも邑上部長には真似しようにもできないものだと感心もしていた。

その塩沢課長は今、邑上部長の地位を超え、執行役員としてアルプス銀行の基幹店上田支店支店長となって目の前にいる。

議論はまとまらない。

「損失補償をしてもらうなら塩沢さん、上田支店で交渉したらどうだ。取引店なんだから」

邑上部長は塩沢支店長へ皮肉を込めて言った。

「そりゃー上田支店で交渉するのはできない。県とは伝手がない。するなら県との窓口になる県庁内支店か公務部だ」

ここでは塩沢支店長の言い分の方が理に適っている。

「再建のほうはどうだ。何か動いているか公務部長のほうに情報があるんじゃないか」

邑上部長は個人の感情はひとまず置いて、本題に戻って酒井公務部長に言った。

実行性のある再建計画があれば要注意先にしておく必要はない。今からでも正常先に戻せばいい。

「抜本的な改善策が田川新知事にあると聞いている、まだ噂の段階だが。何とか田川知事を突ついてもう少し調べてみよう。うまくすればそれで債務者区分を要注意先から正常先に変えられる可能性がある」

「それが一番良い方法だ、それにしよう」

塩沢支店長と邑上部長が同時に言って、お互いに苦笑した。酒井公務部長のこの言葉をこの日の結論とした。

3

結論が出た段階で邑上部長は腕時計を見た。針は三時過ぎであった。このまま上田から長野の本部へ帰っても残る時間があまりない。ならばと邑上部長は『ちくま商工信用組合』にいる夏目補佐人に会おうと思い、電話で上田支店横の『田園』という喫茶店に来るよう呼び出した。

幸い夏目補佐人は『ちくま商工信用組合』の上田の本店にいて、邑上部長が指定した喫茶店『田園』に程なくして姿を現した。『ちくま商工信用組合』とアルプス銀行上田支店は歩いても五分とかからない距離である。

夏目補佐人は席に着くと邑上部長が飲んでいたのと同じモカコーヒーを頼んだ。

コーヒーが運ばれてくると辺り一面煎りたて挽きたての深いイエメンモカの香りが漂った。

「元気そうだな。上田支店に用事があって来た。来た早々で何んだが、『ちくま商工信用組合』はここの『うえだ鉄道』についてどう考えている」

邑上部長は先ほどまでそのことで協議していたことは伏せて聞いた。

「ああ、あの『うえだ鉄道』ですか。あそこは正常先になっていて、アルプス銀行が受ける先になっています。それとも何か問題があるのですか」

急に何を言いだすのかと言う風に夏目は答えた。

「そうだろうな。あそこに特に問題があるということではない」

先ほどまでの話は伏せて邑上部長は話を変えた。

「ところで、引き受けリストにある大口債権の『宿《しゅく》ホテルチェーン』はどうか、あそこは『ちくま商工信用組合』側ではどう見ているのかはっきりしない。金額では設備資金を出した『ちくま商工信用組合』のほうが大きいが運転資金はアルプス銀行が出している。だからうちのメイン先とも言える。受けないわけにはいかない相手だが」

「『宿ホテルチェーン』というとあの建設・ビジネスホテル・不動産会社それにレストランなどを手広くやっている『浅間エステートグループ』の会社ですね。社長は若手経営者でこれからの成長先と聞いていますが」

「どうもうちの国分寺支店の神戸《かんべ》支店長は預金獲得専門の営業畑が長く、会社の内容をきっちり摑んでいない様子だ。査定では『宿ホテルチェーン』が正常先であり、レストランの『葡萄の家』は創業赤字が続き要注意先となっている。債務者区分上ではそれほど問題はないが、取引の浅い先で与信が急増しているのが気になる」

邑上部長の曖昧な言い方ではどうも他に何か問題がありそうに聞こえる。

「『ちくま商工信用組合』ではすべて正常先としているはずです」

夏目は答えた。

「できればうちの『宿ホテルチェーン』の債務者区分を要注意先に変えて、要注意先として受け入れたい先だがそれでは小細工になる。ただ、この機会にもっと会社の調査をして実態を知っておきたい。ということはグループ代表者の人物しだいだ。代表に会いたいが、今、俺が出ていくわけにはいかないだろう。もちろん、国分寺の神戸支店長は会っているのだが、ここは夏目、お前が『宿ホテルチェーン』の代表に会って人物を見てもらえるか。率直な印象だけでも良い」

大事な今後のメイン取引先の社長を自分に見てこいと言っている。使命の内容よりも邑上部長が自分を信頼してくれていることが嬉しかった。

「そうですね、ちょうど職員の就職斡旋依頼で近隣の取引先に挨拶に回り始めたところです。『ちくま商工信用組合』の人事部長として社長に会うことは可能です。会ってみましょう」

「国分寺の神戸支店長は大村代表を『若いのにたいした者だ。ビジネスホテルというジャンルを一人で開拓した。『宿ホテル』を全国レベルのビジネスホテルチェーンに進出するまで何とか支援したい』と言っていた。そこまでの人物かどうか見てきてくれ。もちろん、君の率直な感じで良い。それから『浅間エステートグループ』は不祥事がらみの噂などはないな」

「特に聞いていません。暴力団との繋がりが懸念される取引先にもリストアップされていません」

「そうか。ただ、あそこは『ちくま商工信用組合』の久保前融資部長と特に親しい先だと聞いているが……」

「そうですか、あの久保部長と」

夏目はなるほどと思った。その点でも邑上部長は危惧しているのかと。ここまで邑上部長が『浅間エステートグループ』に拘るのは久保案件のひとつだからと夏目補佐人は解釈した。

一方の邑上部長は全く別のことを考えていた。

この『浅間エステートグループ』に対する神戸国分寺支店長による融資が支店長権限違反の『分割融資』の恐れがあると資産監査グループの矢田参事役から臨店調査の報告があったからだ。支店長権限融資の管理は邑上与信管理部長本来の仕事である。矢田参事役以下資産監査グループはアルプス銀行全支店を臨店し店長権限逸脱行為がないか調査している。店長権限違反は重大な事項であり、臨店報告会にあげる前に矢田参事役は邑上部長だけに報告した。事が事だけにここでそのことを夏目補佐人に打ち明けるわけにはいかない。

それにこの『宿ホテルチェーン』とアルプス銀行がメイン行として今後どのように取引していくか方針も決めなければならないと邑上部長は考えていた。

分割融資とはひとつの融資先に名義を分けて店長権限で融資することである。

支店長には支店長の権限で融資できる額が決まっている。実質同一債務者に店長権限で融資をすると支店長の権限以上の融資ができてしまう。これを分割融資といって固く禁じられている。ただ、名義が違っているのでそれを同一債務者であると判断することは実際には難しい。しかし、分割融資となれば支店長の権限逸脱行為として厳しい処分が待っている。軽くて支店長降格。故意なら即解雇となる。


アルプス銀行では浅間エステートグループへの融資は『宿ホテルチェーン』と、レストランの『葡萄の家』の二社である。『宿ホテルチェーン』には支店長の権限いっぱいの二億円の担保保全内融資があり、同じグループと言える『葡萄の家』にも二〇〇〇万円の無担保融資（保証人）がある。この両者を同一債務者とすれば権限の二億円を超えるため権限逸脱行為となる。ただ、この二社が別会社と判断されれば問題ない。

支店長に権限違反の疑いがあり、それが事実であるならば人事部長を通して役員に報告しなければならない。このことを調べてきた監査調査グループの矢田参事役にはこの問題の口外を禁じてある。

邑上部長は上田支店で『うえだ鉄道』問題の協議をする前にアルプス銀行国分寺支店に赴き、直接、支店長に会って話を聞いて来た。

国分寺支店の神戸支店長の言い分は『宿ホテルチェーン』と『葡萄の家』はそれぞれ別個の会社と見て融資をしてきたという。確かにそれぞれの会社は登記面では代表取締役も違う別個の会社である。『宿ホテルチェーン』は大村恵《めぐみ》が社長であり『葡萄の家』の社長は柳沢宏文《ひろふみ》と違う。ただ『葡萄の家』の監査役は大村恵となっている。さらに詳しく調べると少ない金額ではあるが大村恵に未払い金がある。ただ、神戸支店長に意図的な悪意はなさそうであったが、限りなく関連会社に近いことは事実である。

ただ、どちらであっても、ここで『ちくま商工信用組合』の『浅間エステートグループ』関連債権を受け入れることになれば単体だけで二億円を超える。総額から言って当然、本部決裁の申請融資に切り替えることになる。

国分寺支店の神戸支店長は融資に弱いものの誠実な人柄であり来年三月で定年となる。そのころにはグループは申請融資先に切り替わっているので実質的なロス等の被害は出ない。故意でなければ疑わしきは罰せずという原則を採ろう。ただし、大村社長が神戸支店長の言うように信頼できる人物であればという条件付きで。そこで夏目補佐人に大村社長に会ってもらおうと考えた。しかし、本当の理由を話すわけにはいかない。しかし、夏目ならなんとか代表の人物に迫ることができると邑上部長は期待したのだ。

「ところで、上田支店にいた個人ローン担当窓口の兎束という女子行員の姿が見えないようだが。

いやこれは塩沢支店長に聞くべきだったかな」

「部長も良く職員のことまで気が付きますね。兎束瞳という行員は去年の十二月に辞めたと聞いています。何でも、親戚の介護の休暇を願い出たのですが、塩沢支店長からそんな休暇は認められないと言われ結局辞めることにしたそうです。頭が良く可愛い子だったので一時話題になりました」

夏目補佐人には邑上部長が上田支店の一般職の一女子行員の動向を聞くということが意外であった。

「そうか……」

塩沢ならやりそうなことだと思った。しかし、銀行はひとつの職場に過ぎない。彼女に新しい世界が開けるのなら、塩沢の行為も彼女の為になるだろう。多分、塩沢はそんなことまで考えていないだろうが。

4

二月二十八日　木曜日

重盛係長が取り組んでいた『自己査定システム』が完成した。

『自己査定』とは金融機関が保有する資産（その大半は貸出金）を三月末と九月末を基準日としてその資産性（貸金の場合は回収可能性）をチェックする作業である。その結果は引当金を適性に積み直しすることに直結し、資産（この場合は貸金）をただしく棚卸しすることになる。

しかし、半年に一度回ってくるその自己査定作業は行員に残業という大きな負担を強いるものであった。融資に携わる行員はその都度一ヵ月近く、それだけでひとり当たり大抵一〇〇時間を越える残業をする。働き方改革に逆行すると今では社会問題化する時間外の超過労働であるが、その頃は融資担当銀行員の宿命であった。銀行の場合は三六協定という労使協定はこの自己査定作業のために月四十五時間年三六〇時間という時間外制限を合法的に超えてできるために存在すると言われている。この作業をシステム化し省力化することは金融機関労使双方にとって宿願であった。『自己査定システム』の完成が急がれていた所以である。アルプス銀行は与信管理部長命令であったが、それを一係長に過ぎない重盛係長が取り組み完成させた。

ただ、システムの完成間近に『ちくま商工信用組合』の破綻と債権引き受け作業が割り込んできたので、重盛係長は債権引き受けの仕事もこなしつつ、システム開発の仕事も続けなければならなくなった。係長はそれを連日連夜深夜に及ぶ残業と休日出勤でやり抜いた。

邑上部長も当初は重盛係長の体調を心配したが、結局、見て見ぬ振りをせざるを得なかった。それは彼しかこの作業ができないからである。システム自体の仕事はＩＢＭやシステム開発の要員ならばできる。しかし、アルプス銀行の融資業務に精通し、自己査定を徹底して理解しているものは重盛係長しかいなかった。それに重盛係長自身与えられたミッションをおろそかにするような男ではない。

途中から邑上部長はあえて重盛係長に好きなように残業をさせた。その思いに見事応えてくれた重盛係長の努力に頭が下がった。ただ、邑上部長自身は勝山人事部長から管理不行き届けを厳重に注意されていた。


終段階でのバグを除くためにストレスと睡眠不足が重なったため、目の下に隈《くま》をつくり一層丸くなった重盛係長が笑顔で邑上部長の席に顔を出した。

「部長。開発に携わってくれた日本ＩＢＭのＳＥ（システムエンジニア）とアルプス銀行システム部とうちの与信管理部三者で完成記念のセレモニーをする段階になりました。総勢六十名以上になりますが、よろしいでしょうか」

「当然だ。良くやった。セレモニーはどこにした？」

「ホテル犀川でやろうと思います。ここに大まかなシステムローンチのセレモニー案をまとめておきました。確認お願いします」

「ご苦労様」

ホテル犀川は長野市では最上位に位置する老舗ホテルである。長野冬季オリンピックでもサマランチ会長はじめ貴賓客はこのホテルに宿泊している。ただ、オリンピック後の反動で過大な設備投資負担が裏目に出たという。

「一応、簡単に『自己査定システム』の特徴をまとめておきました。ご覧ください」

邑上部長が眼で追うと、それに合わせ重盛係長が説明した。

「これは営業店向けに作成したものです。特徴を三つにまとめました。

①自己査定を日常の業務のなかで行う。

今まで、自己査定を特別な作業として残業で行ってきました。それを日常業務のなかでできるようにしました。

取引先の決算書を本部でオペレしデータ化して分析まで行います。（これは今までと同じ）その決算分析データと勘定体系からのデータをラインシート（貸出金の一覧表と決算推移表を一覧にしたもの。貸出金の返済可能性が一目で分かるようになっている）の形式で営業店にデータで還元します。

営業店はコメントをパソコンで打ち込むだけの作業で完成します。

②ワークフロー機能を使って回覧。

今までペーパーを回付し決裁者の承認印を得て次の決裁者に回付していましたが、ワークフロー機能を利用してすべてデータのままで決裁キーを押して回付します。もちろん回覧者がコメントを挿入することもできます。

③いつでもラインシートができる。

こうして蓄積されたラインシートを三月末と九月末の基準日にコンピュータが自動的に時点修正をして自己査定が終了します。本部による集計も自動的にできます。

ラインシートは金融庁や日銀の外部検査の時にも作りますが、時点修正機能がありますのでいつ検査が来ても残業なしで本部でラインシートを作成できます。つまり毎年四月と十月におおよそ毎回ひとり一〇〇時間をかけた時間外手当を限りなく零にまで減少させ、さらに紙代も節約されます。

今、静岡銀行で開発中のシステムとは比較にならないほど、優れているものができました。

以上が主な特徴です」

「確かに良くできたシステムだ。開発に六億円かけた価値がある」

「お金はかかりましたが、他の金融機関に売ることを想定してこのシステムは特許を申請しています。そうなれば投資額の幾分かは回収できるはずです」

書類を『紙』で行うことに慣れた世代は戸惑うかもしれないが、こういったものは慣れである。

重盛係長の説明を聞きながら邑上部長は自信を深めた。

邑上部長の机の中には勝山人事部長からの『厳重注意』の封書が仕舞われている。そろそろ次の問題を解決する時が来た。

「ところで、たまりに溜まった休日はどうする。重盛係長の『ちくま商工信用組合』関係の業務は終わっている。この自己査定システムに目処がつき次第、休みを取ってもらいたい。いや、これは業務命令そのものだ」

「部長。御心配なく。まとめて全部いただきますから」

「それを聞いて安心した」

「五月下旬に連続休暇と合わせて旅行をします。その時は休暇をたんまりいただきます」

重盛係長はそのキラキラした若い目を輝かせた。

「おいおいまさか結婚休暇じゃないよな。まだ付き合って間もないんだろ」

「そう思ってもらっても結構です」

予想して待ち構えていたクイズの問題が出て満足した少年のように重盛係長は明るい笑顔で応えた。

5

この日、夏目補佐人は珍しくひとりで外出した。

表向きは職員の雇用先確保のための訪問であるが、別の目的もある。アルプス銀行邑上部長からの特命の仕事である。それはアルプス銀行がこれからメイン先として付き合うことができる相手か社長個人に直接会って見てこいという邑上部長の命令を遂行するための仕事である。

昨日、『浅間エステートグループ』本部へ電話を入れたところ「社長は明日なら一日中東部町鞍掛《くらかけ》のセブンイレブンにいます」との返事であった。来週以降であれば信用組合へ来るとも言っていたという。夏目は明日午前中にセブンイレブンへ伺うと約束した。

夏目補佐人は『浅間エステートグループ』について企業リサーチ社の『宿ホテルチェーン』の調査報告書を読み返した。

取引の歴史も浅く、メイン先との認識がない『浅間エステートグループ』について知るには民間調査会社の調査書しかなかった。最終的には直接社長に会って、自分の眼で確かめなければならない。

『代表者　大村恵　昭和四十年二月、長野県松本市に生まれる。三十七歳
地元の県立深志高校を卒業後渡米。ワシントン州立大学卒。

帰国後、商事会社、建設会社、セブンイレブン店舗を経営する。

最近はビジネスホテル事業に進出中。

人柄は温厚、独創的であるが行動は慎重、人脈は不明。

取引金融機関　アルプス銀行、ちくま商工信用組合』

三十七歳とは確かに若い、自分より五〜六歳年下。しかも高校を出てから海外に行っている。人物温厚とあるが人脈が不明という点が気になる。多分、調査員もよく調べていないのではないか。

先方の秘書が指定したセブンイレブン鞍掛店に行くために本店にある軽自動車を借りた。店舗

は千曲川に沿って伸びている国道一八号のバイパスである浅間ラインと菅平に向かう国道との交差地点にある。この辺りは物流の拠点で観光地にも近くこの辺りのセブンイレブンとしては大型店に属する。

　広い駐車場は昨日の晴天で溶けだした雪水が流れ、トラックが何台か駐車していた。夏目補佐人は『ちくま商工信用組合』の軽自動車を大型トラックの横に停めると、ぬかるみを避けながら、入り口のゴミ箱の辺りでタバコの吸い殻を拾って掃除をしている女性の店員に声をかけた。

「ここのセブンイレブンの事務所は店の奥でしょうか。用事があって来たのですが」

　セブンイレブンの制服を着たその店員は夏目を見ると、

「いらっしゃいませ。このまま店に入っていただいても結構ですが、あちらに直接奥の事務所に入る入り口もございます」

「折角ですから、店を見させてもらってから、中へ入ります」

　一礼をしてから、夏目補佐人は一旦店内に入り、ぐるりと店内を回ってから、ふたたび外に出て建物の奥にある入り口から中に入った。

　中に入ると、先ほどの店員が夏目を待っていて「どうぞ」とさらに奥まったところにある狭い事務室を示した。

　中には誰もいない。しかたがないので、夏目補佐人はついてきた店員に名刺を出して、社長への言づけを頼んだ。

店員は今度は微笑んでおもむろに羽織っていた制服を脱いだ。気が付かなかったが下はスーツ姿となってその店員は言った。

「私が『浅間エステート・ジャパン』の代表の大村恵と申します」

夏目補佐人は代表者を男性であるとばかり勘違いしていたので戸惑った。

「たいへん失礼しました。あらためまして、『ちくま商工信用組合』の人事部長の夏目清一郎です。御社にはたいへんお世話になっております」

雇用の依頼に『金融整理管財人補佐人』の名刺は使えないので、最近では人事部長の名刺を使用している。

「こちらこそ、お世話になっております」

そう言って、応接の椅子に座るように手を差し出した。

座る前に夏目は再び頭を下げた。下からみると、社長は目鼻立ちのはっきりした美人である。

「『ちくま商工信用組合』が今回の事態を招いたことを深くお詫び申しあげます。お取引先にはたいへんご迷惑をお掛けしております」

「それこそお互い様です」

大村代表はお茶を勧めながら、座った。ここから店の様子が見れるようになっていた。二つのレジには作業服を着た客が並んでいる。もう一人の制服を着た店員がレジをしていた。

「ここは繁盛している店ですね」

「ありがとうございます。交通の便が良いところですから、多くのドライバーに贔屓《ひいき》にしていただいております」

「セブンイレブンも三店舗持っていらっしゃるんですね」

「そうです。でもここが一番の売り上げで、一週間に一度は様子を見に来ます。それはそうと、ちくまさんにお勤めの方は全員解雇されると聞きました。人事部長さんも大変ですね」

「今日はそのことで参りました。ぶしつけなお願いで恐縮ですが、御社でできたら職員を雇ってもらえないかと」

「私どものようなサービス業は金融機関のように客商売の会社にお勤めの方は大歓迎ですよ。ただ、お給料が安く金融業さんのようにはいきませんが、このような仕事でもよければ」

「ありがとうございます」

「ところで就職の斡旋は順調に進んでいますか」

落ち着いてみると、大村代表は若いが苦労を重ねた老経営者のように見える。笑顔で応対しているが、ここまで来るまでいろいろとあったのだろう。

「お蔭様で。思ったより好意的にうちの職員を受け入れていただいております」

「『ちくま商工』さんは従業員を大事にしているとの評判を耳にしました。嬉しい限りです。経営者というとすぐに従業員を解雇したがる者もおりますからね。目先の業績を良くしたいという理由だけでリストラを行い、それを経営だからと自慢する者さえいます。困った風潮です」

大村代表は眼がきらきら輝いて黒髪が揺れている。独身なのだろうかとふと夏目補佐人は疑問に思った。とすれば久保との関係もどうなのか。

「ご依頼があっても無くても『ちくま商工さん』の従業員さんをお受けするつもりでいました。まさか、人事部長さん自らお越しいただくとは考えてもおりませんでした。ですからご安心ください」

「そうおっしゃっていただくと、ありがたい」

企業を訪問して、夏目の行っている雇用斡旋を逆にねぎらってもらったことはこれまでにもあったが、ここまで好意的な場面はあまりなかった。夏目補佐人はここで初めてお茶をいただいた。

浅間エステートグループのことは何も知らなかったと反省した。あらためて、大村代表を調べ直したい。彼ではなく、彼女と久保彰のことも。もちろん事業内容も知らなければならないか……。

「失礼ですが、夏目部長さんはアルプス銀行の方ですね」

「そ、そうです。今、出向しております」

「そうそう、夏目部長さんは私の事業を知りたくてお見えになったのではありませんか」

「いや……」

今日、ここに来た目的を大村代表には正確に見透かされている。油断できない相手だ。

「私の経歴はご存じでしょう。高校を出てアメリカに渡り何とか大学を出ました。日本に帰ってから自分で事業を始めましたが」

「帰られてから事業を始められたのですね」

「貿易の仕事から始め、不動産、建設と、事業を拡大させてきました」

「アメリカではシアトルのワシントン州立大学を出られたとか」

「ビジネスの世界に興味を持ったのはシアトルにいた時に知り合った久保彰さんの影響です。久保さんはご存じですね。久保さんには大変お世話になりました。帰国後も私の事業の立ち上げから面倒を見てもらいました」

自分のほうから久保彰のことを話し始めた。

「ホテル事業もそうです。久保さんの実家は昔、旅人を助ける事業をなさっていたそうです」

久保林業の久保家が旅館までしていたという話は知らない。

「旅館もやっていたのですか」

「いいえ、旅館ではないそうです。でも、旅の方のお世話をしていたそうです。四国のお遍路さんを助ける『接待所』みたいなものだと言っていました」

「………」

「久保さんが旅人を接待できるようなホテルチェーンを作ってはどうだろうかと提案してくださったのです」

「………」

「久保さんのおっしゃったことが私どもで展開させている『宿《しゅく》ホテルチェーン』誕生の元となっています」

「そうですか、知りませんでした」

「それに、浅間山の南に広がる火山灰の土地で葡萄栽培とワイン醸造を始めるにあたってもいろいろご相談させていただきました」

「『葡萄の家』ですか……」

「『ちくま商工信用組合』の久保彰さんはアメリカで困っていた私を助けてくださった恩人です。それに日本に帰ってから事業の立ち上げから今日までお世話になりました。そういった方です。今、苦しい立場におられると聞いて心配しています。夏目部長。どうか彼を助けてやってください」

大村恵はこれが言いたかったのか、丁寧に頭を下げた。


帰り道、なぜか夏目補佐人は亡くなった実の父のことを思い出していた。父も田舎の事業主のひとりであった。そして従業員を大事にして家族を犠牲にした。

叔父から聞かされている話では夏目清一郎の父は戦争中群馬県にあった中島飛行機の下請け会社で働いていたが、戦中郷里の長野で木工場を立ち上げ、その後、復員してきた軍人を多数雇い会社は急成長した。木工場とは別に腐食防止用のクレオソートを注入する工場を長野市の隣の須坂市に持ち、久保林業と同じように電信柱や鉄道の枕木を作っていた時期もあるという。この頃会社が一番輝いていた時期だという。戦後始まったメーデーにはできたばかりの労働組合が参加した。しかし、その繁栄は長くは続かなかった。河川敷にあった工場は水害により流され、翌年には木工場を火災で失う。それからは労働組合関係者による経営者である父の吊るし上げと称する団体交渉が続き、父ひとり残され、会社はその後倒産したという。

物心ついてから清一郎が覚えている父は毎日、元社員の就職先を探しに歩いている姿であった。父は貧乏で幼稚園に行けない清一郎を毎日連れて歩いた。歩いてばかりでバスに乗った記憶がない。多分、お金が無かったからだろう。

その年の秋、豪雨の日、父はひとりで裾花川の上流の村に出掛け、翌日、下流で遺体となって発見される。季節は肌寒い頃であったがまだ白い麻の夏の上着のままであった。

お金もなく、質素な葬式であったが、なぜか大勢の見知らぬ人々が駆けつけてくれたことだけは覚えている。

父は若かったとはいえ会社を結果としては潰してしまった。だから経営者としては落第だと思う。しかし、葬式に集まった人の数を見れば人としては立派だったのかもしれない。大村恵代表の従業員に対する思いを聞いて、心の奥底にしまっておいた父への思いが呼び覚まさせられた。

しかも、自分もこうして父と同じように従業員の職探しに周辺の企業に頭を下げるようになった。これも何かの縁かもしれない。

企業は時流に合う合わないで倒産することも稀ではない。人の力の与かり知らないところで決められることもある。川の流れと同じである。大事な事は（失敗の）その後、責任ある者がどのように行動したかではないか。父は会社を潰しても決してあきらめずひとりでも再雇用先を見つけてあげようと歩き回った。夏目補佐人は大村代表に会って初めて父の行動を理解できた。物心ついてから家族をないがしろにした父を呪う気持ちが心に溜まっていたが、それが澱《おり》のように拭い去られていく思いがした。

6

上田にて

夏目補佐人は職員の解雇に備えて就職を促進するための雇用計画案を作成した。これを実行するために『ちくま商工信用組合』の二月の経営会議（この経営会議は信用組合の解散を前提に小山金融整理管財人を議長として運営されている）に提出し一部修正のうえ承認されている。修正は原案には無かった地方公共団体の協力を求めるもので、夏目補佐人もそれには異存がなかった。

夏目補佐人の提出した計画案の骨子は再就職を希望する者全員を就職させることを目標にしている。特に力をいれたのは職員の雇用斡旋を信用組合経営陣（つまり、責任者である自分）が率先して行うという点である。対象先は受け入れ金融機関を含め、地域の中堅企業はもちろん地方公共団体全てとし、リストアップ先へは夏目人事部長自らが一先ずつ丁寧に訪問し頭を下げて依頼する。部長である自ら動くと決めたのはそうしなければ職員の信頼を得ることができないことに気づいたからだ。夏目は意識しなかったが、父の姿もその考えを後押ししていた。

部下の信頼が何よりも必要。そう思いついたのは唯一の部下とも言える間瀬係長の態度であった。彼は相変わらずよそよそしい態度で夏目人事部長に接していた。夏目が人事部長としてこの『ちくま商工信用組合』の職員に受け入れてもらうためには彼の信頼を得ることがまずすべきことと痛感した。

当初、夏目は邑上部長の真似をして、間瀬係長に課題を与え、考えさせ、自発的に行動することを期待した。しかし、しばらくやってみて分かったことはこの程度では間瀬係長は今までのこのやり方、つまり上の者の指示だけをするという方法を変えることはないということだった。間瀬に限らずここの職員は上の者に必要以上にへりくだり、大多数は上の顔色だけ見て動く。

それも仕方がないことであると夏目は思う。職員は今度の破綻によりすっかり自信を無くしている。さらに、経営陣はもとより、上司や同僚すら信用できない。どこかで自分に対する讒言《ざんげん》を言われているかもしれない。この職場にあるのは疑心暗鬼の不安だけであった。夏目清一郎は悲壮な覚悟で暗澹《あんたん》たる毎日を送っていた。

セブンイレブンの大村代表と会って幾分勇気付けられたものの、その後、なかなか寝付けない日々が続いた。折から季節外れの寒暖の激しい気候と、外出を繰り返す日々で疲労は増していた。悪寒が襲うようになり、会議中も眠気が襲ってきた。気が付くと咳が止まらなくなり全身に痛みが襲って来た。

翌日はなかなか起き上がれず、ちくま商工信用組合に休みを電話で連絡し、雪のなか内科医院を探し、医者に診てもらった。

疲れとストレスによる風邪と診断され、薬が処方された。ゆっくり休むしか治療法はないと医者は言った。翌日は薬が効いて良く寝た。夜中にじっとり汗をかき、下着を取り換えて寝ようとしたが、うとうとしたまどろみの時を過ごした。

父の後ろ姿があった。

清一郎があらん限りの大声で呼んだが父は振り向かずにダムのある裾花川の奥に向かって歩いていく。

邑上部長と藤沢頭取が交互に現れた。

夏目は声が出ないが「うまくいかない。どうしたらいいのですか」と嘆いた。

ふたりは振り向いた。

藤沢頭取が言った「夏目、お前の好きなようにやれ」

邑上部長も言った「何も考えるな。やりたいようにやれ」

その翌日、ようやく身体から悪寒が抜け、天気も晴れた。雪解けの音を聞きながら下着を洗濯してまぶしい太陽の下に干した。

その翌日になって『ちくま商工信用組合』に出社した。その日は上田から五十キロはある須坂の会社まで就職を依頼に行く予定となっていた。体調もようやく回復した。

いつものように、その日も間瀬係長と一緒に車で出掛けた。

依頼はうまく行かなかった。さんざん先方の社長にちくま商工へのクレームを聞かされただけで帰ることとなった。

帰りの車の中で、連れの間瀬係長が突然話し始めた。

「部長は悔しくはないのですか。あんなふうに言われて」

「悔しいさ。でもあのような苦言が我々を育ててくれる。そう思うしかない」

経費節約のため高速道路を避け、松代から地蔵峠を上り真田町を通って帰った。しばらく無口の状態が続いたが、間瀬係長はまた口を開いた。

「部長は以前に『改革派』のことを知りたいとおっしゃっていましたね。私の知っていることで良ければ聞いていただけますか」

運転していた夏目補佐人は間瀬係長の顔を一瞬見た。なにが、間瀬係長を変えたのか分からない。

「ぜひ、教えてもらいたい」

運転をしている夏目補佐人は前をみたまま答えた。「改革派」なるものについて夏目はほとんど知らない。預保のふたりですらウワサ程度のことしか知らないはずだ。

「久保融資部長が岡本理事長の推薦で『ちくま商工信用組合』に入社したことはご存じですね」

夏目は首を傾げた。推薦者が理事長であることまでは知らなかった。

「岡本理事長は久保彰を米国ビジネススクール帰りのエリート。羽黒下の久保さんの長男だ、と自慢げに紹介していました。部長もご存じのとおり、この辺り（東信）ではたいていの方は久保林業を知っています。

『ハグロシタのクボ』

ああ、あの久保林業の息子さんか。

誰もがそれだけで納得し、誰も久保彰がどんな人間かなどとそれ以上問う者はいない。

『岡本さんも良い後継者を見つけた』

『アメリカ帰りの久保家の棟梁だ』

『これで〈ちくま商工〉もひとまず安泰だ』

当時はこんな噂が飛び交っていました。

だから、『ちくま商工信用組合』の中では岡本・久保ラインが主流とみなされ、久保彰が佐久支店長となり融資部長と出世していくのを当然と見ていたのです」

「それでは久保彰は実力以上に買い被られていたんだろうな」

ちやほやされてスタートした者は大抵自分を過大に評価し、それが自信となって大きな失敗をする。ちやほやされることが「陥穽《かんせい》」だと気づいて、陰で人一倍努力する者もいるがそのような者はまれである。

峠も頂上に差し掛かっていた。あとはあの岡本前理事長の家があるという真田町傍陽《そえひ》を抜ける。

「まさしくそうです。事実、久保彰の提案することはどれも理事長のお墨付きがついたものとみなされ、すぐに取り上げられました。中にはアメリカで少々聞きかじったような思いつきのような提案もあったそうですが、それでもそれらは陰で担当者が努力して、おおむねうまく行ったそうです」

「つまり、周りのお膳立てか。でも彼も馬鹿ではない。自分の実力以上に買い被られていると気が付いていたんじゃないか」

「うすうす気づいていたみたいですが、居心地の良さに慣れてきたんじゃないですか」

夏目補佐人は間瀬係長がここまで、冷静に久保のことを見ているということに驚くとともに間瀬係長がここまで打ち解けて話をしてくれるとは思わなかった。この後、いよいよ核心に触れる言葉が間瀬係長から出てきた。

車は現在は上田市に合併して、上田市真田支所となっている真田町役場の近くを通り抜けた。

「『改革派』というのは久保彰が佐久支店長になってからその久保支店長のもとに集まって来た若手を指す言葉です」

「支店長になって急に久保彰が改革派に転向したというのかね」

「どうもそうなのです。理由は分かりませんが」

「ひとつの店の経営を任されるようになって、久保も理屈ではなく現実に目覚めたのかな。あるいは組合内部について実態を知るようになったのか」

「詳しくは知りません。が、その頃から岡本理事長の経営姿勢に疑問を持ち、何かと反対するようになったみたいです」

「ん？　その後本部の融資部長となっているのではないか」

「確かに、その辺は変です」

「岡本理事長が手元において懐柔しようとしたか。先ほど係長の言った改革派とは結局何をやろうとしたグループ？」

「若手の教育です。この『ちくま商工信用組合』の問題点を指摘し、どのように改革するか勉強会を主催しました。ですから、最初は岡本理事長を糾弾するような性格ではなく、むしろ、経営学の勉強会といったレベルでした。若い職員たちは久保支店長の呼びかけに素直に従い、どうしたらこの『ちくま商工信用組合』をより良いものにできるかを真剣に勉強しました。それがいつしか経営陣を糾弾する方向へと発展しました。久保はその頃は部長になっていましたが、久保部長を改革の救世主と仰ぐまでになったのです」

　どうやら、久保改革はこの『ちくま商工信用組合』の設立趣旨に戻り、使命を果たそう、そのためにバブル関連先や大企業への流れを地域の零細企業に変えようとしたのではないか。皮肉にも久保彰が本部の融資部長になった頃には、『改革派』の存在が無視できないまでになってしまったのか。夏目は考えた。

「小泉勝という調査役がいたが、彼はどのような立場だったのかな」

「ええ、久保支店長の佐久支店の後任の支店長だった小泉さんですね。彼がいたから『改革派』が結集できたみたいなものです。久保部長はそうは言っても余所から来た人です。ですが小泉さんはプロパーの人で昔の『ちくま商工信用組合』そのもののように誠実な方でした。プロパーの小泉支店長がいたから改革派が侮れない勢力となったのです」

間瀬は前を見て運転している夏目補佐人の眼を見たまま続けた。

「小泉さんは久保融資部長こそ『ちくま商工信用組合』を抜本的に改革してくれると本気で信じていました。そして、自分たちの手でこの『ちくま商工信用組合』を自主再建すると、そう信じていたのです」

「ところが、そうはならなかった」

「そうです。『改革派』は岡本理事長を廃すことができれば信用組合の自主再建が可能であると事態を楽観的に甘く見ていました」

「ところが、皮肉にも不良債権は久保が融資部長になってからも減少する気配はなかった。いや、むしろ更に増え、破綻への道を進んだ」

「そうです……そして事実破綻しました」

間瀬廉太係長の話はそこで終わった。終わるとまた、急に黙り込んだ。

ただ、夏目補佐人にはなぜ小泉勝が久保を糾弾する立場に転換したのか分からなかった。その間に何があったか。

それに邑上部長は『ちくま商工信用組合』の久保融資部長と岡本理事長がともに久保林業の関係者であると言っていた。久保と岡本がどのように繋がっていたのか。

『改革派』について間瀬係長が夏目補佐人に貴重な情報をもたらした。今の夏目にとって間瀬係長が自分を信頼し心を開いてくれたことが何よりも嬉しかった。それに『ちくま商工信用組合』の職員も見えないところで苦しみ立ち上がっていたのだ。そのことを知ると何も言わずに運命を受け入れている彼らに頭が下がる思いがした。

第七章　経営責任の追及

1

三月八日　金曜日
ちくま商工信用組合本店
切り分け

「始めまして、アルプス銀行の与信管理部長をしております邑上《むらかみ》です。本日はよろしくお願いします」

「同じくアルプス銀行与信管理部の斎藤と申します。よろしく」

邑上部長と斎藤参事役はテーブルを挟んで目の前の『ちくま商工信用組合』の代理人に名刺を差し出した。

「『ちくま商工信用組合』の代理人、朝日監査法人の粕壁《かすかべ》です」

代理人は紺のストライプの入った濃紺のスーツを着こなす、まだ若い公認会計士であった。所属している朝日監査法人の名刺を差し出し、涼やかな眼でふたりを交互に見た。

邑上部長と斎藤参事役の足元にはこれから協議する取引先のファイルと財務資料の入った段ボール箱が二箱置かれている。

粕壁会計士の隣には預金保険機構の大滝調査役と新免調査役が陪席している。この席にはアルプス銀行からの出向者の夏目補佐人は立場が違うので顔を出さない。

午後一時、アルプス銀行と『ちくま商工信用組合』とで譲り受ける債権（債務者）の債務者区分を最終的に決める協議（切り分け）に入った。当初予定していたスケジュールでは二月に予定していたが、遅れたものの三月上旬になんとか実施することができた。

この協議で正常先、要注意先、破綻懸念先、（実質）破綻先の債務者区分が決定する。

アルプス銀行が受け入れるのは正常先、要注意先だけであり、残った破綻懸念先と（実質）破綻先は整理回収機構が受け入れることになっている。この協議で最終的に債務者区分が一致しない場合は受け入れ側の判断が重視される。正常先か要注意先は引当金付にするかどうか価格の違いだけであるが、要注意先か破綻懸念先かで両者が一致しない場合は受け入れ側が破綻懸念先と判断している場合は整理回収機構行きとなるので、債務者にとってはまさに本人の知らないところで生きるか死ぬかが決められることになる。

さらに、ここで譲渡される債権が確定することから、この日の協議が譲渡の天王山となる。

これまで与信管理部が中心となり、取り組んできた受け入れ作業はすべてこの日のためになされたといっても良い。本日は裏方に徹しているが、アルプス銀行与信管理部の斎藤参事役はこの作業を直接指揮してきた。

協議の対象となるのはアルプス銀行が引き受ける六店舗の全債務者である。上田市の本店と市内店二店舗、それに東部町の田中支店、小諸市の小諸支店と佐久市の佐久支店の預金と貸金が対象となる。預金については引き受けに問題はないが、貸金である債権の資産性については両者の同意が必要であり、それを確認するのが今日の協議である。

六店舗の貸出先は二五〇〇先、貸出金の総額は二〇〇億円。アルプス銀行の債権総額七兆円から見れば決して多い数字ではない。アルプス銀行の都市部にある一取引先でも二〇〇億円以上の先はざらにある。しかし、この取引先は地元長野県の上田・佐久地方の取引先である。地元を重視している地方銀行としては数字以上に重要な意味のある貸出先である。

また、貸出先数そのものは多い。それはこの中に二〇〇〇先、約一〇億円の提携ローン・住宅ローンがあるからである。そのほとんどに保証保険が付いているのでリスクはなく、延滞先を除いてアルプス銀行が受け入れることがすでに決まっている。

つまり、協議対象となる先はそれらのローンを除いた取引先であるが、事前協議の結果、両者の債務者区分が一致している取引先は協議対象から外れる。九割が一致していたので残った四十九先、金額にして一九億円余りが本日の協議対象先となった。

事前協議ですでに一致し、正常先として引き受けることとなった取引先にあの第三セクター

『うえだ鉄道』も含まれていた。

当初、アルプス銀行は『うえだ鉄道』が創業時期を過ぎても赤字が続いていたため予防的に要注意先と査定していた。ところが『ちくま商工信用組合』の債権引き受けが決まったために『ちくま商工信用組合』が正常先としている『うえだ鉄道』の債務者区分の取り扱いをめぐって上田支店において関係者の協議が行われた。その協議の結果、『うえだ鉄道』を実質的に経営指導している長野県、この場合は長野県知事に今後の再建計画を聞き、債務者区分の変更をあらためて判断することになった。

それはあの上田支店での協議のあと、公務部長と県庁内支店長が田川県知事に会って決めた結果である。

田川知事は『うえだ鉄道』の収支改善について、民間から再建経験のあるふさわしい社長を招《しょう》聘《へい》し、この任に当たらせる考えをその時述べた。

すでにその人に話をし、承諾を得ているという。その人とは具体的には『T・H・S』という格安海外旅行会社を学生時代に興し成功させた田澤俊夫であった。田澤俊夫を社長に招聘し、民間の手法により収益を改善させるというのが知事の方針であった。

一体三セクはその経営手法は上からの官そのものであることが多い、その点、JR分割で民営化に成功したケースと良く似ている。田澤から示された計画は奇抜な方法や無理なコストダウンでなく、もともとあった周辺の集客力で収益を徐々に改善していくものだった。複数業務のできる駅員を養成し人件費のコストダウンを図る。地元の利用客を呼び戻すため車両は二台連結と縮小させるものの本数を増やすといった利便性を考慮した再建案はアルプス銀行から見ても妥当な計画であった。減価償却分までの利益は無理としてもキャッシュフローは十分回ると銀行も判断し今回の協議直前に『うえだ鉄道』の債務者区分を正常先に変更した。

余談であるが、立ち上がりを確認した田澤は田川知事退陣後すぐにその経営トップをアルプス銀行出身で鉄道会社に出向経験のある者に移して自分はさっさと去ってしまった。

本日の『ちくま商工信用組合』代理人と引受金融機関との協議はアルプス銀行を嚆矢《こうし》としてその後は長野信金、上田信金などと順次行うことになっている。

この一連の作業をどの金融機関も『切り分け』と称す。繰り返しになるが、『切り分け』という言葉は対象となる債務者を金融機関が上から目線で見ていることを表すきわめて不適切な表現である。しかし、一面、それだけこの作業の今の実相をうまく表している言葉とも言える。

こうして『切り分け』がスタートした。

粕壁会計士は一瞬だけ邑上部長に眼をやり、その後すぐに書類を見たまま部長を見ずに話し始めた。

「山下呉服店ですが、社長はここ原町の商店街の会長を長く務めてきた老舗の店ですね。アルプス銀行さんは破綻懸念先としていますが、なぜでしょうか。この程度の赤字ならアルプス銀行さんが経営改善指導をすればどうにかなるのではないでしょうか。要注意先としてもいいのではありませんか」

『ちくま商工信用組合』では赤字のため要注意先となっているが、アルプス銀行は破綻懸念先と査定している。

山下呉服店は上田市内の老舗呉服店である。店主は町の名士でもあり、かつてはアルプス銀行上田支店の後援会長も務めたこともある。もちろん歴代の支店長とも懇意にしてきた支店にとっては大事な先である。しかし、今はそういうことで債務者区分に手加減をつける状況ではない。毅然とした態度をとらなくてはならない。それには理由があった。

「ここ何年間も売り上げ減少が続き、利益も出ていません。この先ここで経営改善といっても打つ手はありません」

邑上部長はそう説明した。が、それだけでは説得力がないことは邑上部長自身承知している。

(確かに、経営改善は難しいがこの程度の赤字決算なら、あえて破綻懸念先とすることはないと判断されるな。)

邑上部長はおもむろにアルプス銀行の財務ファイルを斎藤参事役から受け取り、粕壁会計士に見せた。

「当行にもこのように融資取引がある先です。そして当行が山下呉服店さんから提出いただく決算書にはこのとおり、当行だけの借入額となっています」

山下呉服店の店主は上田支店長には借り入れはアルプス銀行だけだと言い、『ちくま商工信用組合』には『ちくま商工信用組合』だけの借り入れを計上している。こうして長年粉飾を続けてきた。金融機関に横のつながりがないことを良いことに借入額の改竄《かいざん》を繰り返してきた。隠れた双方の借入額を合計すると年商を優に超える。また、年々借入額は増えるばかりだ。経営改善指導を行うにしても最低限決算で嘘はつかないという信頼関係が絶対に必要と言える。しかし、この山下呉服店にはそれがない。それが邑上部長の言いたかったことだ。

「それに後継者もいません」

なおも、理由を見つけてしゃべろうとしていると、

「分かりました。破綻懸念先で結構です」

粕壁公認会計士も邑上部長が言葉にしなかった山下呉服店の粉飾にすぐに気が付き、説明しようとする邑上部長の言葉を遮り同意した。

山下呉服店はここでＲＣＣ行きが決まった。

今後新規借り入れはできない。街の顔役でもある店主がこの危機をどう切り抜けるか。抵当権のあるアルプス銀行は債権を回収できるが、店主個人の保証しかない『ちくま商工信用組合』の借り入れはＲＣＣでも回収困難が予想される。店主の行き着く先は破産の道しかないであろう。

次は前川インテリア株式会社。

ここはもともと海野商店街で商売をしていた表具店であった。上田市が造成した上田西工場団

地に工場の進出を機に住宅インテリア工事を取り扱う会社に発展させた先である。工場団地への過大投資と建築業界から無理な受注で仕事を取ってきたため赤字が続き、資金繰りに汲々としている。アルプス銀行は要注意先と査定している。『ちくま商工信用組合』では個人資産があり、団地に担保物件があることから正常先としていた。アルプス銀行が担保物件の評価をすると、『ちくま商工信用組合』の評価が甘いことが判明。明らかに担保割れとなっている。社長は実直なタイプであるが『切り分け』ではどうしようもない。この先についても粕壁公認会計士は正常先から要注意先とすることを了承した。この先については引き受けがすんだら、長野県信用保証付の制度資金を導入して、資金繰りの安定化を図らなければと邑上は考えた。

そういった協議が幾つか続いたあと、『宿ホテルチェーン』の番になった。

『ちくま商工信用組合』では正常先である。

アルプス銀行では本体は正常先であるが関連会社の『葡萄の家』は要注意先としている。

邑上部長がこの『宿ホテルチェーン』を協議の対象としたのはあえて話題にして、譲渡側である『ちくま商工信用組合』の考え方を知りたかったからである。

「何か不都合なことでもあるのですか。利益の出ている成長先ですよ。多少、手を広げ過ぎているきらいはありますが」

粕壁会計士は意外そうな顔をし、問題がありますかと逆に聞いてきた。

「ここはうち（アルプス銀行）でもグループ全体に出しています。大村恵代表が経営陣に入っている『葡萄の家』というレストランに『ちくま商工信用組合』が融資をしています。レストランと葡萄農園とワインの醸造所を経営している法人ですが、設備投資過大で赤字体質から抜け出ていません。連結してみないと正確な全体像が分かりませんが」

邑上部長は『浅間エステート・ジャパン』のグループ企業の収益を集計した一覧表を粕壁公認会計士に手渡しながら説明した。

しばらくそれを見ていた会計士は、

「本体以外あまり利益の出している会社はありませんね。この『葡萄の家』の赤字のため単純に通算すると全体でもトントン。悪くすると赤字ですか……、まあ減価償却があるので返済原資に不足はないでしょうが」

「ただグループ内で資金の融通も多少見られます」

しばらく粕壁公認会計士は隣の預保の調査役と打ち合わせをしていた。

「『葡萄の家』はレストランを開業したばかりですね。もともと地元にワイン醸造所を造り地産地消の新しい産業を興そうとした農業関連団体からの要請でできた会社です。すぐには回収できないでしょうが、こういう企業こそアルプス銀行さんが今後はメインとして時間をかけて育てていく先ではありませんか。本体が順調なのですから、グループ全体でも正常先と見るべきではないでしょうか」

確かに粕壁会計士の言うとおりである。

地域農業の振興を兼ねた投資ということは夏目補佐人からも聞いている。『葡萄の家』はこの地に根を下ろすための将来への投資だと大村代表は言っていた。金融検査マニュアルを出すまでもなく、『宿ホテルチェーン』まで要注意先にすることはない。国分寺支店の業態把握に多少不安があるが、それは内々の問題だ。夏目部長は大村代表の人物を見た限り信頼できる人物だと報告してきている。

邑上部長は横の斎藤参事役に「どうする。粕壁さんのおっしゃるとおりでいいか」と意見を求めると、斎藤参事役は首を縦に振って賛同した。

「分かりました。このまま正常先として受け入れましょう」

『宿ホテルチェーン』代表の大村氏と『ちくま商工信用組合』の久保元融資部長の話は何も出なかった。

こうして財務の数字だけを元に幾つかの取引先はアルプス銀行の査定にしてもらい、幾つかの先は『ちくま商工信用組合』側に折れるなどして交渉を続けた。債務者の人となりは判断材料にならず、主として決算書のみが共通言語として淡々と査定は続いた。

夜の十二時を過ぎた時点まで協議は続けられたが、まだ四件ほどが残った。最後までやれば午前一時を回るだろう。

代理人は翌日も他の金融機関と『切り分け』を続ける予定がある。

「それでは、この辺でいかがでしょうか。残った取引先は、アルプス銀行さんの意見を尊重してすべて破綻懸念先としましょう。このまま整理回収機構へ移すということになりますが異存はありませんね」

頃合いを見計らって、預金保険機構の新免調査役がそう宣言した。

アルプス銀行の意見が通るのである。文句をつける立場にはない。

午後から初めて既に十一時間が経過していた。

(待てよ、時間がないからとこれでいいのだろうか、確かに、残った先についてアルプス銀行は破綻懸念先と査定していた。中には間違った判断というものもあるのではないか。そうなれば活かされるべき取引先がアルプス銀行の査定の間違いにより倒産となる)

邑上部長は割り切れない思いがしたが、ここは承知した。

残った取引先はアルプス銀行が破綻懸念先と判断した先であり、その理由も明確である。

しかし、邑上部長はなぜか学生の頃、東京の板橋『文芸座』のオールナイトで見た『第三の男』のワンシーンを思い起こした。

観覧車から地上に見える小さく粒のような人間を見て「あれが消えても心が痛むか」と死んだはずの友人である第三の男(犯人)がうそぶくシーンを思い出した。三十年以上前の学生時代に見たのでセリフもシーンも記憶が曖昧であるから内容が違っているかもしれないがそんな記憶が不意に蘇った。

言い分が通ったと喜ぶ気持ちにはなれない。むしろ虚しさと疲労感だけが残った。協議もせずにRCC行きとなった取引先に申し訳ないという後ろめたさを残し、協議を終えた。

預保のふたりの調査役は粕壁会計士をホテルへ送っていった。アルプス銀行は終わっても、他の金融機関との「切り分け」作業は明日から続くのだ。

邑上部長と斎藤参事役はあらかじめ上田市の駅前のホテルを予約してある。

2

『切り分け』はこうして終了した。

与信管理部の担当した『ちくま商工信用組合』の債権譲受け作業はこの協議を持って事実上終了。

『ちくま商工信用組合』の代理人と預保のメンバーが帰るのを確かめて、待機していた夏目補佐人が邑上部長と斎藤参事役に初めて顔を出した。

慰労会をする予定であったが夕食すらまだ済んでいない。居酒屋でも閉める時間だったので夏目は常連となった「まる山」に電話をし、どうしてもお客様を連れてうどんを食べたいと話し、開けておいてもらった。

店主の許可をもらったので、邑上部長と斎藤参事役と夏目の三人はそこで慰労会を兼ね飲むことにした。夏目が「まる山」を斎藤参事役と入るのは二度目であるが、邑上部長とは初めてになる。

深夜の上田は三月に入ったと言ってもオーバーコートを着ていても外に出ると真冬の寒さが伝わってくる。夜の大通りに人の姿はすでにない。

店に入り、半座敷に座り、ご当地名物の『おしぼりうどん』を頼んだ。

『千曲錦』という地酒の熱燗を特に熱くしてもらい乾杯をした。

ほどなく青首の辛くて小さい大根のおろし汁に信州味噌を溶いたつけ汁と熱々のうどんが出された。これが『おしぼりうどん』である。

三人はしばし黙って熱いうどんと燗酒を胃に流し込んだ。身体全体が温まり、生き返る。

一息ついたところで、夏目補佐人は最近入手したビラをポケットから出した。

「実はこういうものが配られました」

黄色いアジビラがテーブルに置かれた。

『なにを基準にRCC（整理回収機構）行きを決めるのか。誰が決めているのか』

ビラの長い題はそう大きく書かれ、その下は『客不在のちくま商工破綻』となっている。

夏目は説明した。

「佐久市で開かれた長野県商工会連合会主催の『緊急経済安定セミナー』で配られたアジビラです。出席した預保の職員に貰ったのですが、職員もチラシと同じような質問を出席者からされたそうです」

「預保は何と説明した」

斎藤参事役が厳しい眼つきで夏目補佐人に聞いた。

「預保は引受金融機関に迷惑がかからないようにと、最大限に気を使って、こう答えたそうです。『財務基準をもとに〈ちくま商工信用組合〉が査定をして債務者区分を決めました。大半はそのまま受け入れ先の金融機関に移ります。もし、整理回収機構（ＲＣＣ）に移ったとしてもそのまま約定返済を続けることができます。その間に相応しい取引金融機関を捜せます。また一旦ＲＣに移った取引先も期限の利益を喪失するわけではありません。

今回、政府系の金融機関では特別融資を用意し、長野県保証協会でも特別保証をします。民間金融機関で融資をそのまま続けることもできます』と」

「模範回答だな。でも納得しないだろうな」

斎藤参事役がつぶやいた。

「そう模範回答でしたが、質問者はやはりそれに納得せず、アルプス銀行を名指しで非難したそうです」

「非難？」

斎藤参事役が聞き捨てならないと言う風に聞き返し、邑上部長を見た。

「『零細企業とは取引しない銀行が受け入れ先となっている。もちろんアルプス銀行のことです。

そのような銀行は受け皿から外してもらいたい』こう主張したそうです」

「私も同様なことを佐久の支店長から聞いた。『アルプス銀行を佐久市の指定金融機関から外せ』とまで言われたそうだ」

それまで聞き役であった邑上部長が言うと、斎藤参事役は今度はむしろ座を静めるように言った。

「ただ、どの金融機関も財務基準は金融庁の定めた『金融検査マニュアル』に基づいて運用されている。どの金融機関でも同じ結果となるんじゃないのか」

盃を口にしたまま邑上部長はつぶやいた。

「うちが大きいから敵役になったんだろう。不満の捌《は》け口を欲しい気持ちは十分分かる。現実には公平・公正に切り分けすることになっているが、それが難しいのが現実だ。今日のように」

これがいわゆる『切り分け』について述べた邑上与信管理部長の唯一の言葉であった。

酔いながら邑上部長は『公平・公正』というものを実行することがいかに難しいことか懺悔《ざんげ》の思いで考えていた。

今日、今終わったばかりの協議がそうである。あの国分寺支店の神戸支店長に対して下した自分の処置も果たして適切であったかどうか分からない。支店長の行ったことは分割融資と言ってもいい。違うといっても違反スレスレの行為であることは間違いない。邑上部長のさじ加減ひとつで、譴責にも不問に付すこともできる問題である。今回は分割融資と判断しなかったがこれが良かったという自信はない。

キリスト教の信者である部長は若い頃、長野の教会で一緒だった同じ教会にいた山中頭取のことを思い出した。アルプス銀行創業者一族の出身の山中頭取は次の吉江頭取とは対極的に万事に控えめで目立たないバンカーであった。

『死に至るまで忠実であれ』というヨハネ黙示録の聖句を信条にしていたが信条そのとおり謙虚な人柄であった。頭取はどのような場合も権威を振りかざすことはなかったし、浮かれることもなかった。もともと絶対とか正義とかは神のもので人間にはそんなものはないことを承知して、任期はバブル期であったが誠実を貫き、多くの浮かれた貸し出しからアルプス銀行を守り抜いた。そしてその評価もされないまま退任したが、それが頭取自ら望んだことであろう。邑上部長はそんな山中頭取に倣うことが自分の道と考えていた。

夏目補佐人は疲れて居眠りをしているような邑上部長をそっとして、その間にこれで最後と断りお銚子を更に二本追加した。

「まる山」のマスターはこの場を察し「後は自由にやってください。お代は夏目さんから今度見えた時に頂いておきます」と言って奥へ下がった。

「それはそうと、その後『久保案件』はどうなった」

邑上部長はお銚子が来ると急にもたれた上体を直し夏目補佐人に聞いた。

「結局『久保案件』と言えるものは『浅間エステートグループ』だけで、後は全て『理事長案件』でした」

「その『浅間エステートグループ』ですら久保が支店長を務めた佐久支店で新規取引時に数千万円を出しただけです。残りの二億五〇〇〇万円は本店に取引が移ってから大口融資先に熱心な岡本理事長が出すように仕向けたという話です。もちろん三億円は『ちくま商工信用組合』では大口融資にあたりますが」

「それではやはり甲武信ゴルフクラブと同じ『理事長案件』となるじゃないか」

「うちじゃ、そんな新興企業にとてもそんなに積極的に融資できませんな」

斎藤参事役がトイレから帰って、座りながら言った。

「そうそう川上支店は理事長が甲武信ゴルフクラブ融資のためにわざわざ創った支店だと言われています。ただあそこの高原野菜農家の一部はＪＡ（農協）を通さずに直接スーパーマーケットに卸しています。だからＪＡに代わる金融機関の支店を誘致したいという要望があったそうです。岡本元理事長はその声を利用したと言われています。理事長時代の唯一の功績のひとつと言ってもいいぐらいですよ」

この辺の事情について、夏目補佐人は上田支店当時から面識のある槌田弁護士から聞いていた。槌田弁護士は背任行為に繋がる融資案件について調べている。

「甲武信ゴルフ場の経営母体は『千曲グリーン』という会社です。そこも岡本理事長の息のかかった企業です。多額のリベートが理事長に渡ったという噂があります。それに払い込まれた会員権の金の行方も不明です。やりたい放題でした。まだ、内偵中ですのでここだけでお願いしますが」

「それでは、久保は岡本の身代わりをさせられているようなものではないか」

斎藤参事役が言った。

「残念ですが、ここまで分かっていながら岡本理事長はなかなか尻尾を出さないそうです。状況証拠だけでは起訴どころか逮捕もできないありさまです」

「まだ何かもっと裏がありそうだな。まるで久保と岡本は裏表みたいに役割分担をしているじゃないか」

裏では繋がっているようなことを部長は言っている。確かふたりとも同じ久保林業出身だと言ったのは邑上部長だ。そう考えている夏目補佐人に向かって邑上部長は話題を変えて来た。

「ところで夏目、信組の職員の再就職のほうはどうなっている」

「そのことですが、小山金融整理管財人は自分の長野信金でも人を採用するからアルプス銀行でも何とかならないかと言っていました」

「人か。やはりそこに来るな。分かった、建前では人は取らないことになっているが、良い人がいたらそれはそれで結構だろう。中途採用の枠がある。人事部長に相談してみるよ」

追加の酒を思ったが、店の奥は静かであった。それを潮に三人は店を出た。

邑上部長と斎藤参事役をホテルまで送り、夏目補佐人は一人別れて、寒い夜道を馬場町のアパートへ歩いて帰った。

三月十五日（金）、債務者区分協議による仕分け、いわゆる『切り分け』は全部の引受金融機関すべて終わった。『ちくま商工信用組合』から譲渡を受ける債権が確定し、アルプス銀行の払う譲渡価格も決定した。

協議は与信管理部の業務であったが、譲渡に至る契約は飯島企画部長の率いる企画部員によって進められた。

アルプス銀行は本店を含む六店舗、預金二〇八億円、貸金は一二七億円を引き受ける。

貸金の先数　消費者ローン一九七三先、事業性四三〇先。

金額　　正常先四六億円、要注意先八一億円、合計一二七億円。

譲渡価格　　一二七億円から三一億円差し引いた九六億円。

これは要注意先八一億円のうち無担保貸金部分六二億円の半額三一億円が引当金相当額として減額されるためである。

つまり一二七億円の債権を九六億円で購入することになる。

この安くなった三一億円は今期暫定的に一般貸倒引当金を加算するのでアルプス銀行の決算上に損得は生じない。

四月中旬に『譲渡契約』がアルプス銀行主導を嚆矢《こうし》として、各金融機関と結ばれ、貸借の決済が実行された。五月末には譲渡手続きが実行されると、『ちくま商工信用組合』は解散となり職員は全員解雇となる。この本店ビルをはじめ支店のビルは閉鎖され、主のいなくなった廃墟ビルとなっていずれは取り壊されるだろう。

3

三月二十八日　木曜日
『ちくま商工信用組合』本店

譲渡契約を受け皿となる金融機関と結ぶ一方、譲渡契約に一定の目処がついてきたので小山金融整理管財人と槌田金融整理管財人のふたりは『ちくま商工信用組合』破綻の原因となった当時の理事長はじめ理事会の責任問題について今までの調査に基づいて対応を決めることとした。

普段は別々に行動していたふたりの金融整理管財人は理事長室で最終的に打ち合わせを行った。お互いこれまで調べてきた結果を突き合わせ『損害賠償訴訟』を起こすか否かを決める話し合いである。

「これまで不正融資や不当融資については槌田先生、不正投資や資金運用の問題は小生が担当して調べてきました。今日はこの問題をどうするかここで決めましょう」

小山金融整理管財人は自分でポットから急須にお湯を注ぎ、槌田弁護士にお茶を差し出しながら言った。

「その前に、『会社法』をおさらいしましょうか。『会社法』では会社の取締役など重要な役割を担う者に対する『特別背任罪』が定められています。信用組合の場合は『会社法』にあたるものに『中小企業協同組合法』があります。組合と役員の関係は委任に関する規定に従うとされていますので、刑法上の『背任罪』が適用されます」

槌田金融整理管財人が一口飲んだ茶碗を置いて言った。

「被害を受けた者は旧経営陣を相手に背任行為による損害賠償の訴訟を起こすことができるということですね」

小山金融整理管財人が言い換えた。

「そうです。ただ金融整理管財人は破産管財人と違って、自ら当事者となることはできませんが、責任追及主体となることはできます」

「しかし、訴訟を起こしてもすぐに結審するわけではないでしょう。その間に解散が来た場合はどうなるのでしょうか」

結審と解散のタイムラグについては小山金融整理管財人が前から疑問に思っていたことである。債権の譲渡契約も受け皿金融機関と結ばれ、もう解散はすぐそこに迫っている。

「その場合は整理回収機構が対応することができるように法が改正になっています」

「それでは安心して訴訟を起こすことができますね」

「ただ、一般的には最後は和解となり訴訟を取り下げている場合が多いですね」

「………」

そこでふたりは再びお茶を飲んだあと、槌田金融整理管財人はおもむろに話し出した。

「私が担当した『ちくま商工信用組合』の不正融資と不当融資についてですが、不当融資つまり好ましくない融資、取引先を騙しているような融資については既に金融庁が調査してきました。そこで私は協同組合法に抵触するような融資や権限を逸脱した行為に基づく融資、つまり組合員に損害を与えた不正融資が行われていたかどうかに的を絞って調べてまいりました。

この不正融資に抵触するとみられるのは例の『甲武信ゴルフクラブ』への五億円の融資です。これはすでに回収が疑わしいとして破綻先となっている案件です。この融資は稟議の過程に問題がありました」

「例の岡本元理事長が関わっていたというゴルフ場ですね」

「そうです。ところが、この明らかに理事長が関わったという『理事長案件』も形式の上では必ずしも権限逸脱と言い切れないことが調査で分かりました。というのは稟議過程は一応整っていて、支店長の起案、融資部長の承認、さらに専務理事の承認に基づいて正しく融資が実行されていました。結果はともかく権限明細どおり正しく決裁されているのです。現実にはあったと思われる岡本理事長からの天の声や影の圧力は表には出ていませんので、立証することは今の段階では極めて困難な状況です」

「内部調査では甲武信ゴルフクラブは久保元融資部長の責任になっており、伊藤専務と岡本理事長が管理責任を問われたものという考えも成り立ちます」

「槌田先生、それではトカゲのしっぽ切りです。何とか理事長を追及できないのでしょうか」

「形式上は金額が金額なので理事長が最終的に決裁していますが、事前稟議書は全て専務までとなっていました」

「私も金融機関にいましたので同じようなケースは経験しております。会社で重大な不祥事が発覚しても、よくトップは知らなかった部下のやったことだとか言い訳がなされますが、私の経験でトップが知らなかったなどということはほとんどありません。ですがそれを立証できなければ何にもなりません」

「小山さん。それに仮に理事長指示が認められ、賠償責任が岡本理事長にあると認められたとしても……」

「真実が真実だと認められたとしても……」

「問題は仮に勝訴した場合に損害金をそのまま払ってもらえるかという問題もあります」

「………」

「刑事犯ですと罰金はわずかです。禁錮刑としてもあまり意味はないでしょう。民事は和解に持ち込むこともできますが……。参考のため、職権で岡本元理事長と伊藤元専務理事の個人資産を調査しましたが、どちらもたいした資産はありません。岡本の自宅や畑・山林の名義は妻名義ですし、押さえることができても上田市傍陽《そえひ》という山間地ではたいした金額にはならないでしょう。ということは、仮に判決で勝っても和解しても損害金の回収は期待できないでしょう」

槌田金融整理管財人は財産調査表を小山金融整理管財人に見せた。

「そうですね……」

ややあってから槌田金融整理管財人は口を開いた。

「そこで今回訴訟は見合わせたほうが賢明ではないかと思います」

「……残念ですが私も槌田先生の意見に同意します。確かに放漫経営をしてきた旧理事を放置することは職員のモラルハザードとなり、道義的には問題を残します。しかし、裁判をしても賠償金を得る可能性がないのなら……、ここは管財人の所感に留めて、あえて訴訟を起こさない方が得策でしょう。もちろん、所感には監事が経営のチェック機能を果たすことなく理事長の動きを野放しにしたこと。つまりガバナンスの問題についても触れますが」

「………」

小山金融整理管財人は力なくうなずいた。

当初、経営責任を厳しく追及すると言いながら、ここで何もしないことは、管財人の変節と言えるが、裁判の負担を冷静に考えれば妥当な結論とも言える。

今度は立場を変えて。組合員に向けた増資について小山金融整理管財人が槌田金融整理管財人に説明した。

「残念ですが私の方も訴訟を見送りたいと思っています」

「そうですか……」

「増資についても、槌田先生も以前おっしゃられたとおり、当時の岡本理事長が『ちくま商工信用組合』の債務超過の事実を知っていたかどうかが問題となります。もちろんその証拠が必要となります。ところが、岡本元理事長も妻の名義とはいえ小額ですが増資を引き受けています。儲かるならインサイダーともなるような事例ですが、ここではその点は問いません。債務超過など知らなかったと主張されるでしょう。ここでは債務超過を知っていて尚かつ増資を行ったという悪意である証拠が必要です」

ここで槌田金融整理管財人が補足した。

「金融庁に提出した内部調査によれば、問題融資は久保元融資部長が行っており、増資の時点では債務超過であることに気づいていなかったという論理が成り立ちます。もちろん、理事長、専務理事には管理者としての注意義務違反を問うことも可能ですが……」

「それをしてもたいして意味はないでしょう」

「増資を引き受け、損害を被った組合員が直接訴えることも可能です。彼らこそ騙された被害者です。しかし、訴えれば裁判を維持する費用も必要ですし、時間もとられます。再就職していた場合、元の経営者を訴えているような職員を快く思う経営者はいないでしょう。折角決まった就職先をフイにして裁判に専念させるわけにもいきません」

「訴訟しても得るところがありませんね」

ふたりは黙って、冷め切ったお茶を飲んだ。

「小山さん、証券投資のほうはどうですか。不正投資は」

「ステップダウン債ですね。内部で告発のあった」

「それも内部調査では久保の勧めでやったとなっていますね。不思議ですね、融資部長の久保は関係ないのではありませんか」

「私も槌田先生と同じ考えです。確かに、そこが問題です。ところがその後、久保融資部長は証券投資も含め全ての責任は自分にある。そう言って上申書まで提出して、それ以降は口をつぐんでしまっています」

「誰かをかばっているようですね。むしろ内部調査がこの訴訟のネックになりますね」

「この件も、やはり訴訟は無理でしょう。直接投資の担当者でもない久保彰をここであえて背任行為で訴えることもできないし」

しばらくの沈黙のあと槌田金融整理管財人が憮然と言った。

「結論が出ましたね。そうしましょう。われわれは警察でも検察でもありませんから」

「槌田先生、私たちこそ、任務懈怠《けたい》になりませんか」

小山金融整理管財人が自嘲気味に言った。

「法律は証明出来なければ何にもなりません。そのような心配はありませんよ」

「それより、先生、久保彰が自宅謹慎処分になっています。問題はありませんか」

「私どもの結論では不正融資については問わないことになります。あくまで自主調査の範囲内の制裁でしょう。そろそろ久保彰の制裁処分を解除しておきましょうか。ここで自宅謹慎処分だけは撤回しておきましょう」

「そうしましょう」

「……おかしいですね。岡本理事長と久保融資部長はもともと関係がありそうです。そもそも久保彰を『ちくま商工信用組合』に推薦して入れたのは岡本理事長だったそうです。ふたりは同じ久保林業の出身だと聞いています。信用組合での久保彰の順調な出世も岡本理事長の後ろ盾があってのことでしょう。ふたりはグルの可能性もありますね」

「この件はまだまだ奥がありそうですね。小山さん、この先も注意していきましょう」

この日経済的にメリットのない訴訟は見送ることでふたりの金融整理管財人の意見は一致した。

後日、夏目補佐人は小山金融整理管財人から損害賠償訴訟を見送る方針を告げられた。管財人は夏目補佐人に一番の巨悪である岡本元理事長をみすみす見逃すことになるが、それよりも今、優先しなくてはならないことは職員の再就職先を見つけることであると説明した。そのとおりであると夏目補佐人も了承した。

春の嵐の前触れなのか黒く唸っている窓の外を見ながら夏目補佐人は邑上部長に電話でそのことを伝えた。

邑上部長はそうなることを予期していたのか「そうか」と一言言っただけであった。

第八章　雇用推進室設置

1

四月一日　月曜日
長野市アルプス銀行

四月一日からアルプス銀行の新年度がスタートする。

決算期末になる三月三十一日は春の嵐に見舞われていたが、翌日の一日はそれこそ嘘のように風もなく穏やかな春の朝を迎えた。

朝、夏目係長は呼び出しに応じてアルプス銀行与信管理部に来ていた。始業の前に邑上部長は夏目を応接室へ誘った。

「本日付けで調査役を命ずる」

と告げ、辞令を渡した。

銀行では年一回、年度のスタート日に昇格昇給を発表する。朝礼でその年の昇格者が発表となる。

ここ何年間、この四月一日は夏目清一郎にとってみじめな日が続いていた。青山支店以降、同期や後輩が次々と自分を越し課長や調査役に昇格していく。この日は自分の銀行における評価をあらためて思い知る惨めな日となっていたからである。同期でも早い者は既に支店長に登用されている。

しかし、与信管理部に移ってから夏目はこの四月一日を平常心で迎えることができるように変わっていた。邑上部長は夏目の『係長』という職位に関わりなく次から次へと調査役でも大変だと思われる重要で困難な課題を押しつけてくる。それに応えるだけで精いっぱいの毎日を送っていた。自分の今の職位に拘っている余裕すらなかった。それに、同じ『係長』である重盛係長は夏目係長よりはるかに難しいプロジェクトに取り組みそれをあたりまえのようにこなしている。自分の能力を過大に評価（?）している邑上部長の下で働けるなら、昇格などよりこのまま部長の下で働きたいと半ば開き直っていた。だから、昇格を告げられた時は他人事のように冷静に聞き過ごした。

「おい、今更という顔をするな」

そんな夏目係長の無感動な反応に気づいて邑上部長は言った。

「いえ。そういう意味ではありません。引き締まる思いです」

部長のお蔭ですと感謝をうまく言い表すことができない。シャイな性格で損をしている。

「よかった。ところで今夜空いているか、単身赴任の斎藤と三人で簡単な昇格祝いをしよう。斎藤も今度、支店長に復帰する予定だ。例の『切り分け』の慰労会も兼ねたい」

「ありがとうございます」

家族がいれば、仲間との昇格祝いを適当に切り上げ、家でお祝いをするだろう。夏目清一郎にはそんな家族はいないことを邑上部長は承知している。斎藤参事役も自宅は東京にあり、今は単身赴任の身である。

朝礼の席で予告どおり、昇格者の紹介があった。それが済むと邑上部長は新入行員の入行式に出席するため、大会議室のある三階へ向かった。


その夜、邑上部長はいつもの焼き鳥屋ではなく長野駅前ビル九階にある料亭『あぶら屋』に席を設けてくれた。

酒が入ると自然に『ちくま商工信用組合』の話になる。部長はもちろん、支店長として転出する斎藤参事役も夏目も今まで全身全霊を傾けて取り組んでいた先である。

「小山さんは訴訟を見送ったか」

想い出すように邑上部長が言った。

「結局、大騒ぎをしてもねずみ一匹捕まえられませんでしたね」

斎藤参事役も悔しそうに相槌を打った。

「それにしても何か、腑に落ちない結末となったな」

三人の思いを代表するように邑上部長がつぶやいた。

「それはそうと、夏目、『ちくま商工』職員の中途採用の話だが、二、三人ならいいと勝山人事部長は言っていたよ。誰かふさわしい者がいたら教えてくれ」

「ふさわしいと思い当たる者もいますが、本人が何というか……。考えておきます。そうそう、例の『浅間エステート』の大村代表からも条件が合えば何人か雇ってくれると連絡がありました」

「久保と親しい大村の会社だったな。『宿ホテルチェーン』のほうは全国へのホテル出店が加速しているそうだ。自分の回りにまじめで信用できる人が欲しいだろうな。それから『ちくま商工』の就職相談室はいつから始める？」

「今月中には開くつもりです。企業回りも最終段階に入り、順調に進んでいます」


夏目補佐人は債務者区分の協議、いわゆる『切り分け』の前週から毎日のように上田・小諸周辺の企業訪問を繰り返していた。

たいてい『ちくま商工信用組合』人事部の間瀬廉太を伴っていた。間瀬係長には夏目のアシスタントとして手伝ってもらいたいという表向きの役目とともに、ここで間瀬係長に多くの企業を訪問し間瀬に経験を積んでもらいたいという思惑もあった。

間瀬は大手の証券会社に勤めていたというだけあって、飲み込みの早い男であった。『ちくま商工信用組合』の数少ない専門職の職員でありながら投資部門のない信用組合では行き場を失った人材となって人事部にいた。間瀬さえ良ければ彼をアルプス銀行の証券部門の中途採用に誘ってもよいと夏目補佐人は考えていた。

内輪だけの昇進祝いと送別会が終わると長野駅から上田へ新幹線で戻った。部長、参事役の手前、塚越弥生のマンションへ行くこともできない。

夏目清一郎は幼い頃に両親を亡くし、自分の家族も子供の死と離婚で無くしたものの身内と言えるものがないわけではない。夏目を育て、大学まで行かしてくれた養父母がいる。養父はすでに亡くなったが養母はまだ長野市に健在でひとりで住んでいる。

養父母は清一郎をわが子同様、いやそれ以上に大事に育ててくれた。貧しい中、あとから授かった弟二人は商業高校を出ると家を継がせたが、清一郎には大学まで行かせてくれた。弟は商才があり、養父が開いていた豆腐店を食料品店まで成長させ、今では地元のスーパーマーケットとして成功している。

今週末には長野へ帰り、普段はすっかりご無沙汰していた養母に会ってこようと思った。それに塚越弥生ともあれから会っていない。

実父の妹であった養母は兄であった父のことをよく理解していたひとりであった。

夏目清一郎はまだ物心つかない頃の思い出は夏も過ぎた肌寒い秋、川から引き上げられ、横たわっている白い服を着た父のおぼろげな記憶だけである。

清一郎が母の止めるのを聞かず父親を起こそうと独りでいつまでも呼び続けていたという話や、父親の会社が倒産したという話。その後母親も亡くなったという話は養母から聞かされたが、何か他人事のように聞いた覚えがある。

孤児となった夏目清一郎を引き取って育ててくれたのは、それまであまり親戚付き合いのなかった父の妹夫婦である。

四月六日　土曜日

休みになったので夏目清一郎は朝、自分の車で長野市に向かった。

金曜日に上田のアパートに戻ってから塚越弥生の携帯電話に電話をしたがやはり通じない。ただ「今は使われていません」と応答するだけだった。前回、正月に会ってから既に三ヵ月経つ。

あの日、塚越弥生がいつになくナーバスだった。いきなり身体を要求する清一郎に弥生は怒って睨みつけた。

塚越弥生はいやいや応じた行為のあとベッドで泣き崩れた。

「あなたには愛がないわ」

「愛？」

「あなたにあるのは自分だけへの愛よ」

そう言い放つ塚越弥生から清一郎は眼をそらすしかできなかった。心のどこかにもうひとりの自分が「そうだ、そのとおりだ」とつぶやく声がした。

不安に駆られたまま別れた。

いつかもこのようなことがあったことを思い出した。それは先妻の真奈子が清一郎のもとを去って行った日である。同じ不安が清一郎の脳裏を過った。


あの日以来、経営管理部の塚越には何度か電話をしたが、その都度、業務上の受け答えだけであった。経営管理部の決算担当として相談に乗ってもらった一般貸倒引当金の算定方法が提案どおり決定したという連絡をしたときもそうであった。

それでもあきらめずに夏目清一郎は犀川沿いの塚越弥生のマンションに寄ってみた。やはり応答はない。手持ちの合鍵ではマンションのエントランスも通ることができなかった。しかたなく、塚越弥生と会う事をあきらめ養母が隠居に使っている家に向かった。

久しぶりに清一郎を迎えた老養母は喜んでくれた。

「隆志《たかし》に会ったのかえ」

養母は清一郎に会うなり真っ先に次男の隆志に会ったかを聞いた。

「いや。今日は母さんに会うために来た」

清一郎には弟にあたる次男の隆志と三男の康志《やすし》がいる。いわゆる義理の兄弟である。

「隆志の嫁さんが清一郎にひどい事を言ったというじゃない。お前は大丈夫」

「ああ、あの財産どうのこうのということ。気にしていないよ。もともと今の財産は義父と隆志と康志が働いて作ったものだから。いくら長男と言っても俺は相続放棄するつもりだ。それに大学まで出してもらっているから」

もともと養父の残した家は亡くなった時に養母のものに名義を変えた。清一郎は養母にかわいがられていることを知っている弟の連れ合いはその財産を清一郎のものにするのではないかと心配しているのだ。

「そう、それならいいけど……」

義母は清一郎が『課長』になった話をすると涙ぐんで喜んだ。

「お前の出世はうちの人も楽しみにしていた。でも一番喜んでくれるのはあなたのお父さんとお母さんよ。今日はここに泊まって明日お寺に行ってあなたのお父さんお母さんに報告しなさい。きっとよろこぶから」

その夜は久し振りに義母の家で泊まった。

風呂を貰い、あがってくると義母はお祝いのつもりか手作りの寿司とビールを用意して待っていた。

「清一郎、今まで言わなかったけれど、私もいつあの世に呼ばれてしまうかわからない歳になったし、お前のお母さんに会わせる顔がないから言っておくけど、隆志や康志に何か言われても大学のことだけは別。大学はあなたのお母さんが死ぬ時に残してくれたお金で行ったのよ。お前のお母さんの遺言だったの。幸いお前は人一倍利巧だったから、よかったけれど。だから私や隆志や康志にぺこぺこすることはないのよ。今まで黙っていてごめんね。お母さんに口止めされていたから」

「わかった。わかったから安心して。それに育ててくれたことだけでもお義母さんには感謝しなければいけない。ありがとう。今まで約束を守って黙っていてくれて」

最後の清一郎の言葉に養母は安心したように小さなしわくちゃの顔で微笑んだ。

四月八日　月曜日

夜、上田市のマンションに帰ったところで、塚越弥生から電話があった。

マンションを売却し、今は実家から銀行に通っているという。

「いろいろあって。ごめんなさい。そういう訳で鍵は使えません。適当に処分してください」

そう塚越弥生は小さな声で言うと電話を切った。

別れようという意思表示なのだろう。あれからふたりで山に行くことはなくなっている。

今のふたりの関係に納得しないものの夏目にその理由を問う権利なぞない。このような関係を続けたことの是非を問うても今となっては仕方がない。まだ自分が塚越弥生に求めていたものは何。いや、塚越弥生が自分に何を求めていたのか分からないままなのだから。

2

四月十一日　木曜日
上田市

あと半月もすれば春の大型連休がスタートする。気が付くといつの間にか寒さが遠のき、心浮き立つ季節がもうそこに来ていた。上田市と佐久は信州のなかでは比較的気候が穏やかで、春の訪れも早いところとされている。まだ時折寒さがぶり返すものの、桜も芽吹き始め、二週間もすれば上田城址公園の桜は満開を迎える。

『ちくま商工信用組合』は債権の譲渡が済むと五月末をもって解散することになっている。実質的な職員の就職活動はすでに二月から始めていたが、正式な『雇用推進室』は予定より遅れて四月十日から本店に設置されスタートした。

今日はその設置説明会を本店の対面にある市民会館で開く。

再雇用を求める対象者はパートを含めると総勢二〇〇名を超える。業務と会場の定員を考え二日に分けて夕方四時から本店の通りをはさんだ反対側にある上田市役所隣の市民会館を借りて説明会を開くことになっていた。

日照時間が長くなり暖かな陽射しが降り注ぎ、上田市民会館周辺のツツジやハナミズキの並木が芽吹き始めてきた。その中を職員は集まってきた。この日、会場には本部と上田市内店の『ちくま商工信用組合』の職員一一〇余名が集められている。

小山金融整理管財人の挨拶が終わると、責任者の夏目補佐人が今回本店に設置した『雇用推進室』の概要を説明した。

「『雇用推進室』は職員の就職を斡旋する窓口です。皆さんの個人データは守られていますが、『ちくま商工信用組合』の職員であることを告げてもらえばいつでも就職活動の相談ができます。斡旋ばかりでなく年金や退職金の相談も顧問の社会保険労務士にすることもできます。もちろん一般職員ばかりでなく常勤のパートの皆さんも利用してください。

また、皆さんの中には親戚、知人を通してすでに新しい就職先を見つけた方もいらっしゃると思います。その場合でも新しい雇用主へ国の補助金が出ますので、必ず『雇用推進室』に報告してください」

続いて、人事部担当者からは退職金の算定方法と年金の取り扱いについて、ハローワークの職員からはハローワークの利用方法と雇用保険の申請方法について説明がなされた。

ここまで淡々と主催者側からの説明が続いた。

「それでは質疑応答に移ります。質問、ご意見ありましたら挙手を願います」

司会の夏目補佐人がそう言い、しばらく会場を見渡した。

五十代の男が年金の額について質問した。

同席していた社会保険労務士がそれに応えた。

その後、おもむろに四十歳代の男が手を挙げた。

男は立ち上がりマイクを口に近づけると怒鳴るようにしゃべり出した。マイクに近過ぎるためハウリングした大音響が会場に響いた。

「是非、聞きたい。なぜ、『ちくま商工信用組合』が潰れることになったのか」

一瞬の沈黙が会場を覆った。

全員が自分に注目している反応に満足して男は再びマイクを口にした。

「それに取引先が新しい金融機関に移ることができるなら、なぜ、われわれは新しい所へ移ることができない。ここでその理由を明らかにしてもらいたい」

ややあって、会場から同調の声が少しずつ起こる。

「そうだ」

「そうだ。何で潰れた」

「どうして移れない」

男はそれらの声を聴いて勇気づけられたようにもう一段声を荒らげた。

「もう一度言う。取引先は新しい先に移ると聞いている。としたら、なぜ、われわれもそのまま一緒に新しいところに移ることができない」

パーン、パーン、パン
ゆったりと賛同の拍手をする男がいた。

夏目補佐人は拍手する男を見た。塩田支店の堀支店長だ。男は夏目補佐人と目が合うときまり悪そうに拍手をやめた。

彼は頼みもしないのに夏目のような経営陣に情報を持ち寄ってくる類の男である。夏目はそうやってその時々の権力者に取り入る人間が嫌いであった。自分を有利に売り込もうとする下心が見える。こういう者は立場が変わると豹変する。

「疑問の点に答えますが、その前に所属とお名前をお願いします。できればマイクを少し離してお話ししてください。会場の皆さんもお静かに願います」

夏目補佐人は発言者の男に聞いた。

「常田《ときだ》支店、三宅だ」

男はぶっきらぼうに答えた。

「それでは三宅さんの質問に答えます」

人事部長として答えようとする夏目補佐人を制して小山金融整理管財人が立った。

「今の三宅さんの疑問はごもっともだと思います。昨年十二月、破綻が発表された時点で支店長の方には説明をしましたが、その後、皆さん方に、なぜ、『ちくま商工信用組合』が破綻したのか詳しくご報告しておりません。その点深く、お詫び申しあげます。

ポイントだけ申し上げます。破綻という最悪の結果を導いたのは職員のみなさんではありません。責任は全て時の経営者である理事長、理事、監事にあります。

皆さんもご存じのように組合のできる範囲を超えた大口偏重の融資、バブル関連の不良債権、さらに投資の失敗、こういったものが重なり破綻しました。もちろん、理事・監事の皆さんには責任をとって退職金を辞退して辞めていただきました。

しかし、皆さん方には先ほど夏目が申し上げましたように、常勤パートの皆さんも含め雇用保険が適用になり、退職金も満額受け取ることができるようになっています。この雇用推進室を通じて再就職先の斡旋も受けられます。残念ながら今、私どもができることはここまでです。いかがでしょうか、三宅さん」

小山金融整理管財人は立ったまま質問者の回答を待った。

「それではあの理事長の岡本は何だ。奴は経営者でありながら退職金を貰っているじゃないか。岡本が破綻の元凶だってことは誰でも知っている。岡本から退職金を返してもらってくれよ。ここへ呼んできて皆の前で謝らせろよ」

三宅は「ここで」と言って、自分の足元を指差した。彼はしだいに感情が昂《たか》ぶってくるのを抑えることができなくなっていた。それから鼻を詰まらした声で言った。

「何でこんなことになった。俺には大学進学を夢見ている息子がいる。高校へ行かなくちゃならない中学生の娘もいる。だのに借金をして引き受けた増資もパーになるし、どうしたらいいんだ。こんなバブルの弾けた不景気な世間に放り出された。どうすりゃいいんだ。これではうちの子供に学校を退学して働けと言うのか」

男はしゃべっているうちに自分でも感極まって最後は涙声になった。

会場は再び静まりかえった。

会場の多くが同じような思いであることは出席者の顔つきをみても分かる。皆、自分の身の上に突然降り注いだ不条理な不幸を信じられないという思いで不安を隠せないでいる。

「お気持ちは察します。今は再就職に全力を尽くして、できる限りのことをさせていただきます。どうか、事態を冷静に受け止め、その分、新しい人生を頑張っていただきたい。私がこのとおり、このとおりお詫び申し上げます」

小山金融整理管財人が銀髪の頭を深々と下げ、夏目補佐人も同じように頭を下げた。そのまま長い時間が経過した。

「詫びなければならないのは私のほうだ」

階段状の観客席の最後尾、一番上のドアが開け放たれ、光をバックに男が影となって立っている。

場内にいた者は一斉に振り返った。

「久保！」

どこかで声がした。

久保彰。

間違いない久保彰が来て立っている。

「詫びなければならないのは私だ。私が皆さんにとんでもない迷惑をかけた。お詫びする」

よく通る声が会場に響いた。

司会者の夏目補佐人の近くで声があがった。

「よくも、おめおめと出て来れたな」

会場がざわめいた。

「よくも組合をつぶしてくれたな。偉そうにして」

「小泉を殺したのはおまえだろ。認めろ」

会場が騒然となったその時、もうひとつの影が何か大声で叫びながら久保の影に近づき、拳で久保の顔面めがけて殴りつけた。まるで会場全員の意思のように。

久保の影がゆっくりと後ろに倒れた。

会場の全員はこの様子を影絵の劇のように見ていた。

会場が静まり返った。

その一瞬の時を利用して人事部長である夏目はマイクを取った。

「皆さん、冷静に。冷静に。落ち着いて。説明会はこれで終わりにします」

そう叫びながら、慌てて、檀上を下りて会場の後ろの久保のところに駆けつけた。殴った男はすでに警備員に羽交い絞めにされて、会場から連れ出されるところであった。不測の事態に備えて、警備会社に頼んでおいたことが役に立った。

「大丈夫か、久保さん」

夏目補佐人は倒れている久保彰に駆け寄って抱き起こした。唇が切れて血を流している。

「いけないのは私のほうだ。こうされて当たり前だ」

「馬鹿を言うな。あなたは利用されていたんじゃないのか」

ハンカチを出そうとすると若い女性が先に久保彰の口元へ白いハンカチを差し出した。そして丁寧に血をぬぐった。その女性は本店の窓口にいる女性である。

そこへ、急を聞いて駆けつけて来た上田駅前の駐在所の警官が近づいてきた。

「なんでもないんです。転んだだけですから」

「そうじゃないだろう。一応、話を聞かなくてはならないから」

警官が取り押さえられた男と久保と介抱している女性を一緒に連れて出ていった。パトカーも二台市民会館の駐車場に来た。

参加者が帰ったあと会場にふたつの影が残った。

「たいへんな説明会になりました」

「しかし、こうなったのは久保彰さんの責任ではないのに」

「いや久保さんは、殴られることで皆の気持ちをいくらか救ったかもしれない。それに私たちだって経営責任の問題を追及できなかった。残念なことだがこれでこのまま『ちくま商工信用組合』は歴史を閉じることになる」

夏目補佐人は冷静に言い切る小山金融整理管財人の横顔を見た。


初日にハプニングがあったものの、翌日に行われた『雇用推進室』の説明会は今度は何事もなく無事終了した。

上田警察署の担当刑事は黙って暴力行為を見逃すことはできないと、久保彰に被害届を出すように勧めたが久保彰は被害届を出すことを拒否した。困った刑事は久保彰を殴った男に『厳重注意』をすることでその場を収めることにした。

一方、殴った男はこう述べた。

「申し訳ない。久保さんに恨みがあって『押した』のではない。(警察では殴ったのではなく、『押した』ために久保彰が転んだということになっている)

ただ、久保さんは他所から来て俺たちを飛び越えすぐに課長、支店長になった。誰も心の底では面白く思っていない。それに比べれば、まだ、岡本理事長のほうがましだ。理事長も他所から来たが、初めから俺たちを見下していた。だが、俺たちは見下してもらったほうが性に合っている。岡本理事長は俺たちを馬鹿にしながらも俺たちが何を望んでいるか知っていた。だからいい思いをさせてもらっていた。

それに引き替え、久保さんは二言目にはコンプライアンスだとかコーポレートガバナンスだとかエリートらしい綺麗ごとを持ち出す。そんなことは一流会社でやってもらうことだ。ここは日銭を足で集め、それを商店の仕入れ資金や町工場の手形決済資金や給与に回すちまちました商売をしている信用組合だ。コンプライアンスなんてことを誰も言わない世界なんだ。みんな家族、持ちつ持たれつ、お互い役得もあれば御馳走もある。そうやって町の皆と仲良くやってきた。誰も迷惑しない。困れば市や町の政治家がなんとかしてくれた。

コンプライアンス。笑わせるな、そんな綺麗ごとは所詮お坊ちゃまの世界だけに通用する甘ちょろい道楽だ。そう。これは皆が思っていることだ。久保さんには分からないだろうがね」

男の話が刑事を通して間接的に伝わると被害者である久保彰は自分が大変な思い違いをしていたことに気が付いた。

職員が本心では自分のことを信頼していなかったばかりか邪魔者のような眼で見ていたのだ。

久保彰は今まで心のどこかで皆が自分のやってきたことを理解し、その後、罪を一手に引き受けた自分を悲劇のヒーローのように見ていてくれているという甘い期待があったが、その思いは無残にも打ち砕かれた。そして初めてこの『ちくま商工信用組合』で自分がどのような位置にいたか痛いほど知らされた。

だから、大半の職員はことさら自分に対して無関心を装っていたのだ。

当たり前かもしれない。自分は『ちくま商工信用組合』を守ろうとしてきたが、破綻を結局避けることはできなかった。せめて自分ひとりだけでも責任を取ろうとしたが、職員にとってはそんなことはどうでも良いことであった。いや、現実に岡本理事長とグルになってこの『ちくま商工信用組合』を私物化し、利用し、しゃぶり尽くしてきたと非難されても文句は言えない立場である。

打ちひしがれた思いのまま、警察署を出るとひとつの影が寄り添って来た。

上田署は上田城の北、常磐城《ときわぎ》という住宅地にある。付近にはまだ田圃《たんぼ》が残り田植え前のあぜ作りが終わり、水を張っているところもある。署の入り口で瀬下涼子は何時間も久保彰を待っていた。署から出てくる久保彰を見つけると涼子は寄り添った。

彰はうろたえ落ち込んでいる無様な姿を涼子には見せたくなかったが、そんな気持ちなぞ無視するように涼子は彰の頭を持ち上げた。

「どう怪我は」

ありのままのみじめな弱い自分全てが涼子に見透かされてしまった。もう恰好を付ける必要はない。そう思うと、照れ隠しに笑った。

「ご覧のとおりだ」

瀬下涼子の存在が頼もしく思える。これから自分が何をなすべきことか見えてくるようだ。その思いの変化を読み取って、涼子も満足したように微笑んだ。

「あきらくん。負けちゃだめよ。私が許さない。どんなことがあっても付いていくから覚悟して」

瀬下涼子は軽く彰の頭を叩いた。

今度は二人で陽気に笑った。

3

四月二十六日　金曜日

夏目清一郎の出向期限は『ちくま商工信用組合』が解散した時点で終わる。それは自動的に金融整理管財人の補佐人としての役目も無くなることを意味する。その解散は五月末を予定していた。

譲渡価格も決まり、債権譲渡契約が締結されればその契約に基づき引き渡しが行われる。引き渡しが実行されると、『ちくま商工信用組合』はその時点で消滅する。当然、出向者である夏目補佐人は元のアルプス銀行に復帰する。

このまま与信管理部へ戻れば当然経営管理部の塚越弥生とも顔を合わせる機会がある。塚越弥生と別れることになった理由は多分自分にあるが、それが何なのか分からない。分からないといえば、家を出て行った真奈子の理由も分からない。もともと自分には女性を理解できない欠陥があるのかもしれないと思うが、分からないものは分からない。しかし皮肉なことに、仕事のほうはこのところ順調に行っていた。

自分がアルプス銀行に帰るまでに、ひとりでも多くの職員の就職先を確保しなければならない。そう思うと、どんなささいな求人の話であっても、あれば夏目は自分から出かけて行った。

今の夏目補佐人にとって『ちくま商工信用組合』の職員のために就職先を探す行為は生前の父の姿『使命?』と重なる。父もきっと自分の家族のことは後回しにして従業員のために就職の斡旋に歩いていたのだろうか。家族に「すまない」と心で謝りながらそれでも巡礼のように歩いていたのだろうか。今の清一郎には父の気持ちが分かるように思える。

最期の日、父は雨が降っているからと幼い清一郎を置いて秋の暗い雨のなか裾花川の奥の鬼無里村にひとりで出かけた。夏の一張羅の麻の上着に白い鳥打帽のままで……。

夏目補佐人は人事部の部長として会社などへ出かける際、大抵は間瀬廉太を連れて行くことが多い。父がその後ろ姿を残してくれたように、自分の姿を誰かに残し、そして引き継いでもらいたい。そんな思いを間瀬に託しているのかもしれない。

間瀬廉太は夏目補佐人がここへ出向してきたころは夏目に何かと突っかかり、扱いにくい部下であった。ところがどういう訳かこの頃は夏目補佐人の意図を察知し、動いてくれるように変わってきた。翌日の行動計画も今では間瀬係長が立ててくれる。もともと高能力者なのだからできて当たり前と言えば当たり前であるが、夏目にとってはこれ以上励みになることはない。

ふたりは上田市、佐久市近郊の東信の企業から商店、学校など思いつく職場は全て訪問した。遠く長野市や須坂市まで行くこともある。車の走行距離はこの二ヵ月ですでに五万キロを超え、貰った名刺も三〇〇枚を超える。おそらく配った名刺はその三倍はあるだろう。

夏目がこの再就職運動を通して分かってきたこともあった。

もともと『ちくま商工信用組合』の職員は就職先をえり好みさえしなければ求人は多い。まじめで仕事もきちんとこなすがいっぱしの銀行員のようにお高いところがないという評判である。また、職員も職員で自宅から通えさえすれば職場先に拘る者は少ない。だから不況下といっても『ちくま商工信用組合』の職員に求人は結構あった。退職の理由も明確なので雇う側も彼らに同情的だったことも幸いであった。

出だしこそ低調だったものの、就職活動の成果は五月の連休が近づく頃には続々と現れてきた。

多くは上田や丸子、坂城の工場の職工や事務であるがサービス業も結構多い。また、小山金融整理管財人の尽力で長野信金や他の受け皿金融機関もそれぞれ数名ずつ受け入れを表明し、内定者をだすところも出てきた。アルプス銀行でも三名の職員の雇用を決めた。（これには間瀬廉太は夏目が推薦すると言っても応募すらしなかった）上田市役所は最初は臨時ということであったが三名の清掃センターと二名の市営スポーツセンター職員の採用を決めた。もちろん大村代表の会社も新設ホテル向けにと男性と女性の五名が採用となった。地域の老人介護の施設や私立高校の事務に行くことになった職員もいる。

この調子だと解散までには大半の就職先が決まりそうであった。

しかし、次々と勤務先が決まっていくなかに人事部で作った再就職リストの中にある久保彰と瀬下涼子の就職予定欄は空欄になったままである。

瀬下涼子はあの四月十一日の『雇用説明会』の翌週から休んだままである。自宅謹慎は解けたものの自宅待機は続いている久保彰も就職運動をしているような形跡はない。

4

四月三十日　火曜日
長野市　アルプス銀行

アルプス銀行の邑上与信管理部長は融資業務関連の銀行子会社『アルプス信用保証株式会社』

と『アルプス債権回収』の非常勤役員も兼ねている。

午前中、邑上部長は十時から開かれた『アルプス信用保証』の取締役会に出席して、午後、与信管理部に戻った。与信管理部には月末の報告のために夏目補佐人（調査役）が出向先から来ていた。

邑上部長は応接室で夏目から近況を聞き終えると、今度はこう告げた。

「まだひと月あるが出向者なので先に伝えておく。懸案事項は残っているが、このまま行けば来月は無事任務が終了する。五月三十一日をもって『ちくま商工信用組合』への出向を解除し、六月一日からまた、与信管理部に戻る。もちろん今度は与信管理部の調査役として」

与信管理部からの出向なのでまた元の部に戻る。予期していたとおりだ。

ただ、職位は『係長』から『調査役』に変わる。調査役というと支店では課長であり、管理職となる。夏目のように上の者にうまく取り入ることのできなかったばかりか札付きとなっていた自分を課長にまでしてくれたのはひとえに邑上部長のお蔭である。

「調査役と言っても仕事が変わるものでもない。今までどおりやってもらえばいい。それから、今度の出向のことで藤沢頭取にたいへんお世話になった。忙しい頭取の空いている頃を見計らって頭取に挨拶に行ってくれ。時間があったらだが」

「頭取？にですか」

「君は青山支店で今の頭取が支店長の時に仕えていただろう。そうそう、それから『ちくま商工信用組合』職員の再就職の件だが、アルプス信用保証でも『ちくま商工信用組合』から若手をひとりぐらい雇ってもいいと言ってくれた。例の人事部の間瀬とか言う者はどうか」

「分かりました」

邑上部長は柔道家らしいいかつい顔をしているものの、意外と細かいところまで覚えている。

「分かりました。折りをみて間瀬廉太にもう一度意向を聞いてみます。それから先ほどの藤沢頭取へ挨拶ということですが……」

「実は『ちくま商工信用組合』への出向者を決めるときに、藤沢頭取から君がどうだという声がかかったんだ」

「藤沢頭取が直接私を……ですか……」

意外であった。アルプス銀行には行員だけでも四〇〇〇人はいる。たしかに青山支店時代の支店長は今の藤沢頭取である。とは言っても、当時融資の係長であった夏目の上司は木村次長であり、支店長と業務で接したことはほとんどない。その後、藤沢支店長が転勤してから頭取になるまで言葉を交わしたことすらない。多くの個性的で優秀な行員のなかで、頭取が自分のような目立たない行員のことを覚えていてくれたとは考えてもいなかった。しかも青山支店時代から十年近く経つ。

「話は違うが『ちくま商工信用組合』の旧経営陣の背任行為追及はあれから何の動きもないようだが」

「結局、告訴は見送り、岡本元理事長への背任行為その他の追及は取りやめとなりました。これでお仕舞いとなりそうです」

「あの小山さんがこの程度で手を緩めるとは思えんが……」

「……」

「上田支店取引先の山下呉服店もとうとう店を閉めたそうだな」

「ＲＣＣ行きとなったところですね。夜逃げ同然に関西のほうへ行ったそうです」

「後味が悪い。やりきれんな。しかし山下呉服店は無理してうちで債権を引き受けたところで早晩行き詰まっただろう。どこでも良い、しぶとく生きてさえくれれば。それはそうと、あの雇用関係の説明会でトラブルがあったそうだが」

「会場に久保彰が現れ出席者のひとりに殴られました。結局それも揉み消しとなりました。やはり久保彰は岡本の罪をひとりで背負った格好となりました。小山金融整理管財人は『これで〈ちくま商工信用組合〉もなんとか幕引きができるようになった』というような謎めいたことをおっしゃっていましたが」

「そうか。小山さんがそんなことを言っていたか……、岡本はまだ姿をくらましたままか？」

「岡本理事長は、相変わらず姿を現しません。そう言えば邑上部長は確か以前から元理事長をご存じだとか話していましたね」

「あ、いや。また、そのことは話す機会があるだろう」

邑上部長は余計なことを言ってしまったというように話を終えたので、夏目調査役は邑上部長に一礼をして、空いたままとなっている出向前の元の机に戻った。

そうか、聞き違いでなければ邑上部長は以前にも久保彰と岡本元理事長は同じ久保林業の出身だと言っていた。岡本と久保のふたりと部長は意外に近い位置にいたかもしれない。しかもそのことについて邑上部長は何か知っている。何となく気になっていたことはこのことだったのか。

それから夏目調査役は邑上部長から「時間があったら頭取に挨拶に行ってくれ」と言われたことを思い出し、すぐに実行することにした。部長の「時間があったら」と言う意味は「すぐ行け」と命じられたようなものである。ただ、同じ本部の建物に居ても頭取は一行員が気安く面会することの憚《はばか》られる、雲の上の存在である。

藤沢頭取は上田市の出身。昔、上田藩の御用商人をしていた『〇六《まるろく》』という商家があったがその末裔であると聞いている。藤沢頭取がアルプス銀行に入った頃、藤沢の父は上田信用金庫の理事長をしていた。だから、いつかはアルプス銀行を辞めて上田信金を継ぐと思われていた。しかし、藤沢本人はそんなことには無頓着で、バブル期の後始末を断行していた。特に住友銀行と許詠中が河村ワンマン社長と組んで巨額の不正融資を行っていたことが明るみになったいわゆる「イトマン事件」の渦中、イトマンに単身乗り込んで地銀トップの貸金の回収を進めた実績は今でも関係者の中では武勇伝として語り草となっている。その後もニューヨーク支店の不良貸金の整理を断行し、時の頭取である吉江頭取から後継者として指名された。上田市の古くからの素封家の出でありながら世情に通じ、部下の面倒をとことん見る親分肌の頭取であった。

夏目調査役は席から秘書課に電話をして藤沢頭取の空いている時間に面会したい旨を告げると、直ぐに折り返しの電話が秘書室からあった。

「頭取が空いているのですぐ来てくださいとのことです」

役員室のある七階に上がる途中に経営管理部のあるほうから長い髪でスラリとした女子行員がエレベーターに乗ってきた。一瞬、塚越弥生ではないかとドキリとしたが塚越弥生は総合職なので制服を着ることはない。近くで見るとやはり人違いであった。

開け放たれている頭取の部屋へ夏目調査役が入っていくと、机の書類を見ていた頭取はメガネをはずして夏目を見た。

「何をわざわざ秘書を通す必要がある。いつだってこの部屋のドアは開けてあるんだよ夏目、まあ座れ」

「ありがとうございます」

「邑上部長が君のことをいろいろ心配していたよ。自分が与信管理部にいる間に君をなんとかしなくてはと」

先ほど、邑上部長から逆のような話を聞いたばかりであった。多分、どちらも本当なのだろう。

「出向、ご苦労だったな。小山さんから君が苦労した話は聞いている。いい勉強になっただろう。

戻っても頑張れよ」

夏目調査役は藤沢頭取に会ったら青山支店長時代に延滞債権の回収で債務者からクレームを受けたことを思い出した。

「頭取は覚えていますか、青山支店でご迷惑をお掛けしました。延滞管理で債務者からクレームを受けて……」

「何だ。まだそんなことを言っているのか。あれは延滞者のいいがかりというものだ。それまでの担当は君が手を付けるまで何もしていなかったじゃないか。それに、君はあれに懲りずに、私が転勤した後も金響和の問題を解決している。あれは私が支店長の間に何とかやろうとしてできなかった事だ」

「そこまでご存じでしたか」

「何でも先送りするのが銀行員の常だ。君は正直に馬鹿が付くくらい他人のいやがる仕事を率先してやった。それも身体を張ってだ。今の銀行員に必要なのは能力があるとかないとかではない。要は君のように問題を先送りしないでトコトンやり抜く根性をもった行員がいるかだ」

「私にはそれしか能がありませんので」

確かに、問題となることには自分の在任中はできるだけ触れず、穏便に済ますというサラリーマンは多い。真面目に解決しようとする行員は少ない。あえてそれを実行した夏目はそのために顧客の反発を買った。そのリアクションを恐れて上司の次長は最低の評価を付けた。ただ、当時の藤沢支店長は見るべきところは見ていたのだ。

あの当時のことが思いだされた。

青山支店時代の思い出は何も延滞整理でトラブルから本部総務部を巻き込んだ事件だけではない。夏目は懲りずにその後も他の延滞管理に取り組んだ。あの延滞回収のトラブルで直属上司の木村次長から懲罰的な人事評価を受けたにもかかわらず、なぜか夏目係長には先輩たちが解決できなかった不良貸金の回収が任された。

その貸金はビル購入資金の回収であった。

債務者は金響和という在日韓国人。債務者が亡くなり相続争いが生じ、約定返済も滞ったまま膠着《こうちゃく》状態となっていた。折しも巷ではオウム真理教へ警察の捜査が本格化して、南青山のオウム真理教のビルが連日のようにテレビに映し出されていた頃である。

当時のアルプス銀行青山支店は当時青山ベルコモンズにあった。あの黒川紀章が造った青山のシンボル的なビルである。

そのベルコモンズのビルの反対側、つまり青山通りの向かいに地下鉄銀座線の外苑前駅がある。問題のビルはその入口脇にあった。アルプス銀行が青山に進出した当時、在日韓国人の金響和に資金を貸して金響和が購入した古い貸しビルである。

その金氏が亡くなると日本では長男と内縁の妻、そして韓国から金響和の相続権を主張する親族も現れ三者で熾烈《しれつ》な相続争いが起こった。特に韓国にいる親族は金響和を東京で成功し莫大な資産を残した成功者と決めつけ、とほうもない遺産を韓国の民法をたてに要求してきた。現実にはビル購入資金は借入金であり純資産なぞないに等しかったにもかかわらず。

月々の返済金に回るはずの賃料は仕事をせず遊んで暮らす長男の遊興費に回った。返済はストップし長期延滞が数年続いていた。

当時の支店長は後に頭取となった藤沢支店長である。支店長は「関係者は感情と欲だけで動く。これではいつまでたっても解決しない」と抵当権の実行を検討させていた。ただアルプス銀行本部と担当者の木村次長は広域暴力団との繋がりのある長男を恐れて抵当権の実行を遅らせていた。

夏目係長は例のクレーム事件の後でありながら、転出する藤沢支店長の指名でなぜか今度もこの貸金回収の担当になった。当時はすでにその頃は広域暴力団の武闘派といわれた組員が一室を長男から借りて居座っていたが、夏目係長は粛々と長男に返済の意思がないことを確認してから抵当権の執行への着手、つまり抵当物件の管理を債務者から債権者のアルプス銀行に移すことを本部に申請した。

執行の当日、執行側が武闘派の借りている部屋の鍵を取り換えているところに長男が近寄ってきて、部屋の鍵をジャラジャラと鳴らし夏目係長に言った。

「お前はここにいるのは誰だか知っているのか。どうなっても俺は知らねえぞ。それに俺は朝鮮戦争で何人もこの手で殺してきた。あとひとりやふたり何とも思わないが、それでもいいのか」

「……賃料はこのとおり、差し押さえさせていただきます。あ、私のことですか。私には妻も子供もいません。どうぞお好きなようにしてください」

夏目係長は自分でも驚くぐらい平然と答えた。長男はしばらく夏目を睨みつけてからビルから去っていった。

抵当権を実行するためにビルを差押えした後、夏目係長は青山支店からの帰り道、地下鉄銀座線の外苑前駅から乗った車中で偶然、あの金響和の長男と出会った。夏目は知らずに身構えていた。

「いやいやあんたに文句を言うつもりはない。夏目さん。あんたには感心した。今までいろんな銀行員を見たがあんたほど腹が据わった銀行員はいない。俺も在日だと苦労したから分かるが、あんたの態度は立派だった。見上げたものだ」

長男はそれだけ言うと次の駅で降りた。出会ったのは偶然とは思えない。夏目にそれを言うために帰りを待っていたのかもしれない。

その後、そのビルは更地にして土地が競売にかけられ、今は新しいビルが建っている。

特にその抵当権の実行のことで支店の内外から評価された覚えはない。むしろ長野の本部からは「夏目係長が暴力団の脅しに怯えていた」とまことしやかな風聞が夏目の耳に聞こえてきたぐらいだ。

しかしここでも前藤沢支店長は本部で見るところは見ていた。業務をなおざりにできない夏目の性格を知っていたからだろう。

そうして、遠くから、け落とされた谷底から少しずつ夏目が這《は》い上がってくるのをじっと見て待っていたに違いない。それだから、困難が予測される補佐人に推挙したのだろう。もしかしたら邑上部長が名前を挙げて、藤沢頭取がそれに同意したのかもしれない。

どちらでもいい、夏目調査役は胸にこみ上げてくる感謝の思いを込めて藤沢頭取に深く頭を下げて頭取の部屋から退出した。

頭取の部屋から戻ると、先ほど邑上部長の漏らした言葉が再び気になってきた。この際、納得がいくまで知りたい。今日、この機会に邑上部長にもっと岡本の事を聞いてみよう。そう腹を括《くく》り部長の席まで行った。

「どうだった。頭取は」

「部長、お蔭様で、頭取にまで挨拶できました。頑張れと励まされました」

「よかった。それで……」

それで、何か他に用があるのかと邑上部長はいぶかしげに夏目調査役を見た。

「いえ、先ほど『ちくま商工信用組合』元理事長である岡本氏を知っていると部長がおっしゃっていましたので……」

「あー、そのことか」

そう言って、今度は観念したように邑上部長は夏目調査役を再び応接室に誘った。

「はじめて岡本未知男と会ったのはまだ本部の審査部で久保林業担当の審査役をしていた頃だから今から十年以上前になるかな。当時、久保林業の『企業調査』をすることになってその過程で岡本未知男に会った」

不振な(場合によっては順調な業績の会社の場合も経営者からの要望ですることもあるが)取引先企業の実態を調査し、経営改善をアドバイスするというのがアルプス銀行の『企業調査』である。

企業調査グループが取引先の本社・工場に出掛け現場の帳簿や担当者からのヒヤリングにより技術力、機械設備、仕入れ、販売、労働環境、市場調査(マーケティング)等あらゆる企業の実態を調査分析し、その企業がとるべき最善の道を探り、経営陣にアドバイスをする。時にはその過程で決算の粉飾を発見することもある。

建前は企業側の要請に基づいて銀行が行うので、社長からの要請となるが、多くは金融機関の貸出金の資産性判断のためであり、久保林業の場合は明らかに資金繰りが逼迫《ひっぱく》した原因を調べるためであった。

「当時、借り入れ過多の状態が続く久保林業の決算書に疑問をいだいた当方の審査部と取引店である東京支店が協議した結果、当時の東京支店長が久保恒夫社長を説得して半ば強制的に企業調査をすることになったのだ。

この調査の結果、驚くべきことが発見された。久保林業が多額の融通手形を発行している事実が発覚し十数億円を超える債務超過が明らかになった。

問題はむしろこの事実の発見以後のメイン銀行としてのアルプス銀行の対処の仕方であった。予想していたより多額の粉飾決算が明らかになると、通常は取引銀行は手を引くものだが、取引経緯と取引関係を考え、アルプス銀行がとった道は別であった。

病気療養中であった久保恒夫社長はその事実をすべてそのまま正直に認め、アルプス銀行にすべてを委ねると表明したからだ。

アルプス銀行はここで久保林業を見捨てるわけにいかなくなった。会社は債務超過であっても、個人資産を含めるとどうにか正味資産はプラスとなる。債務超過を解消させれば、会社の身売りは可能であった。そこで東京支店長が中心となり、久保林業の受け入れ先を探した。

銀行は決算書だけでその会社を判断する。だから企業は真実の決算書を銀行に開示する。この信頼関係が何ものにもまして優先しなければならない。だからと言って上から目線で企業を見てはいけない。真実を打ち明けてくれる企業にはそれだからこそ謙虚でなければならない。邑上は担当者として常にそう思って企業に接してきた。対して久保恒夫も立派な社長だった。すべてを自分の責任として身を引き、提供できる個人資産は全て差し出した。アルプス銀行もそれに応えなくてはならない番であった。

その発端となった粉飾の事実を我々に告白し、教えてくれたのが、当時、久保林業の役員で子会社の社長をしていた岡本未知男だったのだ。

邑上は担当者として調査チームのふたりに同行して全国の久保林業の本支社を訪問した。その過程で和歌山県橋本市の久保林業の子会社橋本林産に出張調査のために訪問した。その時初めて久保林業の役員兼橋本林産社長の岡本未知男という人物に会った。すでに岡本未知男と久保恒夫は母親が姉妹、つまりいとこ同士であり、久保一族に連なる人物であることは知らされていた。

調査グループが橋本市の現地の会社に着くと橋本林産の岡本社長は挨拶もそこそこに三人を近くの料亭に案内した。そこには紀州の梅をモチーフにした御馳走と酒が用意されていた。

その席で岡本未知男社長は我々にお酌をしながら涙を流して、東京の本社（当時）経理部が粉飾決算をしている事実を告白した。その涙の告白に衝撃を受けた我々は翌日とうとう帳簿のひとつも見ないで橋本林産の調査を終了した。

翌日、我々は岡本未知男に真田幸村ゆかりの九度山や真言密教の空海が開いた高野山を観光案内してもらった。

この告白で久保林業は決算の粉飾が明らかになり、多額の融通手形も明らかになった。このままでは久保林業は事業を継続できない。全国で二〇〇億円と言われる木材の商権と社長個人で所有していた木場など都内にある不動産を譲渡するかわりに、当時八〇億円あった借り入れを全てあの『株式会社日総』という商社が肩代わりをすることになった。これが私があの岡本未知男を知った経緯です」

「よく『日総』は引き受けましたね」夏目は返す言葉もなく、つぶやいた。

『日総』側にも事情があったのだろう。時代はバブルの芽生えてきた頃である。提供された都内の土地、ビルはどれも一等地にあり、収益性から魅力ある不動産に見えたはずだ。それに『日総』は大手商社に追いつこうと必死であったし、もともと強かった林業部門で日本トップの地位を狙っていたからだ。また退職者への再雇用先を確保する目論見もあったようだ。

その時、M＆A先の『日総』へ久保林業からひとりそのまま乗り移ったのが岡本未知男だ。

本来なら、岡本未知男も旧久保林業の役員として辞任する予定であったが、彼が粉飾を告白した者ということで、その点は帳消しとなった。また『日総』としても久保林業の持っていた商圏をスムーズに受けとるには久保林業の役員の協力が必要であった。しかし岡本未知男はとんだ食わせ物だった。後で分かったことだったが、融通手形を始めたのは当の岡本自身だったのだ。自分で粉飾をし、さもその事実を知らなかったようにしてアルプス銀行に告げ口をしたわけだ。張本人に銀行は一杯食わされたと言っていい。もっともこれを知ったのは久保林業の再建がすっかり済んでからだが」

ここで邑上部長は大きく息をした。

「これ以降のことは今回の破綻によって最近知ったことになる。

『日総』に移った岡本は木材部門から離れ、『日総』の香港の子会社の社長をやり、その頃、業績が低迷していた『ちくま商工信用組合』に移った。どのように岡本が『ちくま商工信用組合』

に移り、理事長に収まったのか詳しいことは知らない。ただ気の小さい理事たちを何かの手段で懐柔したという噂は聞いている。子飼いの弁のたつ理事を送り徹底的に業績不振にあえぐ前理事長を朝な夕なの電話攻勢で痛めてから、自分が理事全員に乞われて理事長に就任したらしい。

結局、岡本未知男は久保林業ばかりか、『ちくま商工信用組合』まで潰したことになる。だから、彼ならいかにあくどいことをしていたか容易に想像はつく。

ただ、本来なら久保林業を引き継ぐはずだった久保彰をなぜ『ちくま商工信用組合』に呼んだのか分からない。久保家の誰かがそれを望んだのか岡本が望んだのか、あるいはその両方だったのか」

邑上部長は遠い過去を思い出すようにまぶたを閉じた。

「どうして岡本はそんなに節操のない生き方をするのですかね」

「分からない。久保彰との関係も詳しいところは俺にも分からない」

「久保林業は身売りをしたし、もう久保家といってもたいした財産はないでしょうね」

「それが、そうでもない」

今度は夏目調査役を見て断言した。

「久保林業の負債を引き取るとき商社の『日総』は東京の不動産を引き継いだ。うまく処分すれば借金を支払ってもおつりがくる。ところが信州と上州にまたがる久保林業の七〇〇町歩に及ぶ山林については、久保家にそのまま残した。当時、山林は維持するだけで金のかかるマイナスの資産とみられていた。事実、山林は毎年育林資金がかかるが、材木は輸入材がほとんどで切り出しても手間賃で儲けはない。アルプス銀行の調査グループでも町への寄付を勧めたぐらいだ。

ところが、ここに来て久保家の所有している山林に首都圏への水の供給のためにダムを造ることが決まり、久保家所有の山林の多くが収用されることになった。その補償金が十数億円。そっくり久保家に入った」

「それを岡本が知っていれば、また、久保家に取り入るのではありませんか。金目当てに」

「今までの経緯をみるとそれも考えられる。今の久保家の棟梁は久保綾子という久保恒夫社長の奥さんだ。日総へ会社を譲ることを決断したのは実は久保恒夫氏ではなく久保綾子氏だったらしい。あのとき私も小海支店長に同行して久保綾子氏に会ったことがあるのでそう思う」

夏目調査役は岡本元理事長がどのような人物かは知らないが、邑上部長の話からおぼろげながら人物像が浮かんできた。しかし、岡本と久保の関係は邑上部長も知らない深いところがあるようでまだ摑めていない。ただ、こうしている間にも岡本未知男は久保彰の母の久保綾子に接触をしている可能性がある。

それがどのようなものであるか。

「私はもう一度久保綾子氏に会ってあれから今まで疑問に思っていたことを確かめてこようと思っている。まだ、彼女が元気ならば良いが」

そう邑上部長は最後に付け加えた。

邑上部長も何か思うところがあって動こうとしている。

（少しでも恩ある邑上部長の力になれるものなら自分も動こう、何とかしなければ）と夏目清一郎は思った。

第九章　ふたりの旅

1

二〇〇二年四月三十日　火曜日
長野市　アルプス銀行本部

昨年暮れに『ちくま商工信用組合』の破綻が公表されてからすでに四ヵ月が過ぎた。破綻が公になった昨年十二月の末から『ちくま商工信用組合』の「破綻処理」は関係者の間で粛々と進められ、今は信用組合の解散を待つだけとなっている。

この冬の降雪は比較的少なかったもののその分寒さの厳しい日が続いた。しかしその冬の間にも木々の芽吹きが着々と準備され、気が付くと里山はいつしか新緑に覆われ、遠くに望むアルプスの峰々は青空にくっきりと残雪の白い稜線を浮かび上がらせる候となった。千曲川の流れもようやくぬるんできて、川岸の周辺には春の霞が立つ日も多くなり、信州の待ちわびた春が訪れてきた。

今年（二〇〇二年）の連休は四月が二十七日（土）から二十九日（月）みどりの日（現在は昭和の日）までの三日間と五月が三日（金）の憲法記念日から六日（月）こどもの日振替休日までの四日間と二つに分かれる。

信州では連休の前半は晴天が続いたものの、後半からは崩れ雨模様の日々が続いた。

「邑上さん、ちょっと来てくれないか」

五階の邑上与信管理部長の席に聞きなれた藤沢頭取から電話が掛かってきたのはそんな連休の狭間の出勤日の午後三時過ぎであった。つい先ほど、役員と部長合同の昼食会を七階で済ましてきたばかりである。その時には藤沢頭取は邑上部長を見かけても特に用事があるようなそぶりはしていなかった。

アルプス銀行では役員と部長は、火曜日と金曜日に役員と部長合同の昼食会を開く。と言っても、七階の役員用の食堂でメンバーが一斉に食事をするだけで、八階の大食堂での食事と全く同じメニューが出される。

「特別に上等なメロン」がデザートとして出されるなどとアルプス銀行職員間で噂する者もいるが、邑上部長がこの昼食会に参加するようになってから一度もそんな結構なデザートが出たことはない。もちろん、食事代はきちんと給与から差し引かれる。こういうところがアルプス銀行の銀行たるゆえんである。

また「昼食会で人事が決められている」という、さもありそうなアルプス銀行版都市伝説の類もあるが、そう言った会話は全く無かった。昼食会では、人事どころか仕事すら話題となったことはない。話題にならないことではサラリーマンなら挨拶替わりにする『ゴルフ』の話もここでは出ない。これは多分に自然保護の立場からゴルフ嫌いを自負している吉江会長への配慮とみられる。

その代わり、頻繁に出てくる話題は季節ごとの山菜の話と、家庭菜園の話である。

「ネマガリダケやキノコはどこそこの物がうまい、採り方や料理方法は……」

「今年の農園の作柄はどうである」

家庭菜園の話となると藤沢頭取の出番となる。

藤沢頭取は休日のほとんどを芋井《いもい》という長野市といっても山間にある地区の畑を借りて野菜作りに励んでいる。その畑で耕運機を動かしている農夫があの県下でトップ企業のアルプス銀行の頭取だと気づく者はまずいない。

先ほどの昼食会でもきゅうりの正しい植え付け方について藤沢頭取が吉江会長に講義したばかりである。

まさかその話で自分を呼んだのではないだろうと思いつつ邑上部長は七階でエレベーターを降り頭取室に向かった。

普段から開け放されているドアから頭取の姿を見ると頭取も中から入れと眼で合図を寄越した。

「おお、いいところに来てくれた。まあ座ってくれ」

頭取のほうが腰を浮かせて机の手前にある椅子に座るよう勧めてくれた。

「何でしょうか。わざわざお呼びいただいて」

「邑上さんはここへ来てどのくらいになる」

「丁度、二年というところです」

「まだそんなところか。実は来てくれという会社があるんだが。その話を会長にしたらあまり良い顔をしない。君にはもう少し銀行に残ってもらったほうがいいとおっしゃるんだが。とにかく邑上さんの気持ちだけ聞いておこうと思って」

「頭取が良いと思って勧める話でしたら結構です。そこへ行きます」

「悪い話ではない。それに君もよく知っているところ、『マルキュウみそ』だ。あそこは君も知ってのとおり良い会社だ。そこの社長がさっきここに来て、銀行から誰かマルキュウみその経営陣に入ってくれる人を派遣して欲しいと言ってきた。人選はこちらに任せると。しかし、経営までできる人材はなかなかいない。そこで君を思い出したんだが」

「分かりました。経営できる器ではありませんが、頭取がそうおっしゃるんなら」

「急いでいるわけではない。大事な話であるから奥さんともよく相談してから答えてくれ。勧めるのは本社機能のある東京だ」

「いや、頭取。もったいない話です。検討することでもありません。先方の社長さえ良ければ私は『マルキュウみそ』に行きます。そう社長に答えてください」

「え。良いのか。それじゃ、俺から社長に電話しておこう。もちろん当面は出向扱いで不都合があればすぐ銀行に戻ってもらう。もし先方の社長とうまくいくようだったらマルキュウみそに転職することになる」

藤沢頭取は先ほどの難しい顔から昼食時に見せた好きな野菜の話をしている時にみせる笑顔に戻っていた。

今の部長職は銀行の経営陣となるか外に出るかの試金石となる立場であるが、邑上は銀行に残ろうとする気持ちはさほど強くない。どのみち、藤沢頭取から出向の話があれば受けるつもりであった。メーカーと言っても邑上部長が手がけてきた長野県に多い精密などではなくあまりなじみのない食品関連であることに若干の不安がないわけではないが、すでに『マルキュウみそ』には邑上の知っている先輩が出向し、そこの専務にもなった実績のある会社である。邑上部長は頭取に礼を言って部屋を出た。

そうと決まれば与信管理部長を引き継ぐ準備をしなくてはならない。

ただ、自分より一年下、学年では二年下になる執行役員の塩沢支店長が取締役に抜擢されると噂されている。アルプス銀行は彼を必要として自分を捨てたとも考えられる。だが、考え方を変えれば、外の世界で貢献できるのは自分のほうだとも言える。邑上はそう考えることにした。

会社は永遠のものではないと言い、出世などどうでもよいと公言する向きもあるが、邑上部長はそう考えない。確かにその人の人生にとって会社は一時的なものである。そう考えると『価値のないもの』と見ることができるが、会社は組織として何らかの社会的価値を持っている。だから、その人にとって会社は『人生を賭ける』ものとなる。サラリーマンにとって権限が大きくなることは出世以上に責任が重くなることである。そしてそれを誰かが担わなければならない。だから、結果としての出世も大事だと邑上は考えている。人生に限りがあるからこそその日その日の生き方は大切だという考えと同じである。

邑上に与えられる新しい運命は新しい使命として受け止めたい。新しい環境に自分の運命を賭けてみようと思った。

2

五月八日　水曜日
上田市　ちくま商工信用組合本店

五月の連休明けには職員の就職先は大方目処がついてきた。

夏目人事部長と間瀬係長が直接企業を訪問して依頼する活動も終わり、最近は本店にいて書類に目を通す日も増えた。

瀬下涼子の母が付き添いの妹の大井舞子と夏目人事部長を訪ねて来たのはそんな連休の後半も終わり、業務に戻った五月八日水曜日のことだった。

「娘のことで相談に参りました」

瀬下静江は妹の大井舞子に促されるように来訪の理由を告げた。

母の瀬下静江も涼子と似て、整った顔立ちをしている。若い頃は涼子に勝るとも劣らない美貌の持ち主であっただろう。

「涼子は四月中旬から会社を休んでいますが、無断で休んでいるのではないかと心配しましてこうして伺ったしだいです」

中旬と言えば、あの雇用推進室説明会の騒動があった直後だ。

「有給が残っているから、お友達の兎束瞳さんの軽井沢の家へ有給を利用して遊びに行くと言っていました」

妹の大井舞子が付け足した。

「お友達の家にはいないのですね。連絡はついていますか」

夏目が先回りして聞いた。

「連絡はできます。最初はそのお友達の家からの電話だと思って安心していました。ただ、いつまで経っても戻らないので何かしら変だと思うようになりました。今まで私に嘘をいうような子ではありませんでしたが……」

静江の話はしどろもどろで、要領を得ないところもあるが、娘の身の上を心配していることだけは分かる。

「このことを妹に相談したところ無断欠勤になるといけないので人事部にきちんと説明をしておいたほうが良いと言われ、恥ずかしいことですがお邪魔させていただきました」

「そうですか、事情は分かりました。ともかく無断欠勤となるとまずいので、勤怠関係を瀬下涼子さんの上司に確認しておきましょう」

夏目人事部長は応接室から本店の課長に電話を入れ、瀬下涼子の休暇の取り扱いがどのようになっているか知らせて欲しいと頼んだ。

すぐに課長から折り返しの電話が応接室にあった。

課長によると、今の休みは本人からの申し出があり、有給扱いになっているとのことだった。有給の消化の一環だという。ただ再就職が決まっていないので、今後のこともあるので、できれば早いうちに本店に来て欲しいと伝えてもらいたいと課長は付け加えた。

「瀬下さん、大丈夫ですよ。二十日頃までは有給休暇になっています。ただ、それ以降のこともあるので、一度本店に出てくるようにお母様から伝えておいてください。また、就職のための休暇も残っているようなので、就職活動をされるならそちらも使えますよ」

「ありがとうございます」

そこまで言ってようやく安心した顔になったものの、まだ何か言いたそうで落ち着きがない。

「何か他にご心配のことでもあるのですか」

夏目が発言を催促した。

「いえ、娘が結婚するようなことを言っていました。こういう結婚の場合はどうすべきなのでしょうか。相手の方もこの『ちくま商工』の人なので」

「………」

夏目補佐人はもっと具体的に話を聞かなければならないと、一度浮かしかけた腰を再び下ろした。

大井舞子と名乗った叔母がふたりの心配事を具体的に話した。

「部長さん。ぶしつけな質問で申し訳ありません。『ちくま商工』は無くなると聞いています。とすれば仕事も無くなるのでしょう。そんな中で結婚などしてもいいのか心配です。人事部長さんでしたら、その辺についてもご相談できるかと思いまして」

「多分、涼子はその方のところにいるのだと思います」

瀬下静江がか細い声で言った。

続いて妹の大井舞子が予想している場所を伝えた。

「相手の自宅は小諸ですが、もしかしたら、実家のある佐久かもしれません。そんな気がするのです」

どうやら、ふたりはそのことで悩んで相談して夏目のところへ来たらしい。

「もちろん。結婚はお互いの意思で決めるものですから。勤め先がどうのこうのという問題ではないでしょう。ただ、『ちくま商工信用組合』は解散が決まっている状態なので、現実的な話ですが、結婚するには将来の生活がある程度保証されていることも必要でしょう。つまり、新しい就職先とか仕事とかが決まっているかの問題です。その辺の事情が許せば問題ないと思います」

「そうでしょうね。相手は久保彰さんという方です。ご存じでしょうか。今まで自宅謹慎という処分を受けていたので、多分再就職先は決まっていないと思います。しばらく様子を見たらって妹とふたりで話していたところなんです。何か悪いことにならなければいいのですが」

瀬下涼子のフィアンセとはやはりあの久保彰だったのだ。雇用推進の説明会の席上、殴られた久保のもとに駆け寄った女性がいたが、彼女が瀬下涼子だった可能性がある。自宅謹慎が解かれたと言っても、今回の破綻の責任は公式には彼にあることになっている。悪くすれば懲戒免職、退職金がなくなるどころか損害賠償を請求されることも考えられる立場だ。多分、ふたりはそこまでは考えてはいないであろう。ただ、母親と叔母は本能的にふたりの行く末を心配している。

「私は何で自宅謹慎処分となったのか知りません。ですが、今はふたりを信じて見守ったほうが良いのではありませんか」

「そうですか。そうですね。そうしてあげたいのですが」

「この五月末をもってこの『ちくま商工信用組合』は解散します。ということは、涼子さんは結婚退職となるのでしょうか。それとも、就職のご希望があるのでしょうか」

「私の友達からも結構良いお仕事のお誘いがあったのですが、あの娘が乗り気でなかったのでその話は断りました」

「それではご心配でしょう。しかし、今は娘さんと相手の久保さんを信頼しましょう」

夏目はこう言ってふたりを送り出すしかなかった。

瀬下静江と大井舞子のふたりは代わる代わる何度も頭を下げてから帰っていった。

夏目は瀬下静江には心配しないようにと言ったが、心配がないわけではなかった。状況からみると母親の第六感のように何か不測の事態も考えられるからだ。

今度の休みにふたりの様子を見に佐久まで行こうと思った。

就職斡旋の業務も一段落してきた。瀬下涼子も心配であるが、久保彰が何を考えどうしたいのか興味もある。忙しくても行くべきだと考えた。

ふたりが帰ると同時に、アルプス銀行の邑上部長から電話が入った。

「夏目調査役の今度の仕事だが、前に企画管理の仕事と言ったが与信統括のほうをやってもらうことに変更になった。北山主任の行っていた仕事だ。今の北山参事役の後任ということになる」

自分の新しい職務は与信統括なる。

人事で最後の一週間は闇の中と言うが、今回も連休前に言われていた「企画管理グループ」から「与信統括グループ」に変更になった。北山主任が支店長職位に登用され、斎藤参事役の後任となったので急遽変更したのだろう。

「そうそう、『ちくま商工』の久保彰はどうなった」

「実は久保彰に同じ『ちくま商工信用組合』に勤めているフィアンセがいることが分かりました。今日、たまたまそのフィアンセである瀬下涼子の母親が訪ねて来ました。身内の方の話では久保の自宅のある小諸か、実家のある佐久町にふたりがいるそうです。私のほうの就職斡旋の仕事も一段落してきましたので、週末にでもふたりに会いに行って様子を見てこようと考えています。『ちくま商工信用組合』の人事部長の最後の仕事として」

「そうか。実家であるとすれば羽黒下《はぐろした》のほうだな……。これは夏目人事部長の最後の仕事になるな。佐久はお前が青山に移る前にいたところで土地勘はあるな。まあ、くれぐれも気を付けてくれ」

そう言って邑上部長は電話を切った。

邑上部長の言うように夏目は佐久市に家族で住んでいたことがある。そのことは意識的に思い出したくなかった。佐久は夏目が一人娘のいずみを失った土地だからである。そこから妻はある日突然社宅を出た。その直後に傷心の夏目はひとりで東京の青山支店に転勤になった。

その日の夜、夏目清一郎はアパートで胸騒ぎがして寝付かれず、夢を見た。

何か大きな流れが少しずつ動き出している。

「夏目、お前は何となく心配になるので余計なお節介を言う。高慢でも卑屈でも駄目だ。誰にも媚《こ》びず、そのまま素直にやれば良い。公平に」

「いいか、この世は成るようになる。心配するな、好きなようにやれ」

藤沢支店長が現れ、消えた。


いずみと妻の真奈子三人で千曲川のほとりを散歩していた。

「パパ、ママ、こんなにきれいな花やお道具といっしょにいつまでも遊べるなんて、いずみとっても嬉しい」

花を抱いた小さないずみが立っていた。

いや、いずみは花に囲まれ、社宅の一室で小さな棺《ひつぎ》に横たわっている。

三歳になったばかりの「いずみ」は幼稚園へ入園する時に使う予定だった道具にも囲まれていた。『フレーベル』の積み木。着色された球や四角い木。おもちゃも一緒だった。

いずみの棺がなぜか大きな川に流され消えた。

すると妻の真奈子が現れ、そして消えた。

「あなたは結局何も分かっていないのよ」

弥生は長い髪を手で梳《と》かしながら、ベッドの隅で寂しそうに言った。


そこで夏目は眼を覚ました。

じっとり寝汗をかいていた。

3

「うーむ」

邑上部長は腕を組んで部員の机から眼を中空に移した。

考え事をすると腕を組むいつもの癖が出る。

頭取室から与信管理部のある五階に戻り、邑上部長は机の中に常に置いてある二年前に与信管理部長を引き継いだ時の『引継書』を取り出した。

あの時の前任者は今の執行役員勝山人事部長であるが、自分は銀行から出て出向となることが決まった。自分はもう銀行に戻ることはないであろう。そのまま出向先の会社に転籍することになるだろう。そんな予感がした。これからは次の部長に引き継ぐ事を文書にした『引継書』を準備しなくてはならない。

アルプス銀行では部店長が転勤で交代する場合は『引継書』を二部作成し、一部は検査部に提出し、検査部長の閲覧を受ける。もう一部は新任の部店長に渡す。検査部が関与するのはもちろん前任者による不祥事や不都合な事の部署での連鎖を防ぐためである。

ただ、『引継書』には後任者に前任者の意見や要望を記載することはできる。だが、邑上部長はそういった類の文言は一切書かないと決めている。次の部長を前任者の考えで拘束したくないからだ。

その代わり『引継書』の補足は部長の補佐を務める参事役に託すことにした。この四月に与信管理部の斎藤参事役は『ちくま商工信用組合』の債権譲渡の手続きを無事済ませ、大阪支店長に登用されている。後任は北山主任調査役が店長職位である参事役に登用され就任している。その異動があり夏目調査役が北山主任の後任となった経緯についてはすでに述べた。

邑上部長は自分の使命は「人づくり」だと心得ている。

「人づくり」こそアルプス銀行を永続させる道だと信じている。だからわずか二年間の部長職在任中に斎藤参事役、北山主任に『新潟セントラル銀行』や『ちくま商工信用組合』の債権譲受けという通常は発生しない経営の重要な業務を経験させた。重盛係長には懸案の自己査定システムの開発という重い課題を命じ、夏目係長にはアルプス銀行の決算を左右する一般貸倒引当金の算定方法の変更はじめ全知全能を要求される『ちくま商工信用組合』への出向まで命じた。こうして貴重な経験をさせることで部下の能力を開発させながら銀行の課題も同時にこなしてきた。

人材を磨いて光るものとする。そのために上席の者は若い人材の潜在能力をいかに引き出し、そして芽が出たらその芽をじっと見守ってやる忍耐。これこそ、自分が受け、後輩に残したいアルプス銀行の伝統と確信している。このアルプス銀行に未練がないと言っては嘘になるが、自分のできる「人づくり」はやり終えたという達成感もある。

邑上部長は支店長として出て行く斎藤参事役の後に支店長クラスとして新参事役になったばかりの北山参事役を呼んだ。

「これを見てくれないか」

部長の机の上には『ちくま商工信用組合』の債権引き受け作業の時に部長が、民間調査機関に依頼しておいた調査報告書が置かれている。

『代表者　大村恵　昭和四十年二月、長野県松本市に生まれる。三十七歳
地元の県立深志高校を卒業後渡米。ワシントン州立大学卒。

帰国後、商事会社、建設会社、コンビニエンスストア店舗を経営する。

最近はビジネスホテル事業に進出中。

人柄は温厚、独創的であるが行動は慎重、人脈は普通。

取引金融機関　アルプス銀行、ちくま商工信用組合』

この経歴についてはこれまでの他の報告書で知っている。問題はこの後である。

『今回、貴行よりご依頼のありました〈浅間エステート・ジャパン〉の関連会社である〈浅間通商株式会社〉を調査しました。〈浅間通商株式会社〉は貿易会社として昭和六十三年に高崎市にて設立。年商二億円。主として朝鮮民主主義人民共和国から松茸、朝鮮人参など農産物の輸入をしている。取引銀行は足利銀行。代表者の話では借り入れはないとのことです』

「代表は松本市にある朝鮮人学校から大村家の養子となり特別に深志高校へ入学した秀才。北と

の取引でやはり足利銀行とも取引があったのですね」

調査報告の特記事項を読みながら北山参事役が言った。

「それにしても部長はよく足利銀行とも取引があると気が付きましたね」

「いや、初心に返ってグループ会社すべての登記簿謄本と抵当権を見ただけだ。本社が群馬県の高崎市となっている会社はうちで把握していなかった先だ」

「『浅間通商』は北朝鮮から松茸を輸入している商社ですね」

邑上部長は『浅間エステート・ジャパン』関連では支店長の権限逸脱に近い行為をあえて見逃した。それればかりか『浅間エステートグループ』をアルプス銀行の明日のメイン取引先に成長させようと考えた。だからこそ疑問点はとことん調査しようとした。何も知らない夏目清一郎に代表者大村恵の素顔の人物鑑定をさせたのもそうした思いからであった。これが融資の裏表を知り尽くした邑上部長のやり方であった。

「大村恵が朝鮮人学校出身ということは知らなかった。ビジネスの世界に人種も国境もない。だからビジネスが松茸の輸入であっても何もおかしくはない。気になるのは足利銀行は金融機関で唯一北朝鮮とコルレス契約をしている先だ。ただ、今は自分の銀行の経営に火が付きそれどころではない。近いうちに北朝鮮とのコルレス契約は解消するそうだ。まだ表沙汰にはなっていないが、足利銀行も北海道拓殖銀行同様、破綻処理に入る」

「バブルでやりすぎましたからね」

「大村代表と足銀の取引がどのようなものか分からない。ただ、私が『浅間エステートグループ』で唯一心配していたことは大村代表が『何に忠実か』ということだ。夏目の話によると、『葡萄の家』は地元に新しい醸造の産業を育てる地元密着型の事業だそうだ。参事役も知ってのとおり、我がアルプス銀行の創業家は日本酒の醸造家であり、製糸業の担い手でもあった。つまり、地元密着でありながら地元を日本中、世界中に発展させた実業家でもある。これは誇っても良い事実だ。それに『宿ホテルチェーン』という新しいビジネスホテルチェーンも同様の発想から手掛けた事業らしい。これは久保林業の久保彰に勧められて始めたビジネスだそうだ。その辺も何かありそうだ。いずれにせよ大村恵を注意して見てほしい。それから……確か『浅間エステートグループ』は本部決裁に切り替えたね」

「グループ全体を『申請貸出先』に切り替えましたから決裁権限は全て『審査部』となりました」

北山参事役はそう言って邑上部長の次の指示を求めた。

「取引店も国分寺支店から幹事店の上田支店に移した方がいい。幹事店長のほうが若い代表を指導できるだろう。これから本当のメイン銀行として付き合うにはもっと踏み込んで経営も指導したほうがいいだろう。私個人の意見だが、例えばグループ全体をもっとシンプルにし、ホテル業を中心に全国制覇を狙う『本体』と『葡萄の家』を主体に地域農業に根を張る農業法人グループの二本立てとする。経営陣も手薄と見られる。行く行くはアルプス銀行からも人を出して経営をサポートする相手かもしれん。いや、現実はそんな必要もないかもしれん。それはそれで良いが。

北山参事役もこのことを心得ておいてもらいたい」

「承知しました」

（「ただ、このことは新部長に私から話さないでおこうと思っている。参事役が承知していてもらえばいい。新しい部長がどう対応するかはその時の部長がすることだ」）

まだ北山参事役に出向の件は伝えてない。邑上部長は最後にそう無言で言い添えた。

足利銀行はこの直後、金融庁から繰延資産の資産算入を禁じられ（つまり将来資産になる可能性のある支出をあらかじめ資産に計上しておくこと）、実態が債務超過であることが公になり、国家管理に移行した。
規模は違うが『ちくま商工信用組合』が辿った乱脈融資、証券投資、増資補塡による操作と同じ破綻の道を足利銀行も歩んだ。（現在は再建している）
ただ経営者は岡本理事長タイプと違い元軍人で東大卒、司法試験合格、『全国銀行協会』懸賞論文一等という超エリートの向井頭取であった。経歴には大きな違いがある。共通点があるとすればどちらもワンマン体制のままバブルに邁進し、それを諫《いさ》める者がいなかったと言う点であろう、あるいは苦言を呈する者たちを遠ざけたという点である。
邑上部長はバブルの時、首都圏担当の審査役として審査部にいた。当時積極経営で第二の住友銀行と言われ足利銀行を引き合いに出され、「アルプス銀行の発展を阻害しているのは頑迷な邑上審査役だ」と首都圏の次長から会議で名指しで非難されたことがある。

バブルが弾けた今では当たり前のようにバブル案件をけなしているこの者たちが実は当時バブルに乗っていたことを邑上が一番よく知っている。そうした連中が時の営業担当の山岡専務に邑上審査役をどうにか排除するように訴えたのである。

ところが山岡専務は邑上審査役をかばい、邑上を審査役の役目から下ろすことはなかった。邑上審査役はそれからも自身の審査態度を変えずに審査を続けることができた。

ただ、邑上審査役はバブル案件だからと言って否定的な態度をとってきたわけではない。長期的に見て、妥当な案件か、それを実現できる管理体制と経営理念を持った経営者がいるかを審査の大事な基準にしていた。結果として、邑上審査役は『バブルの崩壊』を予見していたような審査となった。

この邑上の審査に対する姿勢を貫くことができたのは邑上を守ってくれる山岡専務の存在があるものの、その背後には当時の山中頭取がいたことが大きい。

山中頭取は創業家の出からアルプス銀行に就職した経歴を持つ。もともと東京の出身で京都大学卒であったが、創業家の期待もあり信州の地方銀行に来た。ただ、一族が地方の素封家としてキリスト教に帰依したことから邑上と同じクリスチャンであり、偶然同じ教会に所属していた。

邑上も若い頃からクリスチャンというだけで、周りから清廉な人だとかうさん臭い人だとか両極端の評価をされてきた。この年になって邑上は思う。クリスチャンだからと言って何も他の人と変わっていることなんかなにもない。違いがあるとすれば、どんな人の心にもあるような正しいことへの拘りや正義をしつこいまでに求める心を、教会は繰り返し教えてくれたことだ。ただ、何が正義であるか、それが、人では判断できない。

ともかくアルプス銀行は、風貌はどこにでもいるような見栄えのパッとしない朴訥《ぼくとつ》なクリスチャンである山中頭取にバブル期を任せ、その結果、バブルに惑わされることなく救われた。

山中頭取は誰もが浮かれるようにバブルに傾斜していくアルプス銀行のなかで、それこそ孤軍奮闘し、その流れにひとり逆らっていた。そのことを審査役という立場を通して邑上部長は知っていた。バブル案件に近いものでも、頭取決裁の時は印を押していた。ただ自分の意見をコメント欄に記していた。その頭取の誠実な思いはしだいに行内に浸透していった。山岡専務もその一人であった。まるで大河の流れをコントロールしているように。

4

五月九日　木曜日

長野市。兎束瞳は教会で老司祭と会う。

「そうですか伯母さまも亡くなられたのですか。お亡くなりになる前に津久井執事のことをお聞きになったのですか」

寺沢司祭は兎束瞳の話を聞き終えるとまだ少女のようなあどけさの残る婦人に言おうとしていた次の言葉を一瞬言いよどんだものの伝えなくてはと思い直して言った。

「残念ながら、お尋ねの津久井執事も五月五日の日曜日、天国へ旅立ちました。(天国でふたりは再会しているかもしれませんね)」

それを聞く兎束瞳が落胆する様が手に取るように分かる。老司祭には慰めようがなかった。

「津久井さんも伯母と前後してお亡くなりになったのですね……」

瞳は眼に涙を浮かべて気丈夫に確認した。

もっと早く来るべきであったと悔やんだ。津久井執事はすでに九十歳は超えていたのだ。しかし、津久井執事について知ったのは伯母が亡くなる直前。どのみち間に合わなかったかもしれない。それも伯母の葬送式の日に津久井執事は亡くなっている。まるで伯母が呼んだように。これで兎束八千代と津久井執事がふたりとも申し合わせたように天国へ旅立ってしまった。残された兎束瞳には八千代伯母のことやあの絵画について教えてくれる人はいない。

「あれは四月の末でした。それまで元気だった津久井執事が突然体調を崩されたのです。そうです伯母さまが亡くなられたころですね」

連休も過ぎ、伯母の葬儀と後片付けもそこそこに瞳は伯母が話していた津久井執事のいる長野市の長野聖救主教会を訪ねて来た。そこで津久井執事の逝去を初めて知った。

長野聖救主教会は一八九八年（明治三十一年）に建てられた煉瓦造りゴシック様式の礼拝堂をもつ。

「まだ津久井執事の遺骨はそのまま療養していた小布施の新生病院の礼拝堂に安置されています。近くここの納骨室に安置する予定です」

寺沢司祭は六十八歳になる。七十歳の定年が来年春という。白いあご鬚を無造作に伸ばしている。

「小布施には電車で行くことができますか」

兎束瞳はせめて津久井執事の遺骨の前で祈り、挨拶だけでもして帰ろうと思った。

「よろしかったら私の車でお連れしますよ。まだ、病院にはいろいろ手続きが残っています。これから行きましょう」

「そうですか、わざわざすいません。そこで津久井執事にお祈りだけさせてもらい、帰ります」

新生病院のある小布施町は長野市の北東二十〜三十キロにあり、車だと三十分ほどの距離である。千曲川の東岸に位置し、江戸時代一七四二年の『戌の満水』では町全体が被害を受けたがその後治水が進み、千曲川の水運を利用した物流の拠点として繁栄した点では佐久と似ている。今では幕末の豪商高井鴻山《こうざん》が招いた葛飾北斎らの浮世絵師などの遺産や特産の栗菓子を活かし全国的にも有名な観光地となっている。

新生病院はカナダ聖公会の支援で設立された結核患者のためのサナトリウムであったが、現在は小布施町の町営総合病院となっている。ただ、敷地内には設立当時の経緯から小さな礼拝堂が残されている。

木造、外壁は石洗い出しで仕上げられ長野聖救主教会と同じゴシック様式の建物が病院の敷地の奥にある。その礼拝堂に十字の箱に包まれた遺骨が安置されていた。左右には山百合の花が飾られている。

ふたりで遺骨を前に祈りをして寺沢司祭は長椅子に腰をかけ兎束瞳に話しかけた。

「津久井執事のことは伯母様からお聞きになりましたか」

「お名前だけで、詳しいことは何も……」

「そうですか。私もあまり詳しいことは知りません。私が知っている執事は戦争から帰ると戸隠の山里に隠れるように住んでいた頃です。私と出会ったのは執事がバスで戸隠から長野市へ出てきた時。教会の前でうろうろしている一目で戸隠の村人ではない青年がいました。戦後しばらくは戸隠に籠っていたということでした。その後、教会で私の仕事を手伝うようになりましたが私は彼が教員免許を持っていたことから地元の高校で英語教師に推薦しました」

「英語ができたのですか」

「英語も中国語もそれからロシア語も堪能でした。なにしろ上海の東亜同文書院の卒業生でしたから」

「東亜同文書院……」

伯母はあの絵画一式は上海から津久井執事が持ち帰ったものであると言っていた。とすると津久井執事が関わっていたのかもしれない。

「そうです。終戦後しばらくは上海で仕事をしていたそうです。この長野の教会に来るようになってから熱心な信者になりまして、信徒の勧めもあり、県の教員を早期に退職し、京都にあるウイリアムス神学館へ勉強に行かれました。その後、聖職者となり一生を執事のままで通しました」

「津久井執事は、ご結婚は」

「一生、おひとりでした」

同じように独身を通した医者である伯母と津久井執事はどのような関係にあったのだろうか。それは津久井執事がいなくなった今はもう直接聞くことはできなくなった。

兎束瞳が外で待っていると、寺沢司祭はしばらく津久井執事の遺品の整理をしていたがやがて白い封筒を手にして礼拝堂から出てきた。

「津久井執事には体調の良いころこの礼拝堂での日曜日の礼拝をお願いしていました。今、チャリス（聖餐の儀式で用いる葡萄酒を入れる容器）やパテン（パンを置く皿）を整理していたらこんなものが出てきました」

寺沢司祭が持ってきたのは宛名が津久井祐二《ゆうじ》様とかかれた古い封筒であった。

「これが彼の古い聖書とともに残されていました」

そう言って兎束瞳にその茶色の封筒を見せた。差出人は兎束八千代となっている。

「どうされます」

寺沢司祭は兎束瞳の顔を見た。

瞳は頭を横に振った。知ってはならない伯母の秘密のような気がした。

「それでは私がお預かりしておきましょう」

老司祭はそういうと大事に袱紗《ふくさ》に包んだ。それを見て兎束瞳は軽くお辞儀をした。

兎束瞳は長野まで送るという寺沢司祭の好意に甘え、一緒に帰ることにした。

車に乗って後ろの礼拝堂を振り向くと、メタセコイアの大木が二本、新緑の葉裏をなびかせながら礼拝堂を守る衛兵のように立っていた。

津久井執事の霊がそのメタセコイアの大木以上に大きくなり、ゆっくりと天に昇って帰って行く姿を兎束瞳は見た。

5

五月下旬にアルプス銀行の平成十四年（二〇〇二年）三月期の決算が固まった。正式には一ヵ月後の六月二十四日の定時株主総会で決まる。

取締役会に諮られ承認された決算は当初の見込みどおり、昭和六年のアルプス銀行創業以来初めてとなる赤字決算であった。その要因は多額の貸倒引当金の計上である。貸倒引当金積み増しが三〇〇億円、大口ノンバンク等の不良債権処理が三九五億円あり、最終当期損失一五三億円。

同時に今期の見込みも報告されている。

今期は貸倒引当金の積み増しが七〇億円程度に急激に減少、不良債権の処理額も半減しV字型に黒字回復するというものであった。

夏目調査役の関わった一般貸倒引当金の算定方法の変更によるところが大きいが、速報では貸倒引当金の算定方法の変更については一言も触れていなかった。

一方、『ちくま商工信用組合』も解散の最後の手続きに入っていた。

この五月末をもって昭和二十九年二月の設立から四十八年の組合の歴史に幕を閉じる。

小山金融整理管財人は夏目、北澤のふたりの補佐人を連れて当局に最後の挨拶をするために上京した。

関東財務局と整理回収機構を訪問してこれまでの経過の説明とお礼の挨拶をした。

その帰りに小山金融整理管財人は補佐人のふたりを上野駅浅草口近くの『絵日記』という居酒屋に連れて行った。

上田市では人目もありこうして金融整理管財人と補佐人が同席で宴席に出ることはなかったが上野ではゆっくり慰労会ができる。

小山金融整理管財人は北澤補佐人と夏目補佐人にあらためて礼を述べた。しかし、システムも再雇用も陰で小山金融整理管財人が支えてくれたことが大きい。

「いや、すべて小山金融整理管財人のお蔭です」

ふたりは同時にそう応えた。

「そうそう夏目さんと同じアルプス銀行にいる甥の若井良雄は銀行を辞めることになりました。東部町の町長に頼まれて町会議員に立候補するそうです」

「そうですか、議員先生になるのですか。銀行員より彼には合っているように思えます」

「親父も高校の教員を退職してから東部町の町会議員をやっていました。何とか勤まるでしょう。まあ、当選したらの話です」

彼は組織で人を使うより、自ら動いて他人のために尽くすほうが合っている。彼と一緒に登った鹿島槍を思い出す。山から塚越弥生のことを連想した。使えなくなったマンションの鍵を彼女に返してから一度も会っていない。連絡も途絶えたままだ。

その日は上野で最終の新幹線に乗るまで『絵日記』で全国の銘酒を順に飲み、語り合った。

帰りに買った長野の『信濃日々新聞』にアルプス銀行の人事異動が載っていた。

六月の株主総会で新しい取締役として飯島企画部長と勝山人事部長と上田支店の塩沢支店長の三人が内定したという記事だ。

それに関連して、与信管理部長の邑上浩の出向と後任の与信管理部長の名前が載っていた。

取締役に選任される者がいる一方、邑上部長のように外へ出る者もいる。

確かに邑上部長の出向先であるマルキュウみそはアルプス銀行メインの優良会社である。「マルキュウブランド」として全国的に有名な信州みその会社である。

本社は創業地である長野県下伊那郡辰野町であるが、実質的な本社は東京にある。業界では長野市に本社のある同じ信州みそのダイマルみそに次いで全国二位の会社である。二社で全国の味噌のシェアー三割を占める。メイン銀行はどちらも地元長野県のアルプス銀行である。


翌日、酔いの残ったまま、『ちくま商工信用組合』に定刻通り八時三十分に出勤すると、すでに本店の支店長が待ち構えていた。休暇中の瀬下涼子から退職届が送られてきたのでどう処理したらよいかとの相談であった。支店長は課長から先日、瀬下涼子の母が夏目人事部長を訪ねてきたことを聞いていたのだ。

瀬下涼子の母静江からの連絡はその後何もない。夏目補佐人は自分が本人に直接会って確認すると答えた。

もう瀬下涼子は本店に戻ることはないように思えた。一階に下りた際に本店営業部の中を一瞬覗いたが、彼女を失った窓口は花のない花壇のように寂しくなっていた。今になって生き生きとしていた彼女の存在がこの本店にとっていかに大きかったか分かる。

久保彰についての処分も今では形骸化して中途半端なまま『ちくま商工信用組合』の解散で終

わりそうである。

夏目補佐人はふたりについて小山金融整理管財人に相談した。

「瀬下涼子は本人の意思を確認すればいいが、久保彰の場合は判断に苦しむ」

「ふたりは今、一緒にいるそうです。久保彰の小諸の家か実家のある佐久町にいると聞いています」

「……………」

「私がふたりに会って、様子を見て来ましょうか」

「そうですね。きちんと会って話したほうがよいでしょう」

先に自宅のある小諸に行き会えなければ実家のある佐久町に行ってみよう。

久保彰と瀬下涼子のふたりに会わないことには夏目補佐人のわだかまりは消えそうにない。邑上部長から久保彰と岡本未知男が接触するかもしれないと聞いている。もし、遭遇することになったら、久保彰は自殺した小泉勝のことで岡本を恨んでいるかもしれない。どのようになるか不安である。それに瀬下涼子もそれに巻き込まれる恐れもある。

邑上部長の話では久保彰と岡本未知男の接点は佐久の羽黒下というところにある。

「幸い、私の手も空いて来ました。二十五日（土曜日）一日、佐久町まで出張したいのですが」

任期も残り少ない。今週末までに会わなくてはならない。

（何とかしなければ）と思う。

「夏目補佐人が会ってくるのですね。それしかないでしょう」
小山金融整理管財人は快く出張を認めてくれた。

夏目は久保彰の『身上書兼労働者名簿』を人事部の格納庫から持ち出し、必要事項をメモした。それから久保彰の小諸の自宅へ電話を掛けてみたが通じない。次に羽黒下の久保彰の実家へ架けてみたが既にその電話番号は使われていないとＮＴＴの案内が返ってきた。携帯電話は持っているると思うが番号は知らない。会えるか会えないか分からないまま夏目はともかく佐久へ行くことにした。

第十章　佐久へ

1

五月二十五日　土曜日
夏目清一郎、上田から佐久へ向かう

久保彰と瀬下涼子に会うために佐久へ行く日が来た。

朝、夏目清一郎はアパートの新聞受けから新聞を取り出す時に底に絵葉書があることに気づいた。ふだんアパートに郵便物が来ることはまれで、入っているのはセールスのチラシばかりなので新聞を取り出す以外は注意していなかった。取り出してみると、国際郵便で送られてきたはがきだった。

手に取ると石造りの大きな聖堂が写っている。

裏返すと宛名は夏目清一郎様となって、宛名面の下半分に書き込みがあった。

「二人だけで、スペインのサンティアゴ・デ・コンポステーラの街の教会で結婚式を挙げました。

ピレネー越えこそバスでしたが聖地巡礼にならい、その後のフランス道百キロをふたりで歩き通しました。念願の巡礼になってやっと着きました。フランスに戻ってから日本に帰ります。弥生」

「夏目調査役、ご昇格おめでとうございます。私たちは邑上部長のお蔭で無事ゴールインできました。重盛敦夫」

間違いない。楷書できちんと書かれた塚越弥生の字と短いが太い右肩上がりのクセのある重盛係長の字だ。

結婚した？

重盛と？

邑上部長のお蔭？

ふたりはいつから付き合っていたのだ。夏目清一郎は全くそのことに気が付かなかった。

絵葉書を呆然と眺めていると、持つ手が震えてきた。葉書を下駄箱の上に置くと、そのままうなだれ嗚咽を漏らしていた。

「自分は塚越弥生の何であったのか」

砂を力いっぱい摑むと手から零《こぼ》れ落ちる。そのような拳を握りしめたまま首を垂れた。しばらくそうしていると少し気持ちが落ち着いてきた。

部屋に戻り、コップに水を入れて飲んだ。

「あなたは私を知らない」

塚越弥生の声がする。

十一月のえびす講の花火の夜。自分が未だに係長で塚越弥生が調査役であることを自嘲気味に話した時、塚越弥生はそう言った。

そう言えば彼女はいつか『巡礼の旅』に出たいと言っていた。『巡礼』と聞いたその時は四国のお遍路さんのことを思い浮かべた。そして聞き流した。

まさか。

あの十時間以上ただ歩き通して峠を越える松本支店恒例の徳本峠《とくごうとうげ》越えに参加したのは彼女にとってそれも『巡礼』ではなかったのか。そう考えるとわざわざ長野から塚越弥生が参加した理由も分かる。長野に勤めていながら同じ長野にある実家を出てマンションでひとり暮らしをしていたのも人には言えない事情があったのかも知れない。そんな彼女の気持ちを夏目は何も知らない。

それなのに夏目清一郎は塚越弥生をただ山が好きな総合職エリート女性とだけしか見ていなかった。彼女をひとりの人間として理解していなかったのだ。彼女の抱えている悩みや望みに耳を傾けようとしたことは一度もない。つまり夏目清一郎は塚越弥生について何も知ろうともしなかったし、事実知らなかった。

あの夏山の尾根。

倒れた塚越弥生の帽子から開放された黒髪の甘い香り、濡れた髪がうなじに絡みついて細い肩が震えていた。それは塚越弥生も弱い人間のひとりであることを訴えていた。夏目清一郎の助けをどこかで求めていた……。


どのくらい経ったろうか、夏目清一郎はしだいに落ち着きを取り戻してきた。

スーツに着替え、鞄を持つと組織人としての自分に還ることができた。

夏目清一郎はアパートの前にある駐車場に向かった。

今は塚越弥生のことに拘っている時ではない。塚越弥生は『巡礼の旅』につまり彼女の人生に同行してくれる最高の伴侶を得たのだ。むしろ祝福をしてあげるべきだ。

一方、今、自分がすべきことは久保彰と瀬下涼子のために、ふたりを捜し、ふたりに会うこと。これも『ちくま商工信用組合』の人事部長として、自分がなすべき使命、『贖罪の旅』だと。

そう自分に言い聞かせた。

車を出し、気分を落ち着かせるため、普段は付けないカーステレオを付けてみた。

そこにはCDから自動録音された曲が入っていた。

曲は映画『死刑台のメロディー』で流れたジョーン・バエズの作詞したプロテストソング。これが真奈子が残した唯一のメッセージだった。

ジョーン・バエズの歌ではなくコーラスで作曲者のエンニオ・モリコーネ指揮のコンサートの

録音であった。

「ニコラとバートよ　私の心のなかで安らかに休んでくれ
最後と最期の時はあなたたちのもの
あなたたちの受難はやがて勝利となる」

英語の四行詩が繰り返され、しだいに高まって最後はトランペットと絡まって響きわたる。

無政府主義者であるがゆえに罪をでっち上げられ誤った裁判により電気椅子で処刑された貧しい移民のふたり。

運命を如何ともできなかった真奈子が家を出ていく前にひとりで繰り返し聞いていた曲。

看護師でありながら幼い娘を亡くし、そのために苦しみ佐久の家を出た真奈子は今どこにいるのだろうか。真奈子のことを思い出した。自分はその佐久へ再び行く。

一瞬、何のために佐久方面に向かうのだろうと自問した。

人事業務の一環として、もちろんそうである。

しかし、自分も何かしらあの佐久の地から呼ばれているように思える。

小諸の乙女駅近くにある久保彰の自宅に寄ったが、やはり留守であった。

昼。

小諸懐古園にある『草笛』というそば屋に入った。

野菜のてんぷらとざるそばを注文した。正解だった。ウドや春キノコの揚げたてのてんぷらがザルに盛られ春の香りを運んできた。そばと野菜。ここ信州でしか食べられない素朴なそれでいて贅沢な取り合わせである。

『草笛』の近くには島崎藤村の碑や小諸義塾の復元された建物など見所が多いが、今回はどこにも寄らずに目的地を目指した。

塚越弥生を失ったショックはまだ残っているが、この気持ちは誰にも打ち明けられない自分だけの痛みである。だからこそ久保彰や瀬下涼子に漠然と迫りつつある危機から二人を何とか救ってあげたいと思う。

国道一四一号を使って、久保の実家のある羽黒下に向かう。

同じ佐久ということで紛らわしいが、佐久市と佐久町は別のところにある。新幹線の佐久平のある平らな盆地が佐久市であるが佐久町は千曲川をさらに上流にさかのぼったところの山間にある。さらにその上流に八千穂村がある。現在は佐久町と八千穂村が合併して佐久穂町となっている。もし、そのまま千曲川を国道一四一号に沿ってさらに上流に進めば、小海町、そして千曲川源流の川上村に至る。

走行中に携帯電話が鳴ったので一旦切り、営業をやめたドライブインを見つけてそこの駐車場に入った。

表示はダイヤルのみで発信者の登録はない。そこへかけ直した。

「今、電話をいただいた夏目ですが」

「お忙しいなかお電話をしてすいません。瀬下涼子の母です」

「あ、いつぞやはお世話になりました……」

今、まさにその瀬下涼子のために向かっている。その母からの電話に一瞬戸惑った。

そう言えば、瀬下涼子の母、瀬下静江が妹の大井舞子と『ちくま商工信用組合』の夏目のところへ相談に来たとき、いつでも連絡できるようにと彼女に夏目の携帯電話の番号を教えてある。瀬下静江から携帯電話が掛かってくることは予測できた。

「実は涼子のことですが」

「どのようなことでしょうか。自分は今、久保さんのお宅へ行くところなんです。できればお嬢さんの瀬下涼子さんに会えればいいのですが」

「そうなんですか。それはそれはありがとうございます。実はお電話を差し上げたのは涼子からまた連絡がありまして……やはり彰さんの実家に居るそうです。それから……、この週末ですが、近くのお墓へいくことになったという連絡です。そのことをお伝えしようと」

「連絡がついて良かったですね。近くへ行く。今週末と言えば今日ですね。……どこへ？」

「詳しくは何とも言っていませんでしたが」

夏目は質問を変えた。

「それで、お嬢さんは今どこに居ると言っていましたか」

「久保彰さんと一緒に上畑というところに行くと言っていました。上の畑と書いてカミハタと読むそうです。実家のあるハグロシタ（羽黒下）から遠くない所だそうです」

「そこへ行けば会えるのでしょうか」

「多分……。部長さんにお知らせしておこうと思って……」

「ありがとうございます。助かります。とりあえず羽黒下のご実家へ行ってみます。それからご承知かもしれませんが、瀬下涼子さんから退職願いが本店のほうへ届きました」

「聞いています。本人の望むように結婚退職させたいと思います。いろいろご心配いただきありがとうございました」

「分かりました」

「涼子のことでこんなことまで部長さんにまで心配かけてすいません。お気を付けて行ってください」

「ご心配なく、とにかくお会いしてきます。涼子さんの様子はまたご連絡しますので、これで失礼します」

電話を切ってから、まだ瀬下静江は何か言いたいことがあったのではないかという気がした。

国道を走っていると千曲川が時に右になったり、しばらくすると左になったりする。

川幅が狭くなり、流れがしだいに早くなるので上流に向かっていることが分かる。

小海線もつかず離れず併行していた。

そうした流れに治って車を走らせている夏目清一郎の脳裏に何かが閃いた。それは母である瀬下静江の言葉に触発された思い出であった。

静江は母として娘の涼子の身を心配している。願うような祈りが夏目に伝えられたのだ。自分はこのような母の祈りに鈍感になっている、そう思うと自分自身に腹が立った。

そういえば、夏目の母は父が亡くなると、生活費を稼ぐため慣れない仕事に出掛けるようになった。そんなある日、清一郎が小学校から帰ると家はいつものように留守であった。倒産した会社の社会保険料滞納で差し押さえを受けめぼしい家具は今何もない。あの日も清一郎のおもちゃまで持ち去られていた。唯一残されたちゃぶ台の上に十円銅貨が置かれていた。

「せいちゃん。おかあさんがかえるまでパンをかってたべて」と書置きがあった。清一郎はひとりで近くのパン屋さんでパンを買い家に帰って言われたとおり食べた。

いつしか自分は寝ていた。

しかし、その日はとうとう母は帰ってこなかった。

清一郎ひとりを残して逝く母の思いはどんなであっただろう。車のなかで清一郎はあの書置きと握り締めた十円銅貨を思い出した。

車は山間を抜け少し開けた土地に入った。

「羽黒下駅前」という表示に従って国道を左折して羽黒下の駅前広場に入った。

広場は意外に広く閑散としていた。人事部の名簿にある久保彰の実家の住所は駅前にある。大きな商家のような久保林業の旧本店は閉じられていた。隣接している自宅は黒塀越しに松がのぞくりっぱな日本家屋であるがそこも門は固く閉められていた。どちらも人が住んでいる気配がない。近くに交番もなければ、訊ねる人影もない。

夏目は広場に車を停め、ＪＲの駅舎に入り窓口で駅員を呼び出し久保林業の自宅を尋ねた。駅員は久保林業のオーナーの家はあの丘の上だと教えてくれた。

教えられた丘に続く一本道の急坂を辿ると、眼下に今来た駅からの道とはるかかなたに千曲川と国道が見渡せる丘の上に出てきた。

その丘には一文字瓦葺きの和風平屋建ての建物があった。多分この家が自宅だと思い、低い生垣の前に車を停めた。

手入れの行き届いた庭の離れに茶室らしきものもある。鍵はかかっておらず、呼び鈴もない。玄関の引き戸を開けて声をかけてみた。

何度か声をかけているとお手伝いさんと思われる中年の女性が現れた。

「突然お伺いしてすいません。こちらは久保さんのお宅でしょうか」

「そうですが、どなた様でしょうか」

女性は顔見知りでない来訪者に戸惑った様子だった。

「私は『ちくま商工信用組合』の者ですが、久保彰さんにお伝えしたいことがあって上田から参りました。久保彰さんは御在宅でしょうか」

夏目は『ちくま商工信用組合』の人事部長となっているほうの名刺を差し出した。

「ちょっとすいません」

名刺を受け取ると女性は一旦奥へ入り、しばらくすると再び現れ、かしこまって答えた。

「わざわざすいません。本人はいま外出中で留守です。上畑というところにいます。もし、よろしければ私が彰さんの居る場所までご案内しましょうか」

「ご親切にありがとうございます。そうしていただけるとありがたい。是非、お願いします」

そう言ってから、夏目はあわてて話を続けた。

「そこに若い女性、久保さんの婚約者で瀬下涼子さんという方もご一緒ではありませんか。彼女も当組合の職員ですが」

婦人は一瞬、答えていいかどうか考え込んだが、夏目の真摯な態度に応じ答えた。

「おっしゃる方かどうか知りませんが確かにお連れの方もいます」

瀬下涼子に間違いない。やはり瀬下涼子はこちらへ来ていたのだ。ようやく面会という当初の目的を達成できる。

「それでは、そこへは私が車でご案内しますので車のあとから付いてきていただけますか」

そう言って、自分は親戚の者でこの家のお手伝いをしている久保洋子だと名乗った。

「お手数をおかけしまして、申し訳ありません」

久保洋子は近くの車庫から軽トラックを出してきた。

夏目はその後について丘を下った。

千曲川の流れがパノラマのように眼下に見える。

2

その千曲川の流れを見ているもうひとりの男がいた。

急坂を上り切り、千曲川が見えたところで、「外の空気を吸うから」と見晴らしの良い脇道でタクシーを一旦停めさせた。

中から黒いコートに身をくるんだ長身の男がタクシーから降りてきた。そして、遥か眼下の千曲川を見下ろした。

そこで男はこの羽黒下に来た昔の事を思いだした。

男はアルプス銀行与信管理部長の邑上だった。邑上もこの日久保綾子に会うため久保彰の実家のある羽黒下に来たのだ。

この山肌を縫う千曲川を上から見ていると、昔、紀ノ川沿いの製材工場を訪問したときのことを思い出す。

その頃、邑上は銀行の審査部で審査役をしていた。取引先久保林業の企業調査をすることになり、企業調査グループと一緒に久保林業の子会社を訪問した。向かった先は紀ノ川沿いにある和歌山県橋本市の製材会社である。なぜ信州から遠く離れた和歌山県の子会社まで調査範囲に加えたのか理由は明らかではない。何か銀行の上層部から橋本市の子会社に行って調査するようにと指示があったと記憶している。

紀ノ川沿いにある小さな製材工場を訪れたアルプス銀行の三人は、帳簿を見る間もなく、その子会社の社長に案内され、紀ノ川沿いにある橋本市内のこぎれいな料亭に連れて行かれた。そこにはすでに宴席が用意されていて、断る間もなく、酒と料理が運ばれてきた。

そこの子会社の社長こそ久保林業の久保恒夫社長の一族に連なる人物で久保林業本社の取締役も兼ねていた岡本未知男、つまり後の『ちくま商工信用組合』元理事長であった。

岡本未知男は三人が長野市からはるばるやって来た長旅の疲れを癒すようにと酒を勧めた。やがて三人が酔い始めた頃を見計らって、お酌をしながら岡本未知男は久保林業について爆弾発言をした。

それは本社が銀行を騙して行ってきた今までの粉飾決算の暴露であった。

これから調査をしようとする矢先、その事実を岡本未知男は自分から全て自白したのである。

粉飾内容は調査グループが予測していた額をはるかに超えるものであった。岡本未知男は一連の粉飾の経緯を説明しながらも、こうなったことに悔し涙を流し最後は号泣をした。

翌日、岡本は調査に来たアルプス銀行の三人に真田幸村ゆかりの九度山を見せ、高野山を回りそのまま帰らせた。

調査グループのほうはもはや帳簿を調べる必要もなくなっていた。昨夜の話で調査に来た成果は十分と判断した。帰りに福井県敦賀《つるが》市のもうひとつの子会社にも立ち寄ったが、そこでの調査も敦賀原発を見ただけのお座なりなものとなった。

この子会社の岡本未知男社長が暴露した内容を基にアルプス銀行があらためて再調査をすると二〇億円を超える粉飾決算の実態が明らかになり、債務超過もゆうに一〇億を超えることが判明した。手口は融通手形の乱発であった。この粉飾は町長の仕事で忙しかった久保恒夫社長の眼を盗んで、鳴澤経理部長が独断で行ったものとされ、調査は終了した。後はメイン行であるアルプス銀行の上層部がこの調査内容を久保林業の経営陣に示し、今後どうするかを決めることになった。

ほとんどがもともと業績が低迷していた久保林業の取引先の資金繰りを助ける目的で乞われるまま安易に資金援助として取引先へ手形を振り出し、いつしかそれが返されることもなく膨大な融通手形に化けたものである。つまり、実質的な貸倒金をそのまま貸付金債権として処理し資金繰りのために受け取った手形を割引に出していた。手形はアルプス銀行だけでなくもうひとつの地方銀行長野銀行でも割引をしていた。それぞれの取引銀行にはそれぞれの割引額に合うように粉飾した決算書を提出して実質的な借り入れ（割引）を少なく見せていた。

当時、久保林業は東京に本社があったが、社長一族は創業の地で本店のある長野県の佐久にいたので、邑上は支店長とともに羽黒下に来て羽黒下の駅前にあった旧本店の隣の社長の自宅を訪問した。

アルプス銀行では久保林業社長に直接面会して決断を迫る予定であったが、あいにく社長の久保恒夫は肝臓を患って佐久病院に入院しており、久保家当主の代行をしていた久保恒夫の妻で監査役の久保綾子に会うことになった。事態を冷静に判断し、最終決断までしたのは久保綾子自身であることを交渉の過程で邑上が知っている。

債務超過が多額で、収益での回復が難しく自主再建が無理だと判断したアルプス銀行は、当時のアルプス銀行東京支店長の斡旋で大手商社日総に営業権の譲渡を条件に負債の引き受けを交渉した。多分、この道しか倒産を避ける道は残っていないと伝え、最終決断を求めて邑上は小海支店長と一緒に久保綾子に会った。その席で邑上は現状と今後の展開について丁寧に久保綾子に説明をした。

最後に邑上は久保綾子に久保林業を日総に任せたらどうかと話した。ただ、久保家の個人資産提供が条件になっており、日総が示した条件はかなり厳しいものであった。

しかし、予想に反し久保綾子は、

「すべてアルプス銀行さんのおっしゃられるとおりにしてください」

と身売りにすんなり同意してくれた。

思いのほか久保綾子はアルプス銀行の意向を受け入れてくれたため、その後の日総との交渉と契約はスムーズに進んだ。

こうして一時は日本で有数の木材会社と言われた久保林業は倒産という不名誉を避け、事実上解体した。全国の支店と営業権は日総に移り、元の久保林業は育林事業と地元の建売住宅を商う地場の会社として存続し、再スタートすることになった。


岡本未知男は久保林業の役員でありながら粉飾決算に関与していないということで久保林業と日総のつなぎ役として株式会社日総の社員に転籍した。

その後岡本未知男は英語が話せ、経理に詳しいことから日総でも重宝がられるようになり、日総の香港駐在の現地子会社に派遣され、そこの総経理（社長）にまでなった。

バブルのはしりの頃である。商社である日総の接待費をふんだんに使いまくり、その金で人脈を築いたと邑上は後に人に聞いたことがある。多少の乱費は許されたおおらかな時代だった。

その後、業績が低迷していた『ちくま商工信用組合』の内紛に乗じて『ちくま商工信用組合』に乗り込み理事長にまで登りつめたというが、その詳しい過程は知らない。

こうして、粉飾を暴露した子会社の社長で取締役であった岡本未知男はそのまま日総社員となり、さらに『ちくま商工信用組合』の元理事長として邑上の前に再び現れた。

久保林業再建処理はアルプス銀行調査グループの粉飾発見と商社への営業権譲渡の好事例として決着した。

しかし、邑上は担当者として久保林業再建の経緯に何か納得できないものを感じていた。

最初の疑問は、邑上が拘ったことはあの橋本市で一族のひとりである岡本未知男がなぜ粉飾をあそこで明らかにしたのかという疑問である。

それとその後の展開で、一族の帰趨を握っていた久保綾子がなぜ、アルプス銀行の勧める『久保林業の身売り』にあのように素直に従ったのだろうかという疑問であった。

なぜかと言うとこの二つのことは邑上の関わった企業救済案件の経験ではほとんどあり得ないのである。

粉飾は事実を突き出しても認めないし、救済案はそれが最良と分かっていても企業経営者は乗ってこないのが通常である。しかし、久保林業の場合粉飾を会社側から告白し、その後もすべてアルプス銀行のシナリオどおりの展開となっている。

冷静な銀行マンでありリアリストでもある邑上にとって自分や自分たちの交渉力が優れていたためということは、はなから信じていない。自分の知らない何かの力があったと考えるほうが合っている。あまりに話の分かる久保綾子、あえて不都合な事実を暴露した岡本未知男。この二人の態度は邑上にとってどうしても納得できないものであった。

その後、久保林業の粉飾そのものが、どうやらこの岡本未知男が人の良い久保社長を利用し率先して行ったことであり、彼こそ粉飾の張本人であることがしだいに明らかになってきた。当事も社長の久保恒夫や本社の鳴澤経理部長にこのような大胆な粉飾ができるとはとても思えなかった。ひとつの疑問は解消した。それから、当時の山中頭取と久保家は近い親戚同士であることが分かった。山中頭取の本家から久保綾子が嫁いでおり、当事の山中頭取が担当者の知らないところで動いていたらしい。

しかし、このことが邑上に分かるまで、あの救済事件からすでに十年以上経過している。

それにしても岡本未知男は二度も会社を潰したほどの人物か。

しかし、邑上は岡本未知男の当時の姿を知っているだけに、そのような悪役の務まる大物には見えなかった。内実は小心で、場面場面を切り抜けることに長けたただの小物にしか思えない。久保綾子の掌で動いているように思える。

(もしかしたら、俺は奴を間違った眼で見ていたのかもしれない)

(あるいは久保綾子さんをたんなる旧家の世間知らずのお嬢さんと考えていたのが間違っていたのか……)

邑上はアルプス銀行という地方銀行で融資業務一筋に、主として企業への貸し出しの審査と企業救済に関わってきた。思えばすべての精神と心を尽くして取引先と密着できる地方銀行が取引先に何ができるかを一生の課題として生きてきた。

その銀行を去る日が間近に近づいた。

どうしてもこの疑問だけは解消しておきたい。

その思いに気づいたときにはこうして再び久保家に向かっていた。

邑上がタクシーに戻ろうとすると、軽トラックとそれに続く乗用車が坂道を降りて行くのが見えた。

二台の車は駅前まで行くと、国道方面を千曲川の上流に向かって走り去った。

3

上田市海野町の家を飛び出し佐久の久保彰の実家に来ている瀬下涼子にとって、今の日々の生活は夢のように過ぎていた。

四月十一日、あの雇用推進室設置説明会の会場で久保彰が罵倒され殴打された後、殴打した男はそのまま連行されたが、被害者の久保彰も事情聴取のため上田市常磐城にある上田警察署に行くことになった。

さいわい久保彰の怪我は殴られた痕が軽い痣《あざ》になっている程度でたいしたことはなく、久保彰は事情聴取が済むと解放された。

すでに夕方になっていた。

署から出てくる久保彰を待ち続けていた瀬下涼子は一緒になると久保彰の車に乗った。ふたりは常盤城からもと来た上田市街地のほうへ向かわず国道一八号を反対の北へ走った。

「遠くへ行こう。どこかで桜が咲いているはずだ」

久保彰がそう言うと、
瀬下涼子も応えた。

「私も桜が視たい」

ふたりの車は国道を離れて坂城インターから高速道路を上信越道に入った。

長野市を過ぎ、そのまま新潟県の妙高方面に向かった。

上越市で上信越道を下り、桜の名所である高田城址に寄った。城址公園には提灯が飾ってあったが、ソメイヨシノはまだつぼみであった。

高田を離れ、直江津の砂浜で夜の日本海の荒波をながめた。

深夜、長野へ戻る途中のホテルでふたりは初めての夜を過ごした。

翌日、長野市の善光寺界隈の桜は高田より早く、七分咲きであった。

東山魁夷《かいい》館に車を停め、ふたりは桜の中を歩いた。

帰りは長野市松代から直接上田に向かう地蔵峠を越え、真田の傍陽《そえひ》地区を抜けて上田市内に入った。

瀬下涼子は一旦ひとりで身の回りの荷物を取りに海野町の実家に戻った。母の静江には軽井沢の兎束瞳のところへ遊びに行っていたと嘘をつき、これから有給休暇を瞳と過ごすのでまた軽井沢に行くと言い訳をし、自分の部屋でスーツケースを出した。

そこへ瀬下静江が兎束さんにご迷惑が掛からないようにと十数万円持って現れた。

「これを持って行きなさい」

母は何も言わなかったが久保彰の元へ行くことを見抜かれたに違いない。きっと仏壇に隠してある緊急用のお金だろう。でも涼子は手元に現金がなかっただけに、母の気遣いは嬉しかった。少し後ろめたい思いをしながらも荷物を抱えて店を出て、商店街の外れで待っていた久保彰の車に乗り込み、ふたりはそのまま佐久町羽黒下の久保彰の実家に向かった。


信州と言っても市内の街の中で育った涼子にとって山里での暮らしは新鮮な体験である。

羽黒下の丘の上の久保家は農家ではないものの、周りは山と畑に囲まれている川沿いの村里にある。菜の花や芽吹いた新緑の森林のなかで暮らすだけで季節が微妙に変わることを身体の五感で感じることが出来る。山並みが遠近によって色合いが変わるのも新しい発見であった。それに毎日、家から眺める千曲川も日によって生き物のように変化している。

涼子を歓迎してくれているのは春の風のそよぎ。緑の匂いなどだけではなかった。瀬下涼子に接する人々も村人も皆自分を歓迎してくれていた。

母の綾子は涼子を喜んで迎えてくれた。お手伝いの久保洋子も母の意をそのまま汲んで、涼子の身の回りの世話をしてくれ、時には相談相手となってくれる。行き会う村人もはじめこそ、よそよそしかったが今では久保家の嫁として涼子に接してくれる。こうして涼子はそれが昔から決められていたことのように自然にこの佐久の地に溶け込んでいった。


この土地に来るのはこれで二度目である。

あれは昨年の春。

春まだ浅い頃、瀬下涼子はここに来て初めて久保彰の母の久保綾子と会った。その時の涼子の緊張感を思い浮かべると懐かしい。

久保綾子は視力を失っているにもかかわらず、涼子のことを息子の彰に「とても美しい人ね」そう話していたのを盗み聞きした。適当な表現ではないが、一目で涼子を気に入ってくれたのだ。外見のことでないとしたら尚嬉しい。

あの日、帰りがけにお父様に「あなたたちが一緒になることを報告するよう」に言われて、ふたりで上畑の久保家の墓地に行った。

あの時、ピンクの桜の花咲く木の下で墓守のような不思議な老人に会ったことを覚えている。

警察でふたりが一緒になったとき、桜が見たいと言ったのはあの時の桜を心のどこかに覚えていたのだろう。

あれからたった一年しか経たないが、その間、いろいろな出来事が重なり、久保彰は多くの者の憎悪の対象となった。そしてとうとうあの日、久保彰は罵声を浴びて殴られた。

あの誰もが怯《ひる》む殺気立った場面に涼子は何も考えずに飛び出し久保彰をかばった。

こんなことになるとは瀬下涼子自身も考えていなかった。周りから軽蔑されぶざまな彰を抱きえた時、涼子ははっきり彰への愛を確信した。（この人となら地獄へも行こうと）

そう考えると今までのわだかまりは消え、それからの毎日は光り輝くものになった。

先の見通しはない。しかし、今のふたりにとってそれは問題ではなかった。この里にいる限り大きな安らぎがふたりを覆っていた。ただ、こうした日々がいつか失われるのではないかと思う。それだけが不安であった。

一方、久保彰の心の中は愛する者と一緒にいるという幸せとともに『ちくま商工信用組合』では自分が何もできなかったというもどかしさと焦りそして悔恨の念が交錯していた。

これまでも『ちくま商工信用組合』を何とか立ち直らせようと思い、良かれと思って『改革』に取り組んだ。しかしそのことはかえって事態を悪化させただけであった。

志とは逆に『ちくま商工信用組合』は破綻し、その結果、恩人とも言える小泉勝を死に追いやり、多くの職員を露頭に迷わせ、取引先の多くを破綻に追い込んでしまった。

それればかりではない、自分は責任を追及される立場に追い込まれ、恋人の瀬下涼子を巻き込んでしまった。今は逃げるようにこの里に帰って来た。上田警察署の刑事から聞いた『ちくま商工信用組合』職員の本音、〈迷惑な余所者〉との評を聞き自分がいかに職員の気持ちを知らずに上滑りなヒーロー気取りであったかを思い知った。

そんなある日、久保綾子は彰と涼子を部屋に呼んだ。

「涼子さんもこの家ばかりにいては退屈でしょう。たまにはどこか息抜きに出掛けられたら。そう今週末は『龍の祭り』が鬼塚であるでしょ。明後日の金曜日から祭りが始まるから行ってみたらどうですか。鬼塚は上畑の洋子さんの家の近くだから洋子さんのお宅にご厄介になっても良いわ」

唐突な提案だったが、言われてみればこの町からそれほど出たことはない。彰は今では形ばかりになっているが、自宅待機となっている。先祖からの祭りならば許されるだろうと思いふたりは同意した。

「それにあなたもご先祖の祠のある『鬼塚』に涼子さんを案内したら」

久保綾子は彰にもそう念を押した。それから瀬下涼子に祭りの由来を話した。

「涼子さん。『龍の祭り』はもともと寛保という江戸時代に起きた『戌の満水』という水害の犠牲者を慰霊するための慰霊祭から始まった祭りです。今では『鬼塚』のある上畑で毎年開かれています。もうかつての慰霊の意味は薄れ、水の神様である龍に今年も十分な雨をくださいと祈る祭りに変わっています。上畑というところは久保家の先祖が出た里です。祭りは金曜日から三日間行われるので久保洋子さんの家に泊まれば良いですよ。去年お墓参りに行ったところだから覚えているわね。何もないところだけれど、祠と洞穴のある鬼塚や昔の砦跡も残っている。それらを見てきたらいいわ」

「わかりました」

「彰、ついでに『鬼塚』にある久保家の祠が古くなっているので、取り壊して新しいものを作り直したほうが良いか、見てきてください」

「分かりました」

「そうそう、一番大事なことを忘れてしまって。彰、涼子さん、結婚の報告をお父さんのお墓にしてきてくださいね。婚姻届は出してあるのですから。祭りが済んだら披露宴の準備をしてください」

久保綾子はふたりの行く末をすべて決めていた。

こうして、久保彰と久保（瀬下）涼子は丘の家を出て上畑の家へ行った。

4

久保綾子との面会（邑上）

邑上部長は玄関で呼び鈴を捜したが呼び鈴が見当たらないので、「ごめんください」と声をかけたが、返事がなかった。

留守かと思いためしに玄関の格子戸を開けると簡単に開いた。鍵はかかっていない。この辺りではあまり鍵をかける習慣がないと聞いている。戸締りをしなくてもそれだけ安全なところなのだろう。

「ごめんください。どなたかいらっしゃるでしょうか」

今度は戸を開けて、一歩中に入り大きな声で呼んでみた。

すると、手すりに手を添えながら紬の着物姿の女性が現れた。あの頃と変わらない久保綾子の姿であるが、手すりを伝わっているところだけが違う。

「失礼をしました。お待ちいただいたと思います」

老女は丁寧に板の間の玄関に座りお辞儀をした。

「久保でございます。すいません私は眼を不自由にしておりまして」

「こちらこそ突然お伺いしまして。失礼しました。電話で申した邑上です」

邑上部長はこの久保綾子に会うために長野からやって来た。あれから久保綾子が眼を患っていたとは知らなかった。しかし、もう七十歳を過ぎているはずの年齢にかかわらず凛《りん》とした姿勢の良さは変わっていない。

「あらためて申し上げます。私はアルプス銀行の邑上《むらかみ》と申します。以前、アルプス銀行の審査役だった頃、久保綾子さんにはたいへんお世話になりました」

「邑上さん……アルプス銀行の……もちろん覚えていますよ。あの久保林業を整理するときの……。その節はたいへんお世話になりました」

「覚えていただいていたとは光栄です。もうあれから十年以上になります。久保さんもお元気そうでなによりです」

「すっかり歳をとりました。それより、どうぞおあがりください。家の手伝いの者が外出していますが、そのうちに帰って来るでしょう。どうか遠慮なさらずに中に入ってください」

「よろしいですか……それではお邪魔します」

邑上部長はゆっくり歩く久保綾子に従って、奥の座敷に向かった。

そこは開け放された広縁を通して春の陽光が降り注いでおり、眼下に羽黒下の駅とその奥の国道、千曲川が一望に見渡せる部屋であった。机の上には茶器と湯沸しポットが用意してあり、その場でお茶を点ててくれた。この程度の作業はできる視力はあるように見える。

「その節はアルプス銀行が大変お世話になりました」

邑上部長は膝を揃えあらたまって挨拶をした。

「いえいえ、私どものたいへんな会社を救っていただきました。今でもこうして感謝しております」

久保綾子は深く頭を下げた。

「あの時は久保綾子さんがいらっしゃったおかげで何とかなりました」

「そうね。アルプス銀行さんのおっしゃられるとおりになりましたね」

久保綾子はいたずらっぽく応えた。

「いや、それも確かにありますが、こう言っては何ですが、久保さんのお宅にとっても最善の方法を決断していただいたと感謝しています」

「お蔭で、こうして悠々自適に過ごさせていただいております。邑上さんも今は銀行ではお偉くなっていらっしゃるのでしょうね」

「肩書きだけは与信管理部長を仰せつかっていますが、これも今月まで、来月からは銀行を卒業して外の会社に出ます。いわゆる出向です。しばらく出向身分ですが多分そのままその会社に転籍することになるでしょう。銀行員生活も今月でお仕舞いです。それで今日はご挨拶方々お伺いしました」

「それはそれは。長い間、お勤めお疲れ様でした」

邑上は、あらためて広縁と庭を見渡してから言った。

「以前、小海の支店長と一緒にお邪魔した時は駅前の会社の隣のご自宅でした。こちらへはいつ頃お移りになられたのですか」

「ここはもともと私の茶室があったところです。会社を小さくしてから病気の主人が亡くなったのを機に私も会社からすっかり手を引きました。その際、思い切って、ここに隠居部屋を建て増しして移りました」

「駅前の本社やご自宅はそのままですか」

「駅前の本社と家はそのまま町に寄付をしようと考えております。黒澤さんの家では先代が戦時中、奥村土牛《とぎゅう》の世話をしていた関係で『土牛美術館』を作りましたでしょ。同じように町に寄付するつもりです」

「あのまま残されるのですね。それは良いですね。でもここも眺めが良くて良い場所ですね。失礼、……気が付きませんで」

「結構ですのよ。私にはここの景色は今でもすべて見えるんです」

そう言いながら広縁のほうを振り向き、それから慣れた手つきでお茶を注いでくれた。

邑上部長は差し出されたお茶を静かに飲んだ。

「今日は久保綾子さんに折り入って聞きたいことがあって参りました」

「わざわざこんな山奥まで。聞きたいこととはなんでしょうか。おっしゃってください」

「そうおっしゃっていただくと……それでは不躾《ぶしつけ》な質問で礼を欠くのですが……。実は前々から気になっていたことがあるのです。もう時効になっていることだと思いますので私の銀行員最後のお願いとして教えてもらえないかなと……」

「私の知っていることは何でもお話しします。遠慮なさらずおっしゃってください」

「それでは率直にお伺いします。十数年前のあの時、アルプス銀行では久保林業さんの調査を全国の子会社を含めて行いました。そのひとつに橋本市の橋本林産があったのですが、あの会社の岡本社長から久保林業さんの本当の決算のことを教えていただきました。正直、あの話がなければ、アルプス銀行も踏み込んだ再建策をご提案できなかったのですが、あの打ち明け話は岡本さんご自身の考えでなさったことなのでしょうか」

「と申しますと……」

「どう考えても久保綾子さんの考えではないかと前々から思えてならなかったものですから……失礼があったらお許しください」

「そうかもしれませんし、そうでないかもしれませんね。遠い昔のことで忘れました。私の願いは皆さんに迷惑が掛からないようにすることだけですから」

否定をしないということは認めたようなものである。やはりあの時の話はここにいる社長夫人か久保恒夫社長か、あるいはふたりが相談してそうするように仕向けたものであったのだ。邑上はそう確信した。

ただこのような結果を招いた粉飾そのものがその岡本未知男自身が行ったことであることをこ

の久保綾子は知っていたのか、邑上にはさすがに確信がもてない。聞きたいがそれを本人に確認することは控えた。

「そうですか、不躾な質問をお許しください。失礼のついでにもうひとつだけお教えください。上田市に本店のある『ちくま商工信用組合』の最近のことはご存じでしょうか」

「あそこが破綻し、アルプス銀行さんのご厄介になっていることなら知っております」

「綾子さんはご存じでしたか。正式には金融機関が共同で債権とお取引先との取引を引き受けたということですが。そのことは御子息の久保彰さんからお聞きになったのでしょうか」

「あの子は何も言いません。でも、そのことは承知していました。岡本から聞いていましたから」

「岡本……岡本さんというのはまさか久保林業の岡本未知男さんのことですか」

「そうです。岡本未知男です」

あの時と同じように岡本未知男が久保綾子と今も繋がっている。予想していたこととはいえ邑上にとって衝撃であった。

「確か、岡本未知男氏とご子息は御親戚だと伺っていますが」

「そうです。岡本も夫の恒夫もふたりは従弟になります。ふたりとも久保伊平の孫ですから」

「伊平さんと言いますと久保家を幕末に再興されたという」

「そうです」

久保伊平は水害で落ちぶれた久保家を幕末に繭の販売で再興した人物である。伊平はくず繭の行商から始めて莫大な資産を残したが、伊平の残したものはそれだけではなかった。佐久の三賢兄弟と言われる三人の子供を残した。長男の伊平治《いへいじ》は久保林業を立ち上げ、電信柱、枕木の生産で日本一の会社とした人物である。次男の宇一朗は東京帝国大学を出て経済学者となり、三男の伊蔵は小諸にある老舗の酒造所に養子に入り、そこを名実ともに佐久平一の酒の醸造所にしている。

恒夫はその久保林業を立ち上げた久保伊平治の長男である。

「それでは岡本未知男さんは伊平治さん以外の……」

「いえ、伊平の娘の子にあたります。伊平には次男と三男の間に娘が一人おり、遠い親戚の宿沢の家に嫁ぎました。そこの子です」

シュクザワ。邑上が関わった久保林業の再建には出てこなかった名前である。

「邑上さんならお分かりになると思いますが、昔は『家』の存続のために婚姻をしていました。宿沢の家を残すために嫁に行ったのだそうです」

「それでは岡本さんはもと宿沢未知男さんなのですね」

「そうです。岡本というのは奥さんの家です。上田市真田の傍陽《そえひ》というところの庄屋でした。戦争中は皇族の疎開先の候補にもなったお家です。未知男はそこの婿養子になりました」

「それでは宿沢家は」

「今では絶えてしまいました」

邑上部長は聞きながら、宿沢という音がどこかで聞いたことのある名前ではないかと考えていた。いや名前ではなく、宿《しゅく》……そう言えば大村恵の行った『宿ホテルチェーン』が宿《やど》をしゅくと読ませている。それも夏目補佐人の報告では久保彰の提案であるとか。

「そうですか、それで岡本理事長の経営なさっている『ちくま商工信用組合』に入れたのですね」

ややあって久保綾子は広縁のほうを見てから答えた。

「あれは私の間違いでした。久保と宿沢を一緒にさせるべきではありませんでした」

「………」

間違いというが、何が間違いなのか邑上は分からないまま勧められたお茶菓子を口に運び話題を変えた。

「それでは『ちくま商工信用組合』の内部告発も綾子さんが裏で……」

「……それは関係ありません。いくらなんでも私は二つも会社を潰しませんわ。でも岡本は私のところへ相談に来ました。内部告発があり、今度という今度はダメだと」

「それではここへ見えたのですね」

「二度目はつい昨日のことです。急な連絡でした。彰に会わせたくないと思い、祭りがあると無理を言って彰を本家のほうへ泊まりに行かせました。お蔭で二人は会っていませんが」

「それは……（何よりでした）」と言いかけて、邑上部長は言葉を濁した。

「岡本さんは何を……」

「私は岡本にあなたらしくないと言ってやりましたよ。散々悪いことをしてきたあなたがまた、私のような者のところへ泣き言を言いにくるなんて」

「立ち入ってまことに恐縮ですが岡本さんは今度のことをなんて言っていましたか」

「そうね『ちくま商工信用組合』の破綻は確かに自分にも責任がある。しかしバブルが弾け、運もなかった。自分の周りに集まって来たものは皆欲に駆られて自分を利用しようとしている者たちばかり。具合が悪くなると手のひらを返したように自分を非難する。というような愚痴話です」

「………」

「それからこんなことも言っていましたよ。お知りになりたいでしょう」

そういって久保綾子は岡本未知男とのやりとりを語り始めた。

「久保林業の事もそうだ。あの時はあなたの指示どおりにした。俺は内部告発した者と昔からの仲間から軽蔑された。逆に久保恒夫社長はこの町の人に慕われて亡くなり、名誉町民にまでなった。しかし自分は追われるようにこの町を出た」

「それでも日総という大手商社に移ることができたんじゃありませんか」

邑上は言った。

「もちろん。でも岡本は言っていました。確かに俺は日総に移ることができた。しかし日総でも針のむしろの上で過ごす毎日だった。まあ、香港支店長になれたのはなれたが。後は田舎の金融機関である信用組合に移った結果はこうなってしまった。全て運命だとあきらめている」

「……でも結局はうちの彰まで巻き込んでしまいましたね」

「ああいう学問のある批評家的な人間は私の思うように動いてくれない」

「それは違います。あの子の良さをあなたには理解できないだけ。あなたはあの子のことを何も知らない」

「……そうかもしれん。わしはあいつの真っ当さを妬んでいたのかもしれん。光のような久保恒夫のような……」

邑上は思い出すように話す久保綾子の言葉を黙って聞いているしかなかった。聞きながらも目の前の久保綾子にも若かりし頃、久保林業の御曹司である久保恒夫と当事の宿沢未知男の三人がこの佐久の地でどのような関係にあったのか、そのことが邑上の頭を過った。

「久保伊平と宿沢薫《かおる》さんのような関係は昔の話だったのね………」

綾子は謎めいた言葉をつぶやくとまたお茶に取り掛かった。

しばらくしてから、邑上は岡本の最近のことを聞いた。

「あれからしばらく外国のどこぞにいっていたそうです。ほとぼりが冷めた頃と思って傍陽の家に帰ってきたが、もう逃げ回る生活にあきあきしたと言ってました」

「でも、彰と会ったらあなたはどうします。彰はあなたを糾弾するかもしれませんよ」

「分かっている。そうなったらそうなるまでだ。ただ今度こそはほんとうに姿を消すつもりで帰った。その前に綾子さんには言いたいことを言うつもりで来た」

「あの子は賢いので、うすうす気が付いていると思いますよ」

「伊平は事業で稼いだお金を皆さんにお返ししなさいと、困っている人々を分け隔てなく助けました。あなたは旅の人を守る宿沢の家を継ぐ身ながらそれもせず結局出てしまいましたね」

「俺が闘ってきたのは、あの恒夫の言う調和だとか共存だとか、そういう上手なことを口にする手合いだ。やつらはそう言って好き勝手なことを言っている。そういうやつらこそ甘えと無責任を撒き散らしている。あの時だって、俺が俺の信じるように決断していればこんなことにはならなかった。だが俺は恒夫に負けた。そして今度は彰にも負けた……」

「そう涙声で言い残して、岡本は帰りました。

邑上さん。これであなたのお知りになりたかったことは全て分かりましたか」

「ひとつだけ。つかぬことをお伺いしますが、奥様のご実家はこの近くですか」

「ご存じかと思っていました。私は大日向の山中の出です」

「山中頭取とは？」

久保綾子は笑ってそれ以上は答えなかった。

語り終えると、久保綾子は出書院から見えないはずの千曲川を見やりながらまた口を閉ざした。まるですべてのことはあの千曲川に聞けば分かるとでも言っているようだった。邑上部長はまだ第三者の自分の知らない肝心の事があるのかもしれないと思ったが、久保綾子もそのことは教えてくれないだろう。お暇の挨拶をして久保綾子の家を出て待たせておいたタクシーに乗り込んだ。

久保綾子はこうしてこの丘の家から下界の有様を何もかも見ていたのだろうか。

邑上部長は丘の上の家を振り返りながら思った。

それにやはり、久保林業の件も山中頭取が陰で動いていたのだ。頭取の意を汲んで久保綾子は決断をし、岡本未知男がそれを実行に移したに違いない。山中頭取は『ヤマオカ精機』のM＆Aの件を自分で動きながらそれを全く外に洩らさなかった。己の成した成果を全て黙し真のバンカーとして一生を終えるつもりだろう。あの頭取にとって己の功績云々などはなから問題にしていない。自分もあの世渡りだけが上手な塩沢が取締役になるなど納得いかないというような小さなことは忘れよう。それに、もしかしたら塩沢には自分の知らない取締役としての素養があったのかもしれない。

邑上はこころの中で尊敬していた山中頭取の大きさをあらためて知り、畏敬の念をさらに強くした。これで思い残すことはなくなった。三十年間勤て、情熱のほとんどを注いだアルプス銀行から心置きなく外に出ることができる。そう思い邑上部長は久保綾子の丘の上の家に深々と礼をした。

5

夏目補佐人は案内の久保洋子の軽トラックに遅れまいと着いていくのが精いっぱいであった。上畑がどのようなところか知らないだけにあとどのくらい走れば着くのか検討がつかない。時折、集落が見え上畑に着いたと思うが久保洋子の軽トラはそこを通り過ぎる。

さほど羽黒下から遠いところではないはずだ。尾根がところどころ関所のように立ちはだかりそこを迂回《うかい》するため遠い道のりと錯覚している。と思った時、久保洋子の軽トラックは集落のひとつに向かって左折し坂を上り始めた。

大きな沢の一番奥の集落が『上畑』であった。さらにその奥の迫る山に隠れそうな屋敷が久保洋子の家であった。

そこの庭に久保洋子の軽トラックが入っていく。

大きな庭だった。夏目補佐人もその隣に車を停めた。こんな山の上にありながら、庭園があり清らかな水の豊富な池がある。

「着きました。ここに彰さんとお連れの方がいます」

「こんな上のほうでも水があるのですね」

小さな滝が流れ落ちるみごとな池には錦鯉が泳いでいた。

「そうね。ここは山の上だけれど湧き水があるから人が住めるのです。冬もこの池は凍りません。家の裏手の尾根伝いに昔の城跡があります。ここもお城の砦の一部だったと聞いたことがあります。久保家の墓地は砦の一角になります。そこからその真下に向かい、千曲川まで下ると『鬼塚』という氏神を祭った場所になります」

そう洋子は説明すると、農家の土間に入り、居間のほうへ声をかけた。

「彰さん。彰さんお客様を連れてきましたよ」

返事は無かった。

代わりにお婆さんが出て来た。

「彰さんはひとりで『鬼塚』に行った」

聞き取りにくい声で洋子に伝えた。

「それではお連れのお嬢さんは」

「娘さんも後から『鬼塚』へ行った」

「えー。涼子さんを独りで行かせたの」

「道を聞いてきた。どうしても行くんだと言って」

「おばあちゃん」

久保洋子は非難するような困ったような表情で言ってから、どうしようかと夏目補佐人を見た。

「洋子。どこの御方じゃ」

「すいません。夏目と申します。久保彰さんと瀬下涼子さんの勤めている『ちくま商工信用組合』の者です」

お婆さんは耳が遠いようで、同じことを久保洋子が傍に寄って大声で伝えた。

「ご苦労なことを」

そこへ突然携帯電話の呼び出し音が鳴った。

表示をみると邑上部長からである。

「夏目。今、どこにいる」

「佐久にいます。久保彰さんの実家に行って、今、上畑という集落に来ています。ここで彼らと会うつもりですが」

「そうか。俺も佐久だが、お前も取り込み中だな。それでは電話で要点だけ伝える」

夏目補佐人は携帯電話の会話を久保洋子に聞こえないよう手で囲み庭の入り口のほうへ移動した。

「先ほど、金融整理管財人の小山さんから連絡があった。岡本元理事長をもう一度告訴するかどうか検討してみると」

「ほんとうですか。告訴は取りやめになったんじゃありませんか。新しい証拠でも出たんですか」

「本人が自宅に戻ってきたそうだ。上田といっても真田町の傍陽という田舎だが。警察が参考人として呼び出したそうだが、呼び出しには応じなかった。それと昨日家宅捜査をして自宅から金塊を押収したそうだ。ただ、昨日から本人とは連絡がつかないそうだ」

「もしかしたら、こちらに来ているかもしれません。私は本人に会ったことがないので会っても分かりませんが」

「俺もそれを考えた。岡本は昨日羽黒下に来たのではないかと。そうだとすれば近くにいる可能性もある」

「それで、どのような容疑ですか。背任行為とか、脱税とか。家宅捜査するとなれば相当な確証があったのでしょうね」

「そうだろう。ただ『ちくま商工信用組合』の背任の件ではなさそうだ。警察は岡本が香港時代に裏でマネロンに関わってきた容疑で今まで追っていたらしい」

「マネロンって、あの不正な資金を洗浄するマネーロンダリングですか。香港時代の？　当時のことならすでに時効になっているのでは」

「それが、『ちくま商工信用組合』に移っても続けていたらしい。寺島という『ちくま商工信用組合』の金融顧問をしていた者が逮捕され金融マフィアと岡本とのつながりを吐いた。それによるとそちらの筋からも岡本は狙われているらしい。身の危険もあるとのことだ」

「岡本はそのことは」

「恐らくもう気づいているだろう」

「久保彰は」

「全く知らないだろう」

「岡本と久保が鉢合わせでもしたら間違いが起こりかねません」

「そうだ。それを一番心配している。岡本はともかく久保は助けたい」

「部長、久保と瀬下の二人はこの近くにいるかもしれません。至急会ってきます。一旦電話を切らせてください」

「くれぐれも気を付けてくれ」

携帯電話を仕舞うと夏目清一郎は久保洋子に訊ねた。

「洋子さん。『鬼塚』というところは遠いのですか」

「この近くです。実はこの家から近道があって歩いていけるそうです。そこには社と洞窟があって、この上畑の部落を襲った洪水の犠牲者のための追悼碑もそこにあります」

「彰さんも連れの女性もその『鬼塚』にいるんですね」

「おばあちゃんの話では『鬼塚』に行くと言っていましたので多分……」

「すいませんが、案内してください。今、すぐに」

「分かりました。この家の裏に抜け道があります。私に着いて来てください」

その時半鐘が打ち鳴らされた。カーン、カーン、カーン、とゆっくり打ち鳴らされた。

「あれは祭りでこれから古い龍を燃やすという合図です」

久保洋子が解説した。

今度は下の集落のほうから悠長な声がした。

「火がつけられたぞー」

見るとすぐ近くの尾根の下から白い煙が上ってくる。

今にも雨になりそうな暗い空に白い煙が見える。

「二日目の今日の祭りは一年前に藁で作った龍を燃やして川に流すのですが……」

予定されていることとわざわざ断わったものの久保洋子は何か不安そうな顔を一瞬夏目清一郎に向けた。

「久保彰さんと瀬下涼子さんが一緒にいるはずです。すぐに行きましょう」

そう言って、久保洋子を急かして庭から裏へ通じる小道に向かった。

夏目清一郎は途中から久保洋子を追い抜いて先に進んだ。

煙が見える。久保洋子の家の裏手の下のほうから。

第十一章　龍の祭りの後

1

久保彰は結果として、組合から追放され、やむなく羽黒下にある実家に瀬下涼子を連れて戻ることになった。しかし、久保綾子をはじめ久保家の面々はふたりをあたたかく迎えた。周りの者は誰も『ちくま商工信用組合』の破綻について問うことは無く、こうして跡継ぎが配偶者を伴い帰ってくることを何よりも歓迎した。

久保彰はここで心を落ち着けてあらためてこれまで『ちくま商工信用組合』でのことを振り返ることができた。

なぜこのように歯車が狂ってしまったのだろう。

岡本理事長を心底信じられなくなったのは『あの日』からだ。『あの日』のことが昨日のことのように鮮明に浮かび上がってきた。すべての歯車は『あの日』から狂い始めた。

『あの日』

「組合員の増資を今から取りやめろだと。よくそんなことが言えるな」

理事長室に響き渡る怒気を含んだ大きな声がした。

机を叩いて立ち上がった岡本理事長は久保融資部長に初めて罵声を投げかけた。

岡本理事長は今度の理事会に組合員勘定の出資金を今の六億円から一〇億に増やす提案を諮ることにした。それを知った久保部長は理事会に諮られればイエスマンだけで何も機能していない理事会は岡本理事長の思うとおり承認される。自分には権限は全くないことを承知で阻止しようと決意した。理事長に最も身近な自分が身を捨てて増資を食い止めるべきではないか。そう思い込んで理事長に直談判するため理事長室に飛び込んだ。

「理事長は本気ですか。こんな増資は組合員に対する詐欺行為です。絶対にいけません。今まで、私は理事長の求めに応じ、どんなに無理な融資案件にも何とか協力してきました。ですが今度ばかりは見逃すことはできません。債務超過を隠すために増資をする。それは出資者を騙す行為です」

信じられないくらい思っていることを、しかも大声で主張した。今までの存念を一気にぶつけているようであった。それがいけなかった。

岡本理事長は最初、信じられないといった顔で久保彰を見ていたが、それが飼い犬に噛まれたのが自分だと気づき、久保に向かって大声に倍する声で怒鳴り返した。

「お前には分からんのか。この組合が今どうなっているのか。それに、今潰れればどうなるかということが。潰すぐらいなら一か八か再建に掛けてみるのが経営者としての当然の行動だろう。他に方法はあるのか。あったら言ってみろ。いいか、お前のほざくようなことはすべてきれいごとだ。そんな御託はいちいち言われなくても百も承知だ」

こうなっては久保も後へ引くことができなくなった。

「この『ちくま商工信用組合』がもしこの社会で必要がない、価値がない組合であるのなら、むしろこのままやめるべきではありませんか」

「まだ分からんのか。俺やお前が何をほざいてもほざかなくても、潰れるものは潰れる。今は俺の好きなようにやらせてもらおう。ただ、俺はお前のその正義感ぶったその態度だけは許せない。いらんことに口を出すな。すぐにここから出ていけ」

岡本理事長が部屋を出ていく久保に最後に追い打ちをかけた。

「お前が何をしていたのか俺が知らないとでも思っているのか。俺は（投資顧問の）寺島からお前が中国でしたことをすべて聞いていたぞ。それと同じだ。経営とはきれいごとで済まない。お前がアメリカのビジネススクールで学んだことはいくら理屈が好きなここ信州でも通用しないことばかりだ。……お前も俺も同じ穴のムジナだ。それだけは忘れるな」

そして最後に独り言のように付け加えた。

「お前もここまで言えるとはお偉くなったもんだ」

岡本理事長辞任間際に、人事異動が掲示された。幹部の人事異動がどのように決められているのか久保は知らないが、理事会承認であっても岡本理事長の指図ですべて決まるのであろう。

久保彰は突然融資部長を解任され、後任者は置かず伊藤専務が融資部長を兼任するという人事が発表された。

久保は人事部部長付となり、全ての業務から外された。

この理事長の人事をおかしいと疑う者はいても誰も文句は言えなかった。それどころか話題にすることさえ憚られた。ワンマン体質の組合内で理事長決定に意義を唱えることは自分の身を滅ぼすことを意味する。それまで岡本理事長は『ちくま商工信用組合』の人事権すべてを握っていた。理事・監事の任命は言うに及ばず臨時に雇い入れる職員まで岡本理事長がいちいち承認しなければ雇えないという。彼に逆らう者は誰であれ『ちくま商工信用組合』を去らねばならなかった。

「同じ穴のムジナ」

そう岡本理事長は確かに言った。

そうかもしれない。

あの日が原因で結局融資部長を解任された。後日自宅待機、さらに自宅謹慎処分となって久保彰は自分を見失った。

人前に公然と出たのは小泉勝の葬儀の席を除けばない。その後はあの皆の前で殴られた雇用促進室設置説明会の席である。

その後、上田から瀬下涼子を連れて佐久の羽黒下の実家に帰った。

久保彰は何も聞かない母の下でしだいに今までの日々を振り返るゆとりを持ってきた。

しかし、身に降りかかった『ちくま商工信用組合』を潰した張本人だという思いは拭い去ることはできない。そんな悶々とした気持ちを持ったまま久保彰は久保綾子の言うまま上畑に来ていた。

上畑の本家の家で昨夜、久保洋子は涼子に龍の祭りの由来を詳しく語って聞かせた。

龍の祭り、別名「龍神祭り」は寛保に起きた『戌の満水』にも耐えたというぶなの大木の大枝の上に新しい龍を飾りつけることで、水の神様である龍を蘇らせる祭りです。龍は毎年生まれ変わるため、初日は祭りの役員が総出で新しい龍を新しい藁で作ります。そして新しい龍の口に札を入れ龍に魂を入れると古い龍は死にます。死んだ龍をブナの枝から下ろしてその日の祭りは終わります。二日目は古い龍を燃やして千曲川に返す。これを『龍送り』と言って、祭りの最大のイベントになります。龍の燃え具合でその年の雨量を占うのです。三日目は新しい龍を迎えた喜びのお祝いをします。このようにお祭りは金曜日から土日をかけた三日間に亘って行われます。

それを鬼塚という洞窟の前の広場で行うのだと。

その日は初日にあたり久保彰と涼子は『鬼塚』で龍作りを見てきたばかりであった。

二日目の今日、いよいよ古い龍を燃やし川へ送る。祭りもメインイベントとなるがこの川送りには久保彰はひとりで来るつもりでいた。川送りから涼子を遠ざけるのには秘密がある。彰は少年の頃、龍への贈り物が必要との言い伝えを信じ、この川送りで古い龍と一緒にいつもこっそり自分の宝物を流していたからだ。今の自分の宝物といえば涼子しかいない。涼子を連れてくると何かしら不吉な気がしたからである。しかし、それは涼子に説明できる類のものではなかった。

ぶなの大木の大枝の根元には古くなった龍が鎮座していた。雨露に一年間放置されていた龍は今ではすっかり黒ずんでいる。すでに氏子たちが集まって作った新しい龍は魂入れの儀式つまり札入れをして、ぶなの大枝に上っている。

いよいよその古い龍を燃やしながら千曲川に返す儀式がある。『鬼塚』に向かう沿道にはすでに軽トラなど何台もの車でごった返している。

彰はぶなの木に近づき古い龍を見た。既に魂の抜け殻となる自分の運命を悟ったように悲しそうな眼をして眠っている。

新しい龍ができると今日古い龍は役目を終えて燃やされ、千曲川に流される。その龍がなんだか自分のように思えてくる。

すると、あの軽井沢の支店で見た水彩画が蘇ってきた。

帰っておいでと呼んでいる。

思い出というほどはっきりしないが懐かしい想いが浮かび上がってくる。


それとともに再び『あの日』のことが蘇ってきた。

どういう訳かそこには皮肉を含んだ薄い唇をした投資顧問の寺島がいた。

その頃、岡本理事長が呼び込んだ投資顧問の寺島という証券マンが久保彰に近づいて来た。寺島は投資の研修のために上海《シャンハイ》で行われる投資セミナーへの参加を勧めた。岡本理事長も承認しているということで久保は参加することにした。

初めて見る上海は鄧小平の開放改革の号令のもと大規模なビルと高速道路の建設ラッシュの真っ最中であった。第二次世界大戦後初めて再開された浦東《プードン》新区にある上海証券取引所を見学し、中国人の経営する投資会社にも案内された。

その日の夜は盛大な歓迎会が催された。

外灘《ワイタン》バンドにある大和ホテルのジャズメンが呼ばれ、古いスタンダードナンバーが演奏され、中国語による歓迎の挨拶が続き乾杯が繰り返された。アルコール度数の高い蒸留酒である茅台《マオタイ》酒に久保彰はすでに意識がもうろうとなっていた。

カラオケ店に連れていかれ、スリムでロングドレスの似合うカタコトの日本語を話す若い娘と一緒に歌を歌い、ジーンズに穿き替えた彼女を『お持ち帰り』してホテルに戻った。

翌日は無錫《ウーシー》、蘇州《スーチョウ》を観光し、泊まった蘇州でも同じように強い度数の白酒《バイジュウ》による祝宴が続いた。浦東《プードン》空港からの帰り、お土産にと数十万円の日本円を渡された。証券取引所で真似事の投資実習で得た成果だと寺島は説明した。その頃の上海の証券業界にはインサイダーもコンプライアンスもなく、籠絡が平然と横行していた。久保彰はそれらの罠にまんまと嵌《はま》ってしまった。脇が甘いといえば甘い。しかし、無菌で育ったお坊ちゃんに罠から逃れる道はなかった。

酒と金と女のハニートラップ。

このような世界は自分には縁のない世界と思っていたが、その自信が間違いだった。これでは寺島や岡本となんら変わりがないではないか。

まさに同じ穴のムジナ。

久保は理事ではないので権限外の投資活動に口を挟むことはできない。それからは岡本理事長と寺島顧問のふたりの行動を見て見ぬふりをするしかなかった。

落ちるところまで落ちた。汚れるところまで汚れた。

そう思っているところへ次々と理事長案件が襲ってきた。最初は『甲武信ゴルフクラブ』の案件である。

「川上支店の支店長から稟議書が上がってきたら、文句を言わずに承認してあげなさい」岡本理事長から囁かれそのとおりにした。

高原野菜で有名な川上村、千曲川の源流にゴルフ場を作るという計画である。

いくら日本列島総ゴルフ場と言われた時代とは言え、東京からみれば八ヶ岳の裏側甲武信岳のふもとにゴルフ場を作るなどまともな計画とは思えない。しかし信用組合の一取引先の限度となる五億円の建設資金の融資が実行され、まだ建設すら着手されていないゴルフ場の会員権が都会で売り出された。そして行き着くところはまるでそうなることが決められていたかのように計画は頓挫した。リベートが岡本理事長に流れたという噂だけが残り集められた金は闇に消えた。

ところが皮肉なことにその頃になって『改革派の黒幕は久保彰だ』という声がささやかれるようになった。

確かに一時は『改革派』を自称して小泉勝など一部の者たちとこの『ちくま商工信用組合』を立ち直らせようとした。しかし、『あの日』以降、久保彰は抜け殻のようになっていた。今思えば、あれから自分はむしろ『改革派』の邪魔をする立場にいたのではないか。

ところがそのような中で、『ちくま商工信用組合は決算粉飾のために投資の損失をステップダウン債に切り替え損失を隠している』と金融庁に内部告発をした者が現れた。久保もそれが誰の仕業か知らない。

すぐさま金融庁の特別調査が行われ、それが事実であることが明確になった。岡本理事長はこの調査の直前に寺島との顧問契約を解消した。

そして岡本元理事長は金融庁に証券投資については久保彰など証券業務の研修を受けた者の提案でしたことで自分は何も知らなかったと証言するようになった。さらに当事話題になってきた乱脈融資を含め、ここまで組合の資産内容を悪化させたのは融資部長の久保彰の行ったことだと説明し、熊谷理事長は久保を今度は自宅謹慎処分にした。

久保彰はここにきて金融庁から要注意人物としてマークされる人物になった。

そうなると改革派である職員も急速に自分と距離を置くようになった。

そればかりか、金融庁への告発も久保彰のしたことと思われ『ちくま商工信用組合』内部の職員や理事からは『ちくま商工信用組合』をここまで貶《おとし》めて金融庁に売った者、裏切り者と久保を公然と非難する者も出てきた。

「久保の裏切りのお蔭で俺たちは職を失う羽目になった」

内部告発以降せめてもの慰めは内部告発が契機となり岡本ワンマン理事長を退陣に追い込んだこと。

しかしながら、岡本は退任にあたって在任中に資金量を倍にしたという成果を強調し、五〇〇〇万円の退職慰労金を手に『勇退』した。普段は資金繰りに汲々としていたがその時はそこに増資金があった。

金融庁の内偵は進んでいたが岡本元理事長までまだ追及は進んでいなかったのだ。

一方、久保の責任は次の熊谷理事長による内部調査により確定的となった。それをまとめた責任者は久保の後任の佐久支店長小泉勝である。しかし小泉は内部調査が済み、『ちくま商工信用組合』の破綻が公になる直前自ら死を選んだ。

自分が正義だと思い、とった行動は全て裏目裏目に出た。

破綻の直接的なトリガーは内部告発であった。内部告発という行為を正当化するつもりはない。どのような理由があるにせよ、自分の属する組織を売る行為であることに変わりない。しかも、その内部告発が引き金となり、当局の介入を招き、結果として『ちくま商工信用組合』を潰してしまった。しかし、そうなるように仕向けた張本人は自分の『あの日』の軽薄な行動ではなかったか。自分は岡本理事長に言った言葉「社会が必要としないこの信用組合は消えてもいい」という言葉が皮肉にも実現した。とすればこの内部告発者に責任はない。破綻した結果の責めは全て自分にある。

気づいたときは遅かった。

今まで受けた罰は自分も納得している。すべて当然の報いだ。岡本理事長のやり方が卑怯だとかそういう問題ではない。

しかし、皮肉なことにここに来てほんとうに久しぶりに母の久保綾子とそれから涼子と一緒に生活することができ、落ち着いた毎日を送れるようになって考えた。

「ひとつの組織の破綻はそれはそれで大変で多くの人を困難な境遇に追い込む、しかし、それもひとつの川の流れでないか」

母は見えない眼で毎日広縁から眼下の千曲川を見ている。涼子は昔から母に寄り添っていたように幸せに過ごしている。

久保彰は組織と公人である自分に対する極度の不信にさいなまれていたが、一方、私人としては幸福の絶頂にいるようなアンバランスで不安な日々を送っていた。

そう言えばアルプス銀行軽井沢支店で偶然眼にした絵、あの絵はどうなったのだろうか。

しばらく忘れていた記憶がここの生活で蘇ってきた。あの時、絵画の提供者だという軽井沢の兎束クリニックに行った。あの時はあの絵について何も収穫はなかった。しかし、あれからあのまま月日だけが過ぎてしまった。あの兎束八千代という病床の医師はどうしているだろう。久保（瀬下）涼子の友達という兎束瞳さんはどうしているだろう。涼子なら知っているかもしれない。今度聞いてみよう。とにかくあのコンウォール・リーといった伝道師が描いたという日本の風景画。あの一連の絵が久保彰に遠い記憶を呼び覚ましてくれたことは事実だ。

あの何ともいえない既視感は何であったのだろう。

久保彰がまだ幼い頃のことだろうか、いやそんなことはない。

親戚の老人たちが久保恒夫の父伊平治には看護師になった妹がいたことを聞いたことがある。大きくなるとその妹の話はタブーとなった。

もしかしたら、そのことと関係があるのか。

その大叔母は宿沢家に嫁に行ったという。自分は宿沢の家の家業をそのまま大村恵にビジネスモデルとして伝えた。そしてそれはホテルチェーンとして育ちつつある。

それと岡本未知男・岡本理事長と久保家はどのような関係があるのか。詳しいことは知らない。

いつからこんなことを考えるようになったのか。

『ちくま商工信用組合』で、破綻に繋がる逆境の渦中にあって不思議と過去のことに思いを馳せるようになった。

思えば、偶然立ち寄ったアルプス銀行軽井沢支店でのロビー展でコンウォール・リーの水彩画に出会ったことがトリガーとなって、そういった久保彰の深層にあったもろもろの疑惑を呼び覚ますようになったのだ。

2

一方、その頃、兎束瞳は伯母である兎束八千代の納骨を済まして、八千代の残してくれた軽井沢の土地とクリニックと預貯金と債権などの金融資産の相続手続きのために上田市の槌田弁護士事務所を訪れていた。瞳は伯母が残してくれた遺産よりも伯母を失った悲しみで心の整理がつかなかったものの、何度か槌田弁護士からの催促があり、瞳は槌田弁護士の事務所に行った。そこで伯母は瞳に公正証書で遺言書を作り、遺言執行人を槌田弁護士に指名したことを知った。

遺言書では教会への献金を除くと残り全部を兎束瞳に相続するようになっていた。

兎塚瞳にとっては両親の残してくれた遺産だけで十分だった。瞳は今でも、以前アルプス銀行で受け取っていた年俸よりはるかに多い収入が不動産賃貸や有価証券の運用で得られていたからだ。それに加えて伯母からの遺産である。額を槌田弁護士から告げられた時はそっくりどこかへの遺贈も考えたが槌田弁護士からは故人である兎塚八千代の遺志を尊重させたいということと、まだ二十歳代という若さなので、他への寄付はしかるべき年齢になるまで待ったほうが良いとアドバイスを受け、兎塚瞳はとりあえず伯母の遺産を受け取ることにした。

その際、瞳はこの機会に伯母のことを調べてみようと考えた。

伯母は生前、瞳にこう言っていた

「祈る人になりなさい。信仰に生きることは人が生きる目的を知ることになる。人にもそして何より自分にもやさしくなれるのよ」と。

伯母の信仰の履歴をたどり、それを知ること。それが亡くなった伯母が最も望んでいたことではないか、そう思えた。ここで伯母の話していた草津で皮膚病患者のためにバルナバミッションという壮大な事業をなしたコンウォール・リーについて調べてみよう。そしてそのミッションの基となったキリスト教について学んでみようと思い、キリスト教の何であるかを知るために神学院に行って学ぼうと決意した。

神学院へ行くには教会の司祭の推薦状が必要である。

そこで兎束瞳は所属教会である上田の教会の牧師である水上司祭に神学院へ行きたいので推薦して欲しいと頼んだ。それを聞いた司祭はそれでは中部教区の聖職候補生となったらどうか。そうなると神学院での学費は免除される。ただし、将来は聖職関係の仕事へ進むことが条件になる。女性司祭の道も決して不可能ではない。ぜひそうしなさいと勧めてくれた。しかし、兎束瞳は聖職に就くことは決めていないと、司祭の好意だけを受け特典の一切ない自費で神学生になる道を選んだ。

それでも水上司祭は兎束瞳の希望を快く受け入れてくれた。「それがあなたの『召命』なら」と。そして、参考にと草津のある北関東教区の広田主教が逝去者記念礼拝で述べた説教を載せた小冊子を瞳に渡してくれた。

そこにはこう書かれていた。

「草津における聖公会の働きは、ハンセン病者のため、その生涯を捧げた一人の女性コンウォール・リー宣教師により始められました。彼女は一九〇七年英国から五十歳にして婦人宣教師として来日し、六十歳にして草津に入り、ハンセン病者のを救うため　救済事業をなされました。彼女は持てるものを全て投げ出して、病者のため様々な施設を作ります。まさに愛と喜びの業を成し遂げてきました。――――略――――

その中で一九一八年、墓地が設けられました。この墓地は、多くの苦悩に満ちた歩みの中で、主イエスの出会いを通して喜びへと変えられた方々の希望の印でもあります。納骨堂正面の『我はよみがえりなり、命なり』の聖句に、復活の希望を感じます。

死者を丁寧に葬ることは当然かもしれません。しかし中には亡くなると身寄りのない人などは、動物のように谷間に投げ捨てられる人もいたのです。彼女が死者を丁寧に葬る姿が、人々の心に驚きと衝撃を与えました。コンウォール・リーは、病と偏見と差別に苦しむ人々に人間としての尊厳の回復をもたらしたといえるでしょう」

日本に来たのが一九〇七年といえば明治四十年。草津に行ったのがその十年後。大正六年。そのような昔、リー女史はなぜ東洋の島国である日本に単身、しかも五十歳になって来たのか。そこに神への信仰があったとしても。さらにその十年後なぜ草津へ向かったのか。疑問が次々に膨らんでいくばかりである。そして、そのリー女史の描いた水彩画をなぜ伯母は持っていたのだろう。津久井執事が伯母と前後して亡くなった今となっては伯母の生涯を少しずつ辿ってみるしかなかった。

ひとまず神学院へ行く決心をすると兎束瞳は親友である瀬下涼子にその決意を告げたくなり、無性に会いたくなった。涼子が家を出ていることは聞いていたので、涼子の母に連絡をした。瀬下静江は涼子は彰さんと一緒になるので佐久の久保彰さんの実家に居るとの返事であった。

住所を確かめに瀬下靴店に電話をすると、

「行っていただけますか。瞳さんに見てきてもらえれば安心できます。涼子も喜ぶでしょう」

「元気な涼子さんと会ってきます。そう、結婚のお祝いのことも相談しなくては」

「ほんとうに助かります。ありがとうございます。涼子なら今、久保さんの実家のある羽黒下から上畑《かみはた》というところへ行っているそうです。なんだかそこでお祭りがあるとかで」

静江は喜んでくれた。何度も礼を繰り返す静江に何とか電話を切って、準備にとりかかった。ただ、羽黒下ではなく上畑だということが気になった。会えればいいが、そこへは羽黒下駅からタクシーで向かってみようと思い、ひとまず出掛けることにした。

兎束瞳は軽井沢の家で一泊程度の旅行支度をすると、軽井沢駅から新幹線で佐久平駅に向かった。

佐久平駅で『小海線』に乗り換え、羽黒下へ向かう。

小海線はもともと明治に久保家を再興した久保伊平など佐久地方の有力者が中心となり佐久の山の木や農産物を運搬するために敷いた鉄道である。その後は国鉄となり、民営化してＪＲ東日本となった。今ではしゃれたハイブリッドカーが天空に最も近い高原を走ることで人気の路線である。コンウォール・リーと同じ日本聖公会のポール・ラッシュが開いたキープ財団の清泉寮のある清里駅もある。

兎束瞳はそのＪＲ小海線の列車上の人となり、羽黒下で降りた。

羽黒下駅は駅員以外誰もいなかったが、地元のタクシー会社の電話番号が壁に貼ってあったので兎束瞳はそこへ電話を掛け、上畑へ行きたいので羽黒下の駅まできてくれるように頼んだ。電話で応対をしてくれたタクシー会社の配車の担当者は今ちょうど羽黒下駅に向かって帰ってくる車がある。それに乗るように言ってくれた。

駅舎の前に広場があり建物もあるが、周辺は人気のない場所だった。駅には羽黒下は羽黒山麓であるのでそのような駅名となったと由来が書かれていた。修験道で有名な山形県の出羽三山・羽黒山と関わりがあるのかと思ったが、これだけでは分からなかった。

3

龍の祭り

祭りの本番は二日目の今日から明日にかけてである。古い龍が燃やされ、千曲川に流される儀式が執り行われる。

朝から『鬼塚』に向かう見物客がしだいに増え千曲川沿いの道は渋滞してきていた。地元の見物客は途中の路上に車を乗り捨て、徒歩で『鬼塚』を目指す者も多い。沿道には屋台も出店し、どこにいたのかと思う人々でにぎわってきた。

その日、上畑の久保洋子は羽黒下の奥様の様子を見てくると一旦、羽黒下に戻った。その間、瀬下涼子は外に出ないようにという久保彰の言いつけを守り、祭りのご馳走を作る台所を手伝っていた。

しかし、涼子は禁じられると尚のこと祭りを見たくなり、とうとうおばあちゃんに断ってひとりで『鬼塚』に向かった。古い龍を燃やして千曲川に流す様をこっそり視たかったからだ。

祭りの会場である鬼塚には昨日は大型クレーン車が占拠してブナの大木から古い龍がクレーンで降ろされていたが、今日はそのクレーン車もなく、洞窟の祠の前で神事の後、消防団の者によってこれから藁の古い龍が燃やされるところであった。

地上の龍はとぐろを巻いた形で降ろされたが、翌日見ると、とぐろは解かれ、L字形となっていた。どこか遠くから眺めると地図で俯瞰《ふかん》する千曲川と同じ形である。

空は鈍色《にびいろ》に曇っていた。千曲川の上流にあたる峰々は黒くなっていた。おそらく上流は雨が降っているのだろう。

群集の見守る中、藁の龍は火が付けられると龍はあたかも生きている龍のごとく飛び跳ねた。

久保彰は見物人の最前列で燃えさかる龍を見ていた。

龍はもだえるように踊っていた。

火の輝きと躍動は己の罪業を燃やしている自分のようだと彰はその龍を追いながら思った。

ぼうぼうと燃え始めた龍は今度は向きを彰のほうに向けてきた。

その時。

燃え盛る龍が声を発した。

「ぼうず。ぼうず。ここにおいで」

「ぼうず。ぼうず。ここにおいで」

間違いない、燃えている龍が自分を呼んでいる。

「ぼうず。ぼうず。ここがお前の場所だよ。ここにおいで」

彰は思わず龍に引き寄せられるように近づいた。

龍の口の中に人影がゆらいでいる。

その影はしだいに大きく浮かび上がってくる。

「危ない、人が火の中に入って行く」

見物客のひとりが叫んだ。

その時、突風がその火だるまになった龍を持ち上げ、後ろの旧い木の祠に運んだ。龍はそこに燃え移った。

「ぼうや」

祠の奥で懐かしい声がした。


祠の奥には洞窟がある。

父と子が巡礼となって物乞いの旅をしている。

巡礼は軽便鉄道の線路を歩いている。

ふたりは神社や寺で野宿をしながら、

朝から何も口にしていない。

父は子に天国の話をした。

食べるものがいっぱいある国に行くんだと。

そして岩の多い尾根道に出た。

それから何時間歩き続けただろうか。

「もう、動けない。おとうちゃん。天国はまだ遠いの」

子供はついに蹲《うずくま》って泣いた。


尾根道の遥か彼方から馬に乗った西洋婦人が見え。

近づいたその婦人は下手くそな日本語で言った。

「お帰りなさい。ひかりのくにによこそ」


雨の中、辿り着いた洞窟は暗かった。

提灯の灯が見えた。

そこには優しい若い夫婦が立っていた。

自分の記憶と自分は経験していないはずの父の記憶とないまぜになって蘇ってきたのか。

西洋婦人が呼びかけてくる。

一陣の風が吹き抜ける。

観衆はバチバチという音とともに、火の柱が久保彰の上に落ちて来るのを見た。龍は火の柱となって彰の上に倒れてきた。

一瞬、誰もが何事が起きたのか理解できなかった。

そうこうしている間に火の粉が舞い、洞窟の入り口の祠に燃え移った。

祠に火が移り火の柱となって祠まで崩れ落ちようとした。

誰かが彰を助けるようにその火の下に入り込んで来た。

そして火の柱を背負ったままの姿勢でじっとしている久保彰をその場から引き出そうとした。

彰は逆にその男を助けようと突き放した。その時、洞窟の壁が崩れ落ち、そこに大きな穴が開き、炎となった龍と男はもつれるようにその流れに落ちていった。

その下には黒々と流れる千曲川の流れがあった。

落ちていく刹那、久保彰はあの軽井沢で見た画集の絵が何であるのか気が付いた。

「あれは松代へ行く道を示している。地蔵峠から見た皆神山《みなかみ》……生まれ故郷の画像。しかしなぜ……」

薄れていく意識の中で、ひかりのくにと闇とが交差した。

そしてすべてが消えた。

その時、もうひとつの白い影が動いた。突然、白い衣装の女が火に包まれている祠の中に飛び込んできた。

「アキラ」

そう叫ぶ声を残して火の祠に飛び込んできた影があった。

飛び込んだものの女は逆に火に捕まり、退いた。そのまま進めば彼女も千曲川に落ちたが、衣服に火が移り、髪と皮膚が燃え、火に包まれ、洞窟の入り口で転げた。

すると別の影が現れ洞窟の火の海から川に落ちそうな彼女の手を摑んだ。その時、洞窟の脇から火の柱とともにもつれた人が千曲川に落ちていくのが見えた。すべて一瞬の出来事だった。

「危ない。戻るんだ」

もうひとりの男はそう叫ぶと、火の洞窟に飛び込み、ふたりを引きずり出した。火傷を負った女を助けに入ったもうひとりの女とともにひきずりながら洞窟から出した。

「これをかぶらせるんだ」

男は自分の着ていた上衣を火傷で重症になった女に被らせ、辺りの火を避けながら安全な広場に連れ出した。

介抱されている白い衣装の女のはだけた腕はすでに水泡ができかかっている。

「水を。水」

「駐車場のトイレに水場がある。そこへ連れて行こう」

助けた出した男女のふたりは駐車場のトイレの前の水道のところへ女を連れて行き、水を出し続けてそれをかけた。白い衣装の女は体全体に火傷を負って、意識はもうろうとしている。

さらに水道の蛇口を最大限に開け、水を注いだ。

「とらない方がいい」

爛《ただ》れた皮膚に下着が癒着している。

「着物の上から水で冷やし続けるんだ」

消防のひとりが駆けつけそう叫んだ。

一瞬の出来事であった。

兎束瞳の腕のなかには、肩が焼けただれた久保（瀬下）涼子が倒れている。

涼子は、彰とどこまでも一緒に行こうと火の中に飛び込んだのだ。しかし久保彰は火を背負ったまま千曲川に落ちた。

兎束瞳が突然姿を現したのには驚いたが、彼女のとっさの行動がなければ、夏目清一郎だけでは涼子を助けることができなかった。少しでも遅ければ、逆に今度は三人とも火の中に取り残されるところだった。

水道の水が勢いよく出、三人は水浸しになりながらも、尚、涼子を冷やし続けた。

火の勢いはまだ強く燃えるものは燃やし尽くしている。

ほうぼうで積み木が崩れるように崩れていく。

4

消防団員が集まってきた。

「けが人がいる。火傷を負った。救急車と消防車をすぐに寄こしてほしい」

消防団員に夏目はあらん限り大声で告げた。

「『鬼塚』へ通じる道路は路上駐車の車で通行できない。救急、消防、上畑から歩いて行くからしばらく待って」

消防団員も言い返した。

「生命にかかわる全身の火傷です。何とかすぐ」

夏目も言い返した。

消防団員が団員に怒鳴っていた。リーダーらしき者が応えた。

「分かった。車で取りあえず行けるところまで行く。火傷なら何があっても水をかけ続けなさい」

「一人か二人、千曲川に落ちたらしい。それも捜索してほしい」

「人を集めて差し向ける」

消防団員が千曲川に落ちた状況を手短に伝えている間にも、兎束瞳は久保涼子の身体に水道の水をかけ続けた。幸い、兎束瞳のほうはたいした怪我はなさそうである。

気が付くと千曲川の水嵩《みずかさ》は増え続けている。上流の川上村辺りでは局地的な豪雨となっているに違いない。

涼子はわずかに意識を取り戻してきているが危険な状態が続く。

このままでは生命も危ない。

夏目は再度消防を呼ぼうとした。その時、尾根を下る救助隊の赤いランプが見えた。

長い事待たされた気がしたが、ほんの十数分だったろう。遥か上の上畑からの歩道に消防車と警察の車が来た。

救急隊員が崖を先に降りてきて、涼子の様子を見た。

「熱傷三度、緊急を要する火傷。意識はある。救急車まで搬送できますか」

「ここから上の車まで崖が続く。この崖をこのまま引き上げることは無理だ」

消防隊員が答えた。

「分かりました。下の道を使います。いや、あの道は車と見物客でいっぱいだ、渋滞で車は使えない。それよりヘリコプターを呼びます」

若い救急隊員が無線でドクターヘリの出動を要請した。

早く処置しなければ危険な状況であることは誰の眼にも明らかだった。

「松本の信州大学医学部附属病院のドクターヘリが来てくれることになった。佐久病院のヘリは出動中で来ない」

救急隊員は夏目と兎束に簡単に説明した。

「幸い、何とか天候が持てば、直接ここへ飛んで来てもらえる。どこか近くにヘリが着地できる場所がありませんか」

「近くに城跡があるはずだ。そこならヘリを安全に着陸させることができる」

地元の消防隊員が消火剤を撒きながら叫んだ。

「それはこっちだ。上に墓地があるだろ。その奥だ。そこなら、ヘリを誘導できる」

他の消防隊員が言った。

「そこへ一緒に連れていけますか」

夏目清一郎と兎束瞳は同時に頷いた。

救急隊員は無線で状況を伝えながら持ち込んだ担架を広げ涼子を乗せた。

消防隊員の先導に遅れないように救急隊員は彼女を運んだ。その後を夏目と兎束が追った。

そのころには、集まった大勢の消防隊員は本格的な消防活動に取り掛かっていた。駐在の警察官は洞窟付近を捜索している。

広場と洞窟の火は鎮火されつつあった。

一行は涼子の横たわる担架を墓地のある高台まで運びさらに城跡まで運んだ。

そこからは下の千曲川と国道が手に取るように見える。

涼子は意識を取り戻しつつあった。

「あきらは……」

「今、村の人たちが捜している」

瞳は涼子を抱えながら言った。

5

曇った空を見上げながら、じっと救援機を待った。

再び、涼子は気を失いかけたとき、バリバリという音が聞こえてきた。

遠くの山にヘリコプターが浮かんで、こちらを目指して飛んできた。

『Dr・H』と赤く書かれヘリが近づいて来た。

夏目は手を振る。ヘリは一旦上空に戻り、着陸する場所を確認してから再び下りて来た。

プロペラの旋回が終わらないうちに、中から、ふたつの影が降りてきた。

まっすぐ、シートに横たわるびしょ濡れの涼子のところへ走り寄ってくる。

一名は担架を抱えて下りてきた。

チーフと思われるドクターは横たわる涼子の瞳と脈を診て、全身のやけどの様子を確認した。

「気管ソウカン必要」と応急処置をもう一人に指示していた。

その器具を受け取り装着するドクター。

その横で救急隊員としてそれを手伝っている救命救急士。

真奈子。

真奈子だ。

夏目清一郎はその隊員を確かめたが、まぎれもなく夏目清一郎のもとを去った妻の真奈子である。

別れてから九年。その間、消息を断っていた真奈子とこうしてこんなところで再会するとは思ってもいない。

一人娘を亡くし、夏目の元を去った妻、真奈子であった。

彼女は元々看護師であった。娘いずみを失ってから自身も心の障害に悩んで家を出た。その後、どこでどう生きていたか清一郎は知らない。

ドクターは一瞬、隊員を見ている夏目清一郎の存在に気づいた。

もう一人の緊急救命士の真名子と眼が合った。

真奈子は再び何もなかった顔をし、久保涼子の応急措置に取り掛かった。

患者に直接名前を訊ねるが答えられない。

気を失っていた。

「松本の病院までこのまま送る。この火傷は専門医の治療が必要。直接、病院で治療したほうがいい。急いで」

ドクターが断言し、

「誰か、患者の身元を確認できる方は」

看護師が夏目の方を向いて聞いてきた。

「私が身元を保証します。友人です」

兎束瞳が名乗り出た。

夏目はその時初めて彼女がアルプス銀行にいた兎束瞳だということに気が付いた。

「あなたの怪我は」

「何ともありません」

「それでは患者とあなたの名前を教えてください。連絡先もお願いします。それから後で信大の附属病院に来てください。患者はこの方だけですか」

「まだ、川に流された者がいます。消防の方が捜しています」

「そちらは他のチームに任せましょう。助けられるこの患者を優先してヘリをすぐ飛ばします。家族の方に連絡してすぐこのカードに書かれたところへ至急電話をするように言ってください。患者のことでお聞きしたいことがあります」

夏目はドクターと真奈子に寄り添った。

「助けてください。お願いします」

「……」

真奈子は黙って夏目を睨みつけた。

「あなた……も。早く医者に診てもらって、肩に怪我をしている」

そう言われて、初めて夏目は自分の肩のシャツに血がついていることを知った。洞窟の中に助けに入ったときに何かにぶつかり裂けた傷。そう思うと急に痛みが走ってきた。

それから涼子をヘリに乗せるよう指図した。

「誰であれ、最善を尽くして助けるのが私たちの使命です」

真奈子は涼子を乗せると、夏目清一郎の耳元できつく言って、自分もヘリに乗り込んだ。

悪天候のため薄暗くなった空にライトを点け、ドクターヘリは轟音を響かせ遠ざかっていった。

真奈子は看護師でありながら自分の娘を死なせてしまった。その償いに救急隊に入り、人を助けることで生きてきたのだ。それが彼女にとって唯一の贖罪の方法だったのだろう。しかし、自分は彼女の苦悩を知ろうとすらしなかった。

「私の車に涼子さんの当面必要なものを積んで、一緒に松本の附属病院へ行きましょう」

いつの間にか久保洋子が夏目清一郎の傍に来ていた。

「ありがとう。でもこの方は兎束瞳さんと言って、涼子さんの友達です。この兎束さんを連れていってください。私はこれから久保彰さんのほうを捜します」

夏目清一郎はそう言って、久保洋子に兎束瞳を託した。

その時、携帯電話が鳴った。邑上部長からだった。

「どうした。彼らに会うことができたか」

「それが、『龍の祭り』という地元の祭りを見物していた久保彰が祭りから発生した火災に巻き込まれ助けに入った者と一緒にそのまま千曲川に流されました。一緒にいた瀬下涼子も火傷を負いましたが何とか命は助かりそうです」

「そうか、久保彰が千曲川に……。瀬下綾子さんは大丈夫だろうか……お前は無事なんだな。良……俺も近くにいる」

そう言って切った。

夏目補佐人は自分から小山金融整理管財人に電話を入れて、職員の久保彰と瀬下涼子を発見したものの事故に巻き込まれ久保彰が川に流され不明となっている状況をかいつまんで報告した。

「瀬下さんだけでも助かったのだね。ありがとう……」

そう言ったまま小山金融整理管財人は電話のまま黙していた。

消防が現場検証の準備をしている間に夏目補佐人は焼け落ちた洞窟に足を踏み入れた。奥は壁が崩れ、意外に明るかった。気が付くと足元に陶器製の像が転がっていた。マリヤ観音と見られなくもない。いつの時代のものか夏目には想像もつかなかったが、多分、岩が崩れ落ち、表に出て来たものだろう。

それらを拾うと夏目清一郎はハンカチで拭き近くのテーブル状になった石の上にその観音を安置しようとした。

その時、夏目の足元がグラリとした。

遥か下に見える千曲川が急に近くに迫って来た。落ちる。

鉄砲水が襲ってきたのだ。

自分は流される。久保と同じに。

その瞬間、マリヤ観音がスルリと夏目清一郎の手を離れ、流れに向かって落ちて行った。まるで身代わりのように。

その手を摑んで、引き寄せる大きな手があった。

邑上部長が立っていた。

部長が一瞬、笑みを浮かべたように見えた。

「お前まで落とすわけにはいかない。夏目、良くやった。ゆっくり休め」

邑上部長の声を聞くと、夏目清一郎は全身の力が抜け、その場にへたり込んだ。


ぽっかり穴が開いたところから、足元に千曲川の流れが見える。そこに流されたマリヤ観音はもう二度と見つからないであろう。

岸には洞窟の出来事を知らない消防隊員たちが落ちた男を捜索していたが、急な水位の上昇に戸惑っている様子が見える。

千曲川はますますうねる生き物のようにくろぐろと流れている。

それを見やりながら夏目清一郎は父と同じように流されることはなかった自分を確認した。自分は多くの人々に助けられてきた。現に今もこうして部長に助けられ生きている。

第十二章　商工の解散

1

緊急輸送された久保涼子は直ちに松本市の信州大学医学部附属病院に運ばれ、待機していた緊急医のチームによる集中治療が施された。症状はかなり重篤な火傷の患者であったが、火傷の直後に大量の水による冷却が施されたことから火傷の広がりはなく、火傷そのものは適切な治療が施され、気管挿管により息を詰まらせることもなく、命に別状はなかった。

急を聞いた母の瀬下静江と叔母の大井舞子は上田市から直接松本の病院に駆け付けた。上田と松本を隔てていた三才山《みさ》にトンネルが開通したため車でも一時間もかからない近さになっている。一方、佐久から車で向かった兎束瞳のほうが途中の病院で瞳自身の手当てを施したので松本に着いたのは深夜になっていた。三人は病院に比較的近い浅間温泉に宿をとり、そこから病院に通った。

集中治療室から出るまで回復した涼子はそのまま病院に入院したまま治療した。首に一部火傷の痕が残ったものの肩から腕の火傷の部分は臀部《でんぶ》の皮膚を移植し、外見上は目立たないほどに回復した。
むしろ、涼子にとっては彰を失った悲しみと虚脱感のほうが勝っていたが、母と兎束瞳がほとんど毎日松本の病院に顔を出しそんな涼子を励ました。こうして日がな一緒に過ごすうちに涼子もしだいに自分を取り戻すようになって行き、天気の良い日は女鳥羽《めとば》川沿いを母や瞳の介護で散歩できるようになり、やがてそれが日課となった。

千曲川に流された久保彰の捜索は難航した。あれから増水が続き当日から翌日にかけての捜索活動がほとんどできなかったことも影響している。さらにもうひとりについては誰であるかすら分からなかった。その場に居合わせた者の証言もまちまちではっきりしなかった。ある者は「燃やされた龍と絡まって落ちた」と証言し、ある者は「いや確かにもうひとり一緒に流された」と言うものもいた。

久保綾子は彰が千曲川に流されたと聞いてから部屋に閉じこもりきりとなった。しかし、涼子が退院して、彰の子を宿してその子も無事だと聞かされてから、再び広縁に出て、千曲川を見ている日々が戻ってきた。
母の瀬下静江は弟の晴彦のいる上田に帰ったが涼子は退院すると上田へは一旦寄っただけで、佐久の久保綾子の家へそのまま向かった。

小海線の轟音がかすかに天翔《か》けるごとく聞こえて来るなかで白髪の老女の顔が夕陽に照らされている姿を涼子は祈るような思いで毎日眼にした。

遺体が見つからなかったものの、久保綾子もようやく納得し、その秋に久保彰の密葬が執り行われた。喪主は久保綾子に変わって涼子が務めた。

その葬儀の数日後、上田市真田町傍陽地区で火災が発生した。焼け跡からこの家の所有者と見られる夫婦の焼死体が発見されたことが報道されたが、その家がかの『ちくま商工信用組合』岡本元理事長の家だということは伝えられなかった。

五月末に『ちくま商工信用組合』は解散した。

取引先の多くは新しい金融機関に移った。整理回収機構（ＲＣＣ）へ移った先はそのほとんどがそれぞれ属するマーケットから離脱し、消えた。

元組合職員はそれぞれが新しい職場へ移った。

数ヵ月も経つと『ちくま商工信用組合』はもともと存在しなかったかのように地元の人々からも忘れられていった。

商工会議所、商工会は一時、『ちくま商工信用組合関係の相談窓口』を設けていたが、いつの間にかその表示は取り下げられていた。

小山金融整理管財人も長野信用金庫の不動産関係の子会社の社長に戻った。

『ちくま商工信用組合』側から旧経営陣への訴訟は結局行われなかった。被疑者死亡となり警察によるマネロン（資金洗浄）の捜査は一応終了した。

アルプス銀行の不良債権処理は新しい段階に入った。

格付けをより厳格にし、今ある不良債権はサービサー（民間の債権回収会社）に売却し、最終処理が急速に進められた。

日本経済全体がバブル後遺症とも言える不況に陥り、従来の格付けの悪い先への融資を控える方向から業績不振会社であっても再建計画及び工程表がきちんとしたものであれば、それを担保に必要な融資は積極的にするようにという融資緩和の方向に舵が切られた。それとともに回復が今後見込めない先には積極的に業種の転換をアドバイスする体制も整えられた。こうして金融機関にはより肌理細《きめ》かな対応が求められる時代になってきた。

もちろん頑張ってもマーケットから撤退しなければならない企業は必ず出る。金融機関の使命は再生支援だけでなく、積極的に廃業や転業の相談に乗るべき時代に移っていた。

しかし、それは一方では投資ファンドによる直接金融への道がメインとなり、間接金融の担い手であった銀行などの金融機関の相対的低下が顕著になってきたとも言える。それとともに、バブル退治のための指針ともなった金融マニュアルもしだいに存在意義を失い、最終的には廃止される運命にあった。

夏目調査役は八月の異動で企業コンサルタント部に異動となり、業績不振企業の再建と転業を指導する企業相談室の室長に昇格した。

企業の実態を企業の誰より（場合によっては社長や従業員よりも冷静にしかも愛情を持って）理解したうえで産業界のニーズに照らし、再建や転業から廃業までアドバイスする重要なポストである。

夏目はこれまで、漠然と親父のような零細企業の経営者の味方になる銀行マンを夢みていたが、それがようやくここで実現したことになる。

ただ、あの佐久での『龍の祭り』から夏目清一郎が少し変わった。

それは、あの命拾いをした事件を契機に自分は一度死んだ者として、もう一度再生しようと考えるようになったことだった。

自分は相手の立場に立って考えるだけでは駄目。それでは上から目線で指導する姿でしかない。自分が当事者となって死んだのだから、そういう態度は止め、同じ視点に立ってみようと決めた。その結果、銀行と利害が一致しなくなったら、上司とうまく行かなくなったら、その時は潔く退き、自分に正直に生きてみようと。

真奈子との再会はあの事件の時だけであった。

夏目は「誰であれ、最善を尽くして助ける」と言って去った真奈子はいずみを失った悲しみをそうやって昇華させたのだろう。それが彼女の最善の道であった。自分もそうしようと決意した。

邑上部長は六月に出向したが、その年の十一月にアルプス銀行を退職しマルキュウみそに転籍しそこの取締役に就任した。


昨年末から始まった『ちくま商工信用組合』破綻処理はこれですべて終わった。

振り返ってみれば、あの日本全体がバブルに踊らされた時代は何であったかと思う。恐らく経済をテーマにする学者はバブルの顚末を分析し、もっともらしい分析をするだろう。経済評論家もその場ではもっとも適切なコメントをするだろう。中にはバブルの関係者と称して『バブル時代の〇〇暗黒史……』なる暴露記事を出すかもしれない。しかし、その渦中にいた者として言えるのは、あの時代は暗黒でも何でもなかったということだ。暗黒と表現する者は何らかの意図を持って己を正当化するために暗黒という言葉を使う。ただ、その当時の規範が少しズレていたことは確かである。だから、アルプス銀行の山中頭取のように変わらない規範を持っていたものはバブルに踊ることもなく、その結果アルプス銀行もそうならなかった。あの時代は暗黒でもなんでもない。ひとつの時代であった。

ただ忘れることがないよう後世に伝えなくてはならない。大きな流れは避けても時とすれば身近にやって来る。バブルもそういう類のものである。その場合にはその都度精いっぱい誠実に対処するだけのこと。

戦争の時代の運命もあり、震災の時代の運命もある。

もちろん、経験は後世に何らかの警鐘をならし伝えたいが、結局、その場を経験したものでなければそのほんとうの苦しみは分からない。

そうは言っても伝承できるのは次の世代にできるだけ伝え、経験できることはできるだけ関わらせたい。それにはどのような困難な問題も自分ひとりで対処しないでこれからの若手、例えば夏目のような若手に分担させ経験させる。若手を参加させれば将来何らかの役に立つ。次の世代の重荷は次の世代が引き継いでもらわなければならない。将来を託す相手は凡庸であっても良い、愚者であっても構わない。ただ誠実が取り柄の者でなくてはならない。そうした若手だけが事を誠実に対処できるのである。邑上が残すとしたらそうした平凡な記録であろう。

邑上には『マルキュウみそ』で経営者としてすべきことがある。新しい挑戦が待っている。

兎束瞳は松本での涼子の介護の後、東京に行き、伯母の所属していた教会の神学院に試験を受け合格し自費で神学院に入学した。

動機は神の御心を求め、『神の認知《グノーシス》』を学びつつ、その間にカナダ、アメリカ、中国と渡った伯母兎束八千代の足跡を辿ることである。

久保涼子となった瀬下涼子は羽黒下の高台の家に住み、そこで、無事、男の子を出産した。男の子は久保綾子の希望で亡き父と同じアキラという音の久保晃と命名された。

エピローグ
──『ちくま商工信用組合』の破綻──

夏目清一郎はアルプス銀行に戻り、新しい業務についた。

補佐人として『ちくま商工信用組合』に出向していた時の部下、間瀬廉太から手紙を受け取った。夏目はそれを東京への出張中の新幹線の中で開封した。

──夏目部長、いかがお過ごしでしょうか。

部長は今アルプス銀行に戻られていますので何てお呼びしたら良いか分かりません。以前のまま夏目部長と呼ぶことにします。

私は部長と多くの時間ご一緒することができたことを感謝しております。長野県下、何万キロとご一緒するうちに多くのお話を伺うことができました。

『ちくま商工信用組合』の解散が決まり、隠れて就職運動をしている私を見つけて部長は私に注意しました。

覚えていますか。

「人事部の担当者ともあろうものが人より先に就職先を見つけようとするな。人事部は職員の一生を左右する経営者と同じだけ責任がある。職員の就職先が決まってから自分のことを心配しなさい」

あの時ほど部長に反発したことはありません。

私は心の中で叫びました。

「自分は潰れない銀行に勤めているから安全な地位にいて、そんなことを言えるのか。俺たちのような小さな信用組合の職員のことなぞ何も知らないくせに。それにそもそも俺が人事部員となったのは行き場が無くて回されただけではないか」と。

それからこうも思いました。

「俺たちは地元の零細企業を相手に日掛けを集金し、その中から資金を貸している。銀行から見れば吹けば飛ぶような小さな信用組合に勤めている。エリート銀行マンが上から目線で指示するな」(失礼)と。

その当時、毎日のように、妻からは就職先を早く決めてくれとなじられ、小学生の娘は学校で「お前の父《とう》さん、倒産した」とからかわれると、正直心の中では毎日泣いておりました。

職員の私たちですら職場ではこれからどうなるのか先のことは何も分からない不安で苦しい日々を送り、家に帰ればこんな状態で、家族はバラバラ。半ば、なるようになれとやけくその毎日を送っていました。

そのような時に夏目部長から人事部の雇用推進の仕事を命ぜられ、夏目部長の外訪、就職依頼の行脚に同行するようになりました。

最初は複雑な気持ちで同行したのですが、部長にご一緒させていただき、企業や団体を回るうちにしだいに私にも世間が見えてきました。

私は学校を終えると一旦は東京の証券会社に就職しましたが、その後、家の事情で地元の『ちくま商工信用組合』に転職しました。

そんな未熟な私は部長とご一緒するうちに初めて世間には多く人がさまざまな仕事に誇りを持って従事しているという当たり前のことを知りました。『ちくま商工信用組合』よりも過酷な状況で仕事をしている人々がこんなにもいるのかとも知りました。

そして『ちくま商工信用組合』に何のゆかりもない夏目部長がこんなにも組合の職員の生活を心配して、自分のこと以上に熱心に尽くしてくれている姿に胸を打たれました。そうして少しずつ夏目部長のことを理解できるようになっていきました。

早朝から霙《みぞれ》の降る寒い日に須坂市の会社まで山道を数十キロも車で出かけたことがありましたね。そこで上田市出身の社長にさんざん『ちくま商工信用組合』への苦情を言われ、何の成果もなく帰ったことがありました。

職業柄、社長のスキャンダルは誰よりもよく知っています。あの時の冷たい仕打ちをした社長個人に対し、私はその社長のスキャンダルを指摘しさんざん社長を罵倒しました。部長は黙って聞いていましたが、聞き終わると穏やかにこう諭されました。

「いいか、間瀬。これから話すことは俺が上司からさんざん聞かされた説教だ。その時は分からなかったが、今になれば俺にも上司の言っていることが少しは分かる」

そう前置きをしてからこう話されました。

「金融機関の役割は何だと思う。金《かね》という商品の流通業者だ。金は商品のひとつにすぎないが、皆この商品を集めようとして、金のために頭を下げる。確かに金融機関には金も情報も集められている。そうこうしているうちに職員は自分自身が偉いから人は頭を下げるんだと錯覚するようになる。とんでもない思い違いである。だからこそ、金融機関に勤める職員は世間の誰よりも謙虚にならなければいけない。どんな欠点のある経営者にももちろん、そこの従業員にも尊敬の念を持って接しなければ一人前とは言えない」

部長はいつも私の話を最後まで聞いてくれました。そして部長は私に金融機関に勤める職員の心構えを穏やかにその都度教えてくださいました。

このようにされるのは部長だけかと思っていましたが、アルプス銀行では伝統として上司が信念や心構えを事あるごとに部下に語り伝えているとおっしゃっていました。経験からくる部下のこれからを思って述べる忠告、そして、それを事あるごとに素直に聞く部下。パワハラと言われても判断が付かないことですが、それが良き伝統なのだと。

その時、私ははっきり分かりました。

『ちくま商工信用組合』が、なぜ、あそこまで追い込まれて最後に解散するはめになったのかという理由が。

『ちくま商工信用組合』が潰れて、なぜ、アルプス銀行や他の金融機関が生き残っているのか。『ちくま商工信用組合』が破綻したのは経済環境のせいでも競争相手のせいでもありません。もちろんバブルが弾けたことや、体力のない信用組合が不良債権の負担に耐えられなかったなど経済評論家の言うようなことも理由のひとつでしょう。『ちくま商工信用組合』とアルプス銀行を比較すれば規模、形態、蓄積、職員のレベル等すべてにわたって段違いであることは明瞭ですから。

しかし、評論家は指摘しませんが私は分かりました。ふたつの組織にはもっと根本的に違うものがあったことに気づきました。いいかえるとアルプス銀行にあって、『ちくま商工信用組合』に無かったもの。

それを夏目部長の言葉から発見できました。

それは上司が部下を育てるという当たり前の『企業風土』です。

アルプス銀行では新人は先輩に、係長は課長に、課長は支店長に育てられます。もちろん同期に鍛えられることもあるでしょう。下の者に育てられることもあります。それも実地の仕事のなかで同じ体験を共有しながら、信念に裏打ちされた教訓をその都度具体的に実務のなかで授けられます。しかもそれにはある原則が貫かれています。それは小賢しい知恵や小手先の技巧を廃し、堂々と原則に基づいた公平・公正の論理。アルプス銀行の吉江会長がおっしゃったと夏目部長が常々おっしゃっていた「出来ることはきちんとする。できないことはできないと言う。言い逃れや嘘はついてはいけない。どのようなことも正直に」というきわめて当たり前の行動原則が根付いていたからです。

この当たり前の常識を継承することが『ちくま商工信用組合』には無かったのです。

人を育てる土壌もありませんでしたし、下の者の声に耳を傾けることもありませんでした。代わりに『ちくま商工信用組合』にあったものは、事なかれ主義と強いものには巻かれろという事大主義でした。だから職員は自分の頭で考えることは止め、すべて理事長や専務理事、あるいは上の者の言うことに唯々諾々と無定見に従うという根性になったのです。

それが、一部の理事長のパワハラと独走を許したのです。その理事長はこの組織の弱さを知り尽くし利用したに過ぎません。

それでも、ある方。あえて匿名としますが部長のことですからもう察しがついているでしょう。その方が『ちくま商工信用組合』に来られて、信念に基づいて『ちくま商工信用組合』を改革しようと立ち上がったことがあります。

本部の部長となられたその方は私たち若手を集め、『ちくま商工信用組合』を救おうと訴えました。方法が分からない私たちにまず、『ちくま商工信用組合』のあるべき姿を見つけることを指示しました。そのためには信用組合の使命を『ちくま商工信用組合』の創業の精神までさかのぼって調べることを勧めてくれました。そして冷静な現状の分析とそれを可能にするアクションプランを作るようにと。そして自分はこの改革のための『鬼』となると決意を述べられたのです。若手は『ちくま商工信用組合』に期待されている使命を考え、それを果たすために行動しようとして勉強会を自主的に開きました。そしていつしかそのグループは『改革派』と呼ばれるようになりました。(いつか夏目部長が『改革派』のことを聞かれました。その時は知らないそぶりをして失礼しました)

しかし、結局その改革は失敗しました。

その勉強会を理事長への反乱であると危惧した理事長はスパイを複数忍び込ませ、その方の発言を逐次記録させ、いかにその方が『ちくま商工信用組合』を混乱に導いているかを問題にしたのです。そのためにその方は降格となり、自宅謹慎処分になりました。

犠牲者も出ました。『改革派』の仲間割れがあったためです。

ひとりは理事長のスパイとなり、理事長に逐一報告をしていた者がいました。彼はその後も内部調査の報告書をまとめた者です。裏切り行為を恥じて焼身自殺をしました。

もうひとりはその方の改革がほんものか疑問を持ち、金融庁に内部告発した者です。その者はあの方が途中から変節し、改革派を離脱あるいは裏切っているのではないかと疑ったからです。

もともと理事長とあの方は裏で繋がっていると言う声はありました。内部告発した者は大手の証券会社にいたこともあり、投資担当をさせられていました。あの方のお供で中国の視察旅行にも一緒に行きました。あの方が動かないなら自分から金融庁に内部告発すれば外から改革してくれると単純に考え実行までしました。

ところがその内部告発は確かに岡本理事長の退陣は勝ち取りましたが、かえってこの『ちくま商工信用組合』を自主再建から遠ざけ、破綻にまで持っていってしまいました。もともと『ちくま商工信用組合』を再生させる目的の『改革派』はこうして、その目的から逸脱し、想像していなかった結果を招いてしまいました。最終的に金融庁に破綻を命ぜられるという結果を招いてしまったのです。

何という皮肉な事でしょう。

しかし、私はどちらにしてもその改革は失敗したと思います。

それは先ほど述べたように『ちくま商工信用組合』には改革を助ける土壌がそもそもなかったからです。健全な企業風土の継承がありません。ならば失敗は当然です。そして倒産も必然でした。

話が脱線しましたので元に戻します。

そう、須坂まで就職の依頼に行って帰りに雨の中、夏目部長にお説教されたという話でした。

その日、遅くに家に帰った私は妻と娘と息子を集めてこう言いました。

「お父さんは『ちくま商工信用組合』に勤めたことを恥と思っていない。だから、お前たちも恥だと思わないでくれ。ほんとうは一日も早く就職を決めてお前たちを安心させたい。しかしお父さんは今、人事部という職員の就職を斡旋する大切な立場にいる。その人たちに一日でも早く仕事を見つけてやりたい。お父さんの就職が決まるのは人より最後になるが我慢して欲しい」と。

それからでした。バラバラだった家族がひとつにまとまったのは。

家族の誰も愚痴を言うことが無くなりました。

同時に、私は私に与えられた大事な使命をはっきり自覚するようになりました。

夏目部長は私を含め『ちくま商工信用組合』の職員全員を金融機関の職員として最後まで公平に扱ってくれました。蔑むことも憐《あわ》れむこともなく。今まで上の人とか下の者、余所の者、うちの者という眼で人と接してきましたが、夏目部長はそういった色メガネで人を見ないということに気づきました。

部長に出会わなければこんな当たり前のことの意味が分からないままでした。

私は夏目部長をアルプス銀行から来た、自分たち信用組合の職員のことを何も知らないエリートだと反発していました。（部長がエリートであるという思いは今も同じですが、）しかし、常に公平でした。そんな部長に感謝しています。

それでも、さすがに良い条件の就職先から次々と就職が決まっていくのを毎日見ていると自分の就職のことが不安になり焦りも出て来ました。

部長の言いつけを守り、家族との約束を守り、ほとんどの希望者が決まった時点から自分の就職活動を始めましたが、もうその時点では採用試験に間に合うとこは残っていません。夏目部長はアルプス銀行に来てはどうかと誘ってくれましたが、人事部の者がアルプス銀行に行くなどはまさに「出来レース」と考え、お断りしました。

（いや、まだほんとうのことは話していません。そのような格好の良いことでお断りしたのではありません。私がアルプス銀行に行くことになると、部長に迷惑がかかると考えたからです。ほんとうは行きたい気持ちが抑えきれなくなっていました。）

これから証券の資格を活かして、地場の証券会社に入るか、駄目なら自営の仕事を探そうと思っている時でした。あのテクノアルファーが運良く経理マンの追加募集を発表したのです。

試験では冷や汗をかいたものの何とか採用が決まりました。

テクノアルファーは上場こそしていませんが大手自動車メーカーのピストンを作っている優良企業です。まさかそんなところの経理マンになれるとは思ってもみませんでした。

夏目部長に意気揚々と私が就職を決まったことを告げると喜んでくれました。

「どこに決まった」

「それは良かった。頑張れよ」

そうおっしゃっていただきました。ただそれだけでした。

最近になってテクノアルファーの佐伯社長から夏目部長の口添えがあったことを知りました。

感謝しますが、正直、コネで入ったのではないかと多少がっかりしました。

ところが佐伯社長は続けてこう言いました。

「おたくの夏目部長から言われましたよ。間瀬廉太という人物は私が保証します。しかし採用するかしないかは試験を厳正にして社長が決めてください。ただ、間瀬廉太は私の人事部の部下として、最後の最後まで他の職員のために就職斡旋を手伝ってくれました。そのため御社の採用試験にも間に合いませんでした。いやその時、自分の同僚を推薦したのです。そういう今与えられている使命を自覚し自分を後回しにして尽くすような人物を社長は自分の右腕にしたいと思いませんか。社長のおっしゃるようにこれからはピストンリングの時代では無くなる。そのためにピストンの技術を活かしつつ、新しい事業を興すための右腕を」と。

夏目部長らしい殺し文句です。

私は実力で入れたと自信を持つことにしました。（もちろん部長のお蔭ですが）

夏目部長への恩返しは部長のおっしゃられた「誇りをもって」「自分らしく」業務に打ち込むことだと理解しています。

最後にひとこと。もうお気づきでしょうがステップダウン債の件を金融庁に内部告発したのは私です。私は寺島という顧問と岡本理事長の指示で動いていた駒です。そしてそのような駒でしかない自分が許せませんでした。

内部告発は聞こえはともかく、自分の組織を裏切る行為に違いありません。事実、内部告発した個人、組織がその後、どのような末期を迎えたか、知らないわけではありません。しかし、それよりもあの理事長の駒になっていた自分が許せなかったのです。

でも、私はあの自殺した小泉勝さんの二の舞とはなりませんでした。なぜなら内部告発ということで『ちくま商工信用組合』を裏切ったなどと少しも考えていません。そう思うようになったのは夏目部長とご一緒するようになり、『ちくま商工信用組合』が破綻したのはそのような上辺《うわべ》のことではないと確信したからです。

『ちくま商工信用組合』を潰したのは岡本元理事長でもあの方でも我々でもありません。大木が内部から腐り、倒れるようにすでに内部から『破綻』していたからです。まるで木が老いて朽ちるように、人が年老いて死ぬようにです。それを教えてくださったのは部長でした。

ここまでのご指導ありがとうございました。部長が新しい職場でご活躍することを信じています。

間瀬　廉太――


夏目清一郎は手紙を置いた。涙ぐんでいる眼が窓に映っていた。

新幹線は坂城を過ぎ、上田からは千曲川に沿って上流へと進む。東京へ行く夏目と同じように進んでいく。

「間瀬廉太。自分の切り開いた道を頑張れよ。ただ、俺はアルプス銀行では出世もできないし、妻にも彼女にも逃げられるようなダメな銀行員だ。それどころか一歩間違えれば自分を失って彷徨っていただろう。自分では気が付かなかったが、多くの人に見守られていた。思えば恩知らずで滑稽などこにでもいる行員のひとりだ。多分これからも生き方はさほど変わらないだろう。でも後悔はしていない。まあ、そんなことはどうでもいい」
そう呟きながら、車窓に映る自分の笑顔を見た。くちゃくちゃになった自分の顔を透かした向こうでは千曲川が真夏の陽射しを浴びキラキラ光りながら夏目の乗っている新幹線と競争するように流れ、一緒に走っていた。

（完）

あとがき

「濁流」を書き始めたのはメーカーを辞めた頃でした。時代設定の二〇〇一年十二月からすでに二十年以上経ちました。二〇〇四年四月に長野市在住の歌人斎藤史さんが亡くなっています。『濁流だ』という歌を思い起こします。

バブル崩壊後の長野県上田市の街の金融機関の崩壊がテーマです。この破綻に関わった人々が何を悩み、何を祈り、何を考え、何を行動したか……。

このままではこれらの事は時代の波に忘れ去られてしまうという危機感があり、それならば小説という姿で描けるのではと思い千曲川をモチーフに書いてみました。ただ、出来上がったものを発表する機会もなく、あてもないまま続篇を書いていました。このたび知人の廣瀬清さんに鳥影社の百瀬精一社長を紹介して頂いたのを契機として、編集部の戸田結菜さんの手を煩わせ本書が誕生しました。

あらためてみると、一つの時代の組織というものが機能するためには多くの人の協働への思いから成り立っているという当たりまえの事に気付かされました。これを読んでいただき、何かしらの感慨をもっていただけたら著者冥利につきます。

〈著者紹介〉
宮崎博（みやざき ひろし）
金融機関からメーカーに移り、現在はキリスト教の宗教法人の業務に携わる。

濁 流
— 『ちくま商工信用組合』
の破綻 —

2025年1月17日初版第1刷発行
著　者　宮崎博
発行者　百瀬精一
発行所　鳥影社 (choeisha.com)
〒160-0023 東京都新宿区西新宿3-5-12トーカン新宿7F
電話 03-5948-6470, FAX 0120-586-771
〒392-0012 長野県諏訪市四賀229-1（本社・編集室）
電話 0266-53-2903, FAX 0266-58-6771
印刷・製本　シナノ印刷

ISBN978-4-86782-127-5 C0093